SALIM GÜLER

TOTENBLÄSSE

Ein Lübeck-Krimi

EDITION M

Das Buch

Es kann manchmal lange dauern, bis die Wahrheit ans Licht kommt. Sehr lange sogar. Arndt Schumacher von der Lübecker Mordkommission rollt einen 30 Jahre alten Mordfall wieder auf.

Eine Zeugin von damals erinnert sich an neue Details des Verbrechens. Als bekannt wird, dass der vermeintliche Mörder noch im Gefängnis sitzt, tauchen Zweifel in ihren Schilderungen auf. Daraufhin möchte Schumachers Chef ihm den Fall entziehen. Aber Schumacher wäre nicht Schumacher, würde er jetzt aufgeben. Er ahnt, dass hinter dem Fall mehr steckt, als bisher angenommen. Aber weiß er, auf welch gefährliches Spiel er sich eingelassen hat?

Auch der vierte Fall der Lübecker Mordkommission ist für Krimi-Fans ein absolutes Muss.

Der Autor

Salim Güler begann schon als Schüler mit dem Schreiben von selbst erfundenen Geschichten. Der promovierte Wirtschaftswissenschaftler arbeitete nach seinem Studium in Köln und Chemnitz in der freien Wirtschaft, bis er schließlich seine Leidenschaft fürs Schreiben zum Beruf machte.

In seinen Romanen finden sich immer wieder gesellschaftlich aktuelle Themen, die er meisterhaft in fiktive und hochspannende Geschichten einbettet.

Nicht umsonst landen Salim Gülers Romane regelmäßig in den Amazon Bestsellerlisten. Neben »Totenblässe« sind von Salim Güler bei Amazon die Kommissar-Schumacher-Krimis »Mord § 78«, »Verstummt« und »Sebastian« erschienen.

Weitere Informationen über Salim Güler und Kontaktmöglichkeiten gibt's auf seiner Homepage und seiner Facebook-Seite. Salim Güler freut sich sehr über den Austausch mit seinen Lesern.

www.salim-gueler.de

www.facebook.com/salim.gueler.autor

SALIM
GÜLER

TOTEN-
BLÄSSE

Ein Lübeck-Krimi

EDITION M

Veröffentlicht bei
Edition M, Amazon Media E.U. Sàrl
5 Rue Plaetis, L-2338, Luxembourg
Oktober 2015

Umschlaggestaltung: semper smile, München
Umschlagmotiv: caesart/Shutterstock; Bara22/Shutterstock
Lektorat: Stephan Schirm
Satz: Monika Daimer, www.buch-macher.de
Printed in Germany
By Amazon Distribution GmbH
Amazonstraße 1
04347 Leipzig, Germany

ISBN: 978-1-503-95267-6

www.amazon.de/editionm

KAPITEL 1

Dezember 2014

»Herr Schumacher, ich bin hier, um Ihnen zu helfen.«

»Wenn Sie mir helfen wollen, lassen Sie mich gehen.«

»Sie werden nicht gezwungen zu bleiben«, antwortete die Frau. Ihr Ton war freundlich und verständnisvoll.

»Na, dann kann ich ja gehen«, antwortete Arndt verärgert und wollte gerade aufstehen, als die Frau ihn am Arm festhielt.

»Bitte, bleiben Sie.«

Arndt ließ sich wieder in den Sessel fallen.

»Ich weiß nicht, was das Ganze soll. Mir geht's gut.«

»Das glauben Sie, aber vertrauen Sie mir …«, entgegnete die Frau, hielt kurz inne und fuhr dann fort: »… oder meiner langjährigen Berufserfahrung.«

»Und was sagt Ihre Erfahrung?«, fragte Arndt in deutlich ironischem Unterton.

»Dass kein Mensch diese Ereignisse abschütteln kann, auch Sie nicht.«

»Wenn Sie sich da mal nicht täuschen.«

Arndt wollte nur weg. Willy hatte ihn zu diesem Gespräch verdonnert. Und Willy wiederum war von der Lübecker Polizeidirektion mehr oder weniger dazu gedrängt worden. Arndts letzter Alleingang, als er seinen Sohn aus den Fängen von Entführern befreit hatte, war im Polizeipräsidium übel aufgestoßen.

Dass er seinem Sohn und einem anderen Jungen das Leben gerettet hatte, schien weniger wichtig zu sein als die Tatsache, dass sich ein Kriminalpolizist an die Regeln zu halten hatte.

Arndt hatte inzwischen nur noch Verachtung übrig für die »*da oben*«, wie er sie inzwischen nannte. Sein Sohn lebte und der andere Junge auch: Sollte das nicht Grund genug sein, um die Akte ins Archiv zu legen und sich um das zu kümmern, was wirklich wichtig war? Die Aufklärung von Verbrechen!

Stattdessen nötigten sie ihn zur Polizeipsychologin. Er war nicht labil, depressiv oder hatte Wahnvorstellungen. Er war sich sogar sicher, dass er die Entführung seines Sohnes sehr gut weggesteckt hatte, nachdem Sebastian lebte und die Täter tot waren. Leider teilten weder die Polizeidirektion noch die Psychologin diese Meinung.

»Ich weiß. Sie machen nur Ihren Job, aber ich werde das Gefühl nicht los, dass Sie unbedingt eine Diagnose über mich wollen.«

»Herr Schumacher, wie Sie schon sagten, ich mache nur meinen Job. Wenn Sie mich das auch machen ließen, könnten wir die ganze Behandlung sehr schnell hinter uns bringen.«

»Behandlung?« Arndt wurde laut. »Ich bin nicht krank! Mir geht es gut, verdammt noch mal!« Arndt sprang von seinem Sitz hoch und eilte wütend aus dem Büro. Er konnte noch hören, wie die Frau sagte: »Herr Schumacher, bitte! Das meinte ich nicht so.«

Arndt war das herzlich egal. Er war mit Frau Kramer fertig.

Wieso konnte ihn keiner verstehen? Er wollte mit dem Fall nichts mehr zu tun haben. Sein Sohn lebte und Danz, der Entführer, war tot. Wieso konnte man das nicht dabei belassen? Warum mussten Menschen immer wieder alles analysieren, besprechen und durchkauen?

Mit Wut im Bauch kam er an Willys Büro vorbei und stürzte kurzentschlossen hinein.

Willy schreckte von seiner Akte auf und schaute ihn mit aufgerissenen Augen an. »Was verschafft mir die Ehre?«, fragte er sichtlich überrascht.

Willy war Arndts Vorgesetzter, darüber hinaus verband sie auch eine Freundschaft.

»Ich will das nicht!«, platzte Arndt heraus und schnaubte dabei wie ein Dressurpferd.

»Was willst du nicht? Warum bist du so aufgeregt?« Ein leichtes Schmunzeln lag auf Willys Lippen.

»Spiel nicht mit mir, Willy! Das ist nicht lustig.«

»Komm, setz dich. Lass uns einen Tee trinken. Ich habe gerade eine Kanne mit frischem Kamillentee gefüllt.« Willy zeigte mit der Hand auf den freien Sitzplatz.

Arndt sah die Teekanne und bemerkte den Duft von Kamille im Raum. Er wollte etwas anmerken, schluckte die Worte und den Ärger aber hinunter und setzte sich.

Willy schenkte ihm eine Tasse ein und reichte sie Arndt.

Arndt nahm die Tasse und nippte an dem heißen Tee. »Hast du mit mir gerechnet?«

»Nein …«

»Ach so«, tat Arndt verstehend und schmunzelte amüsiert, »und du hast immer zwei Tassen auf deinem Tisch stehen, man kann ja nie wissen …«

»Witzig«, knurrte Willy und tat eingeschnappt, dabei nahm er auch einen Schluck aus seiner Tasse. »Und jetzt mal raus mit der Sprache, wo drückt der Schuh?«

»Die alte Kramer geht mir voll auf den Zeiger.«

»Na, so alt ist die doch gar nicht und eigentlich ganz nett.«

»Hör mir auf, ich kann ihr Mitleidsgetue echt nicht ertragen. Mir geht's gut, ich brauche sie nicht.«

»Das sehen die Herren im Präsidium aber anders.«

»Verdammt, Willy. Du bist mein Chef, kannst du nicht …«

»Nein, das kann ich nicht«, erwiderte Willy sehr bestimmt und schaute Arndt väterlich an. »Hör mal, es sind doch nur sechs Sitzungen. Wie viele hast du denn schon hinter dir?«

»Das war heute die zweite … mehr oder weniger …«

»Lass mich raten: Du hast die Sitzung abgebrochen.« Willy schaute Arndt mit mahnend hochgezogenen Augenbrauen an.

»Sie nervt!«, zischte Arndt zwischen den Zähnen hervor.

»Verdammt!«, zischte Willy zurück. »Kapier es doch endlich, Kramer sitzt am längeren Hebel. Sei froh, dass sie so nachsichtig mit dir ist. Was meinst du, was geschehen wird, wenn sie der Direktionen mitteilt, dass du nicht kooperierst?«

»Was soll schon geschehen, Willy?«, horchte Arndt auf und stellte seine Tasse auf den Tisch.

»Ein Disziplinarverfahren gegen dich zum Beispiel.« Willy schaute Arndt ziemlich enttäuscht an.

»Die? Du bist mein Chef, können die das einfach?«

»Und ob!« Willys Stimme erhob sich.

»Ich habe doch nichts Falsches getan! Ich habe meinen Sohn gerettet. Jeder Vater würde so reagieren.«

»Verdammt noch mal!«, polterte Willy los und bekam vor lauter Wut einen knallroten Kopf. »Während deiner Dienstzeit bist du Kriminalpolizist und kein Vater. Es gibt Regeln, an die müssen sich alle halten. Geht das nicht in deinen Sturschädel?«

Arndt schlug nicht sofort zurück, obwohl es ihn viel Kraft kostete, sich zu beherrschen. Aber er kannte Willy nur zu gut, eine Diskussion war jetzt sinnlos. Willy war schließlich für seine cholerischen Wutausbrüche bekannt und gefürchtet.

»Vielleicht solltest du Urlaub machen«, schlug Willy vor, als er sich wieder beruhigt hatte.

Arndt hätte sich fast an seinem Tee verschluckt, so unwirklich kam ihm dieser Vorschlag vor. »Urlaub?«, fragte er daher ungläubig.

»Ja. Warum nicht? Gönn dir ein paar Tage. Du hast ja noch reichlich Urlaubstage«, antwortete Willy ungerührt.

»Wozu Urlaub? Ich weiß ja nicht mal, wo ich hin sollte.«

Urlaub hatte er zum letzten Mal zwei Jahre zuvor genommen, da war er mit Sebastian für eine Woche nach Mallorca geflogen. Aber es hatte keine zwei Tage gedauert, bis ihm langweilig wurde. Das einzige Schöne an dem Urlaub war gewesen, dass er ein paar Tage mit seinem Sohn verbringen konnte.

Urlaub war einfach nichts für ihn. Er liebte seinen Job. Wieso konnten die Herren aus dem Präsidium das nicht verstehen und froh sein, dass es noch Mitarbeiter gab, die ihre Arbeit lieben?

»Neustadt an der Weinstraße.«

»Was?« Arndt schreckte aus seinem Zorn auf.

»Das ist eine schöne kleine Stadt an der Weinstraße. Meine Frau und ich haben dort eine kleine Ferienwohnung. Entspann dich dort für eine Woche, es wird dir gefallen. Sehr viel Grün, herrliche Weinberge und wunderbare romantische Winzerhöfe …«

Arndt hätte auf den Tisch kotzen können ob Willys lieblichen Gesäusels. »Das ist nicht dein Ernst? Was soll ich mit romantischen Winzerhöfen? Ich bin Single!« Arndt zweifelte langsam an Willys Verstand, auch wenn er ihm sofort glaubte, dass er es nur gut meinte.

»Dir ist nicht zu helfen«, schnappte Willy ein.

»Ich brauch keinen Urlaub. Mir geht's wirklich gut«, repetierte Arndt seinen Standpunkt. »Wenn du mir einen Gefallen tun willst, halt mir die Kramer vom Hals. Außerdem sind wir doch unterbesetzt.«

Willy holte tief Luft und atmete laut aus. Er sagte nichts, aber man konnte sehen, dass er gerade am Dickkopf seines Lieblingskommissars verzweifelte.

Da klingelte sein Telefon.

»Klausen?«, meldete er sich.

Arndt hörte erregtes Geschnatter aus dem Hörer krächzen und spitzte die Ohren, konnte aber weder die Stimme erkennen noch irgendetwas verstehen.

Willy hörte aufmerksam zu, ließ sein Gegenüber sprechen, fragte einige Male kurz nach etwas, brummte zustimmend, verstehend. Arndt spürte, wie Willy sich zunehmend anspannte, unruhig wurde, nachdenklich die Augen verdrehte, sich zu erinnern versuchte. Willy war vollkommen eingenommen von diesem Gespräch, spielte ständig mit seinem Kugelschreiber, schob seinen Notizblock auf dem Schreibtisch herum, machte sich aber dabei nicht eine Notiz.

Schließlich erklärte er äußerst entschlossen und verbindlich: »Gut, wir kommen zu Ihnen.« Dann legte er auf.

»Was ist los?«, fragte Arndt, denn Willy schaute wie versteinert auf seinen Notizblock und schwieg.

Es dauerte ein wenig, bis Willy aufschaute. »Ich weiß das noch nicht genau«, orakelte er. »Das war eben Frederike Hansen.«

Arndt erschrak, Willy schaute durch ihn hindurch ins Weite. »Frederike Hansen?«, hakte Arndt nach, da er nicht verstand, worauf Willy hinauswollte. Er verstand nur, Willy stand neben sich wegen dieses Gesprächs. Irgendetwas hatte ihn vollkommen aufgewühlt.

Doch plötzlich taute Willy wieder auf. »Sie war die Hauptzeugin eines Anschlags, vor dreißig Jahren. Der Fall ist eigentlich längst aufgeklärt.« Dann lachte er kurz, aber ziemlich hoffnungslos. »Eigentlich …«

KAPITEL 2

Warum ruft eine Zeugin von einem früheren Fall bei Willy an?, fragte er sich, denn Willy betreute doch seit Jahren keine eigenen Fälle mehr. Als Leiter der Mordkommission war er doch eher mit administrativen und leitenden Tätigkeiten beschäftigt, als mit der Aufklärung von Mordfällen.

Wie lange muss der Mord zurückliegen?

»Okay«, hob Arndt schließlich an, um Willy zum Klartext zu ermuntern, »und was hat das mit der Gegenwart zu tun?«

»Hansen hat angeblich neue Erkenntnisse«, antwortete Willy und schüttelte den Kopf, als könne er noch immer nicht glauben, was er gerade erzählte.

»Nach dreißig Jahren?« Arndt dachte laut nach und wollte es nicht glauben. *Obwohl, bei Philipp Möller ging es um fünfzig Jahre.*

Auf dem Weg zu Frederike Hansen erzählte ihm Willy die schrecklichen Ereignisse, die Lübeck dreißig Jahre zuvor erschüttert hatten. Seine Stirn war in Falten gelegt, ein deutliches Zeichen, dass er sich nicht gerne zurückerinnerte. Arndt hörte fassungslos, entsetzt zu und versuchte, sich zu erinnern. Aber er war damals gerade einmal acht Jahre alt gewesen. So lange hielten Kindererinnerungen nicht.

»Wohin fahren wir?«, fragte Arndt, als Willy die Autobahn verließ und der Eutiner Straße folgte. Die Gegend war ihm vertrauter, als ihm lieb war, aber eine Vorstellung vom Ziel ihrer Fahrt hatte er nicht.

»Nach Pansdorf«, antwortete Willy knapp. Er wurde zusehends ruhiger, schien nachdenklicher zu werden, je näher sie ihrem Ziel kamen.

Pansdorf.

Elke Henschel. Seine ehemalige Partnerin im Dienst. Elke hatte Zeit ihres Lebens in Pansdorf gelebt und Arndt war davon ausgegangen, dass sie dort alt würde. Sie liebte Pansdorf und war tief verwurzelt mit der Region. Aber sie hatte vor einiger Zeit entschieden, nach Mannheim zu ziehen, um bei der Polizei dort Karriere zu machen. Ab und an musste er immer noch an sie denken. Er tat es nicht gern, weil er dann spürte, dass er sie vermisste.

Seit sie gemeinsam einen Psychopathen in Pansdorf geschnappt hatten, der sich an alten Menschen rächte, war er nicht mehr in dem Ort gewesen. Wozu auch? Pansdorf lag sehr idyllisch zwischen Lübeck und der Ostsee auf dem Land. Arndt verbrachte seine wenige Freizeit aber viel lieber in Lübeck. Wie Elke das Dorfleben liebte, liebte Arndt die kleinen verwinkelten Gassen der Lübecker Altstadt, den Duft nach Marzipan, den er überall zwischen den Häusern spürte, und die verträumten kleinen Cafés mit dem typischen Lübecker Charme. Lübeck war für ihn die schönste Stadt der Welt, was ihm nicht schwerfiel, denn er kannte nicht allzu viele Städte, was ihn wiederum nicht im Geringsten störte.

Sie ließen das Pansdorfer Ortsschild hinter sich und irgendwann bog Willy von der Eutiner Straße in die Stolper Straße ab. Willy fand seinen Weg sehr selbstverständlich, zielsicher und ohne Navigationssystem, er schien Pansdorf gut zu kennen. Vor einem unauffälligen Einfamilienhaus mit kleinem Vorgarten hinter einer schützenden Hecke hielt Willy an und stellte den Motor ab. »Hier ist es«, erklärte er und deutete damit an, dass sie aussteigen mussten. Sie gingen zusammen zur Haustür, Willy klingelte. Nichts geschah.

»Vielleicht ist sie nicht da«, kommentierte Arndt naseweis, als es nicht mehr danach aussah, als würde gleich die Tür geöffnet.

Willy schaute ihn nur mitleidig und vorwurfsvoll zugleich an. »Geht's noch blöder, mein Junge?«, hörte Arndt seinen Chef brummen und musste Willy recht geben: Willy hatte sich der Zeugin ja ausdrücklich angekündigt. Und wer lässt die Polizei warten, wenn er sie selbst gerufen hat?

Willy klingelte erneut und kurze Zeit später wurden sie von Frau Hansen freundlich ins Haus gebeten. Willy wurde begrüßt wie ein alter Bekannter, die Dienstmarken interessierten Frau Hansen nicht.

Sie folgten ihr ins Wohnzimmer. Hansen bat beide Polizisten, auf der Couch Platz zu nehmen. Sie selbst setzte sich auf den Sessel rechts daneben.

Das Wohnzimmer wirkte unspektakulär und Frau Hansen passte zu ihrem Wohnzimmer: Sie war nicht zu groß und alles in allem unauffällig mit ihrer Kleidung und dem hochgesteckten Haar. Auf Arndt wirkte die etwa fünfzigjährige zierliche Frau wie eine Sekretärin: Alles wirkte ein wenig bieder, aber nicht unsympathisch, einfach nur herrlich normal.

Willy hatte Arndt gerade darum gebeten, das Notieren zu übernehmen, und wollte nun zur ersten Frage ansetzen, als Frau Hansen auch schon losplauderte: »Ich hatte schon befürchtet, Sie halten mich für verrückt«, begann sie, bevor Willy seine erste Frage stellte.

Arndt sah sich unvermittelt in die Rolle des Assistenten zurückgedrängt. Er sollte beobachten, die wesentlichen Fakten aus dem Gespräch erkennen und notieren. Das Fragen hingegen sollte er Willy überlassen, es sei denn, ihm brannte etwas unmittelbar unter den Fingernägeln. Diese Situation war ungewohnt für ihn: Er hatte nie mit Willy gemeinsam in einem Fall ermittelt. Solange er bei der Polizei war, war Willy schon sein Chef, aber niemals gleichberechtigter Ermittlungspartner. *Ob er ein gleichberechtigter Partner neben Willy überhaupt sein konnte?*, fragte er sich unwillkürlich.

Auch wenn er es nicht zugeben wollte, diese neue Rolle, in die er sich gerade gedrängt fühlte, behagte ihm nicht und er hoffte, dass Willy ihn möglichst schnell wieder allein mit den Ermittlungen betraute – falls es denn zu Ermittlungen käme.

Willy schreckte Arndt aus seinen Gedanken auf. »Seien Sie unbesorgt, Frau Hansen, wenn Sie uns neue Erkenntnisse liefern können, werden wir das natürlich mit der dafür notwendigen Ernsthaftigkeit prüfen.«

Arndt staunte und traute seinen Ohren nicht: *Glaubt er ihr etwa?*, dachte er, *oder will er nur charmant sein?*

Eifrig hakte indes Frau Hansen ein: »Weshalb ich auch nur mit Ihnen sprechen wollte«, erklärte sie. »Sie waren schon damals so galant und eh der Einzige, der mir geglaubt hat. Wenn ich da an Ihren Chef, diesen Dr. Schneider, denke, der ging ja gar nicht!« Zur Bekräftigung schüttelte sie sich, als müsse sie etwas Ekliges loswerden, das sich an ihr festgekrallt hatte.

»An was genau können Sie sich denn bitte erinnern?«, fragte Willy und ignorierte dabei die Anspielung auf seinen Chef.

Diese Frage nun ignorierte Hansen ihrerseits vollkommen und plauderte unverdrossen über das, was ihr selbst gerade durch den Kopf schoss: »Wie die Zeit vergeht! Aber ich muss Ihnen sagen, ich hätte Sie sofort wiedererkannt, auch wenn ich Ihre langen Haare sehr mochte. Aber der Seitenscheitel steht Ihnen auch sehr gut.« Hansens Wangen wurden leicht rot und Arndt konnte sich ein Schmunzeln nicht verkneifen. *Sie flirtet*, dachte er amüsiert.

Die Vorstellung, dass Willy, sein strenger Chef, einmal lange Haare getragen hatte, erheiterte ihn zusätzlich. *Sitzt da ein altes Pärchen?*

Arndt hatte in der Wohnung weder Fotos gesehen, auf denen ein Mann abgebildet war, noch deutete irgendetwas anderes in diesem Wohnzimmer darauf hin, dass hier auch ein Mann wohnte. Er wollte Hansen nichts unterstellen, aber es beschlich ihn ein unbestimmtes Gefühl, dass sie vielleicht ganz andere Beweggründe hatte, als sie vorgab.

Ist sie einsam?

»Wir werden alle älter«, kommentierte Willy vielsagend.

»Aber nicht unattraktiver«, kokettierte sie und ihre Wangen wurden noch roter.

Sie flirtet!, war sich Arndt nun ganz sicher und mit einem Mal verstand er die halb volle Weinflasche und das leere Weinglas auf dem Tisch.

Und sie ist angetrunken …

Willy ruderte indes zurück, damit ihm die Befragung nicht entgleiste: »Danke, das freut mich. Aber zurück zu dem Grund Ihres Anrufes. Sie hatten am Telefon erwähnt, dass Sie sich an neue Details erinnern.«

»Ja, genau. Ich trage das schon einige Tage mit mir und habe lange überlegt, ob ich den Schritt auf Sie zu wagen soll. Sie wissen ja, welchen Demütigungen und Verleumdungen ich ausgesetzt war; hätten Sie nicht an mich geglaubt, wäre ich bestimmt in der Irrenanstalt gelandet.« Sie schaute zur Seite zum Fenster hinüber. Ihre Gedanken schienen in der Vergangenheit angekommen zu sein und Arndt sah, dass ihre Augen feucht wurden.

Ihr Blick fiel auf die Weinflasche und plötzlich entdeckte Arndt darin eine ganz andere Bedeutung.

Hat sie sich Mut angetrunken?

»Ich weiß, deshalb bin ich persönlich hergekommen. Sie können mir vertrauen, was immer es ist: Haben Sie keine

Angst, es ist bei mir sicher«, versicherte Willy ihr, auch er schien bemerkt zu haben, dass Hansen die Erinnerungen einholten.

»Der ehrbare Streiter für die Gerechtigkeit, mein weißer Ritter«, pries sie Willy mit strahlenden Augen, lächelte kurz, um dann fortzufahren: »Sie müssen mir aber versprechen, dass sich die Tortur von damals nicht wiederholt. In meinem Alter stehe ich diese andauernden Befragungen, dieses Misstrauen und auch die Lügendetektortests nicht noch einmal durch.«

Willy nickte und schob eine weitere Zusicherung nach: »Seien Sie unbesorgt. Nur Herr Schumacher und ich werden Sie befragen, wenn es denn notwendig sein sollte.«

Hansen musterte Arndt, als prüfe sie, ob er vertrauenswürdig sei. Arndt versuchte zu lächeln und verkrampfte sich dabei völlig. Willy hatte ihm zwar während der Fahrt einiges über den Fall erzählt, aber mit keiner Silbe erwähnt, welchem Martyrium Hansen ausgesetzt war. Allerdings fragte er sich mittlerweile, ob Hansen nicht doch übertrieb.

Hansen wandte sich schließlich wieder Willy zu und lächelte gnädig. »Gut, ich vertraue Ihnen, Ihr Kollege macht einen sehr seriösen Eindruck.«

Arndt traute seinen Ohren nicht. Seit wann hatten Zeugen sich derart über Polizeibeamte auszulassen? Aber er verstand auch, dass die Dame eingeschüchtert war und einfach Sicherheit suchte. Deshalb bremste er seinen Zorn, bemühte sich um ein erneutes Lächeln und bedankte sich: »Seien Sie sicher, Ihnen wird nichts passieren. Darauf haben Sie mein Wort.« Arndt fühlte sich nach wie vor überflüssig, hoffte aber, dass Hansen nun doch endlich mit der Sprache herausrückte, und fragte sie kurzerhand: »An was genau haben Sie sich denn erinnert?«

Tatsächlich begann Frau Hansen nun zu erzählen: »Ich hatte letzte Woche Besuch von meiner lieben Freundin Berta aus Hamburg. Und wie immer, wenn sie mich besucht, gehen wir zu Niederegger, auf der Breiten Straße. Die Nuss-Marzipantorte ist dort ein Genuss«, begann sie und verzog das Gesicht, als stiege ihr der Duft der Torte in die Nase, während sie gerade ein Stück davon aß. »Als wir mittags in das Café hineingingen, herrschte schon starker Andrang. Wir waren froh, überhaupt noch einen Tisch zu bekommen. Wir bestellten uns jeder einen Cappuccino und ein Stück Nuss-Marzipantorte. Sie müssen wissen, Berta und ich haben in vielen Dingen einen sehr ähnlichen Geschmack, nicht nur bei Torten.« Sie lachte und warf Willy einen kecken Blick zu.

Irgendwie hatte Arndt Mitleid mit Willy, die Flirtversuche waren doch schon arg deutlich, aber Willy zeigte keine Regung, also hörte er aufmerksam zu.

»Fahren Sie bitte fort«, bat er schließlich.

»Nichtsahnend, dass dieser Tag in einer Katastrophe enden sollte, genossen wir unseren Mittag. Wir plauderten über die guten alten Zeiten, als wir noch jung und knackig waren und die Männer uns hinterher gepfiffen haben. Berta ist ja zum Glück in festen Händen, mit ihrem Erwin hat sie alles richtig gemacht. Aber mir ist es leider nicht gelungen, einen Mann an mich zu binden, früher hat mich das nicht gestört, so habe ich immer geglaubt. Aber ich glaube, ich habe mir damit etwas vorgemacht. Wer ist denn wirklich gerne allein?«

Keiner der beiden Männer antwortete darauf, aber unbewusst traf sie damit bei Arndt einen wunden Punkt. Nur die Arbeit half ihm, nicht in Selbstmitleid zu verfallen. Gerade an Tagen, wo er ganz allein zu Hause war, sehnte er sich nach einer Partnerin. Eine Frau, die ihn so liebte, wie er war, mit seinen Ecken und Kanten.

Das Gefühl, mit einer Partnerin zusammen einzuschlafen und aufzuwachen, kannte er schon lange nicht mehr, er vermisste dieses Gefühl.

Auch deshalb fuhr er nicht so gerne in Urlaub. Im Urlaub wurde er andauernd von der Sehnsucht nach diesem Gefühl gepiesackt, wenn um ihn herum die Pärchen aller Welt vorführten, wie toll es war, einen Menschen um sich zu haben, den man liebte.

Ungewollt waren seine Gedanken bei Elke. Es gab Tage, Momente, an denen er gehofft hatte, Elke könnte genau der Mensch sein, der diese Lücke in seinem Herzen füllte. Aber Elke war in Mannheim und somit unerreichbar für ihn.

Wäre er sich gegenüber ehrlich gewesen, hätte er zugegeben, dass er auch seiner Arbeit wegen keine feste Freundin fand. Er arbeitete viel und hatte deshalb wenig Zeit für Freizeitaktivitäten. Wie hätte er da eine Partnerin finden sollen?

»Was ist nach der Kaffeezeit passiert? Haben Sie das Café verlassen?«, fragte Willy, um wieder zum eigentlichen Grund ihres Kommens zurückzukommen.

»Ja, lachend und fröhlich gestimmt wollten wir ein wenig schlendern. Hätte ich geahnt, was dann passiert, hätte ich das sicherlich nicht gewollt.«

»Was ist denn dann passiert?«, schob Willy sofort nach, er wurde allmählich ungeduldig, spürte Arndt.

»Wir sind die Breite Straße hinunter flaniert und haben uns mit der Menschenmasse treiben lassen. Und bei dem Gewühle in dieser engen Straße ist es völlig normal, dass man immer wieder einmal angerempelt wird …« Hansen hielt inne und schluckte, als fielen ihr die nächsten Worte besonders schwer.

Weder Willy noch Arndt sagten etwas, fühlten und hofften jedoch beide, dass endlich die entscheidende Stelle kam.

»Und dann rempelte mich dieser Mann an. Ich dachte mir zunächst nichts dabei, bis ich ihm ins Gesicht schaute.« Wieder hielt sie inne und Arndt konnte sehen, dass sie plötzlich sehr erregt war. Ihre Härchen an den Armen – sie trug eine Bluse mit kurzen Armen – richteten sich auf. Sie schaute

Willy mit weit aufgerissenen Augen an, als hätte sie sein Gesicht gesehen.

»Welches Gesicht?«, fragte Willy, um die Schockstarre dieses Augenblicks zu lösen.

»Sein Gesicht!«, erwiderte Hansen ergriffen und entsetzt, als stünde ein Gespenst vor ihr. Ihre Stimme zitterte, sie hauchte mehr als zu sprechen: »Diese blauen Augen werde ich niemals vergessen!«

KAPITEL 3

Selbst Arndt bekam von diesem imaginären Gespenst eine Gänsehaut. Hansen schien völlig ergriffen von ihrer eigenen Erinnerung. Es musste ihr schrecklich vorkommen, dieses Gesicht.

Aber wessen Gesicht?

Auch Willy hatte wohl bemerkt, dass die alte Dame vollkommen außer sich war und bot ihr etwas zu trinken an. Sie nahm das Angebot dankbar an und verlangte kraftlos nach einem Glas Wein.

Arndt nahm die Weinflasche, schenkte das Glas halb voll ein und reichte es ihr. Sie nahm es und setzte erst wieder ab, als kein Tropfen mehr darin war. Es ging ihr danach wieder sichtlich besser.

Als Willy dies bemerkte, lenkte er sie behutsam wieder auf das Gesicht zurück: »Von wem sprechen Sie? Von wessen Gesicht?«

Sie riss die Augen erneut entsetzt auf, beruhigte sich aber gleich wieder. Dennoch flüsterte sie: »Alfred … Alfred Schneider.«

Diesmal war es Willy, der so aussah, als sei ihm ein Geist erschienen. Die Farbe war aus seinem Gesicht gewichen und seine Augen starrten ins Leere. »Sind Sie sicher?«, fragte er, als er sich wieder gefasst hatte.

»Ja, ganz sicher«, erwiderte sie so sicher, als sei es eine Frechheit, dies anzuzweifeln. »Diese Augen, diese strahlend blauen Augen! Ich werde sie niemals vergessen! Wie könnte ich auch …« Sie verharrte einen Augenblick in Willys Gesicht, als warte sie auf etwas, dann nahm sie die Weinflasche, füllte ihr Glas erneut und nahm einen kräftigen Schluck daraus. Anschließend behielt sie das Glas in der Hand und spielte mit dem linken Zeigefinger nervös an der Glaswand.

»Dann wird er wohl seine Strafe verbüßt haben und wieder auf freiem Fuß sein.« Willy schien enttäuscht. Enttäuscht über den Namen genauso wie über das, was er gerade gesagt hatte.

Hansen schoss in ihrem Sessel auf. »Wie kann man so jemanden wieder auf freien Fuß setzen? Das Monster gehört bis zu seinem Tod hinter Gitter!«, ereiferte sie sich und Zorn blitzte aus ihren Augen. Sie knirschte mit den Zähnen, sodass Arndt ein kalter Schauer den Rücken hinunter lief.

Alfred Schneider hatte ein Verbrechen begangen und war dafür ins Gefängnis gewandert. Wie es schien, hatte er seine Strafe abgesessen und war somit ein freier Mann, das jedoch war kein Verbrechen, auch wenn Hansen dies nicht schmeckte.

Willy konnte darauf nur mit den Achseln zucken. »Das liegt nicht in meiner Verantwortung, Frau Hansen. Dafür sind die Gerichte und der Staatsanwalt verantwortlich.« Wie es schien, hatten sie sich umsonst auf den Weg zu Hansen gemacht. Hansen hatte einfach nur Angst, das war nur natürlich. Aber solange Schneider nicht auffällig wurde, hatten sie nichts in der Hand, um ihn zu verhaften. Das war noch einmal enttäuschend, aber nun einmal geltendes Recht und gut so. »Wollten Sie mir das mitteilen?« Willy wollte jetzt zurück in sein Büro.

»Ja, das wollte ich. Ich dachte, Sie könnten …«, begann sie ihren Satz und verriet damit ihre eigentlichen Beweggründe.

Willy schaute sie sehr ernst, ein wenig vorwurfsvoll und tadelnd an, ehe er sprach. »Ich kann Ihre Sorgen sehr wohl verstehen, aber solange er sich unauffällig verhält und sich an unsere Gesetze hält, habe ich keine Handhabe«, erklärte er und rückte auf der Couch ein wenig hin und her. Er schien ungeduldig zu werden. Ein deutliches Zeichen für Arndt, dass Willy das Gespräch gleich beendete und mit dessen Verlauf alles andere als zufrieden war.

»Und da dürfen sich unsere werten hohen Politiker nicht wundern«, warf sie im Brustton der Empörung ein, »warum die Menschen in Deutschland kein Verständnis mehr aufbringen. Wie kann man uns einfachen Leuten dann noch verständlich erklären, warum ein Mörder wieder auf freiem Fuß ist?« Sie schüttelte den Kopf.

Nun mischte Arndt sich ein, um die aufgebrachte alte Dame wieder zu beruhigen: »Frau Hansen, ich kann Ihren Unmut sehr gut verstehen, aber wir müssen uns an Gesetze halten, wir sind von der Polizei.« Außerdem nervte ihn dieses oberflächliche Gewäsch. Für Stammtischparolen hatte Arndt nie viel übrig gehabt.

Willy warf ihm einen kurzen Blick zu, es war vielleicht ein Bruchteil einer Sekunde, Hansen hatte das sicherlich nicht gesehen, aber Arndt schon, und er wusste, was dieser vorwurfsvolle Blick bedeutete.

Arndt selbst nahm es mit den Gesetzen nicht immer genau. Vor einigen Monaten hatte er seinen Sohn aus den Fängen von Entführern befreit und dafür war ihm jedes Mittel recht gewesen, schließlich hatte das Leben seines Sohnes auf dem Spiel gestanden. Und er wusste, dass er wieder so handeln würde. Aber er konnte Hansen natürlich nicht sagen, dass Selbstjustiz manchmal notwendig war, um der Gerechtigkeit zum Sieg zu verhelfen. Auch seiner Behörde konnte er das nicht sagen, deshalb hatte er ja diese Kramer am Hals.

»Ja, ja«, fiel Hansen leicht gereizt ein, »etwas anderes habe ich auch nicht erwartet.« Sie trank den Rest aus ihrem Glas. »Sie sollten Schneider aber aufsuchen. Er weiß mehr, als er damals gesagt hat, da bin ich mir ganz sicher.«

Willy wurde noch einmal für einen Moment wach. »Wie meinen Sie das?« An Willys Unruhe aber erkannte Arndt, dass er Hansen nicht länger zuhören und ihr Nichtigkeiten aus der Nase ziehen wollte, dafür kannte er ihn einfach zu gut.

»Als ich in seine Augen sah, war es, als schaute ich durch ein Fenster in die Vergangenheit.«

»Wie bitte?« Willy hatte es noch nie gemocht, wenn Menschen in mythischen Bildern redeten. Er war schon immer ein Mann der klaren Worte gewesen.

Hansen hatte schon wieder einen leicht abwesenden Blick. »Alles war wieder da, die Erinnerungen. Ich konnte alles sehen. Ich war plötzlich wieder am Tatort …«, erklärte sie und hielt inne. Sie hielt die Hand vors Gesicht und wischte erste Tränen weg.

Arndt nahm ein Taschentuch aus seiner Jackentasche und reichte es ihr. Er wurde neugierig, trotz all der Gespenster. Es schien etwas aus der Dunkelheit zu treten, er fing an, Hansen zu glauben.

Hansen bedankte sich für das Taschentuch und putzte sich die Nase.

»Und was haben Sie nun gesehen?«, drängelte Willy weiter.

»Alles«, erklärte Hansen viel- und doch nichtssagend. »Selbst Berta ist es aufgefallen, dass ich neben mir stand. Hätte sie mich nicht festgehalten, wäre ich sicherlich umgekippt. Wir sind dann ins nächste Café gegangen, wo sie mir ein Wasser bestellt hat. Ich habe am ganzen Körper gezittert.«

Auch Arndt war ungeduldig geworden, er hoffte auch auf neue Erkenntnisse und fürchtete neue Belanglosigkeiten. Er drängte: »Was hat Ihnen denn solche Angst gemacht?«

Ein aufgeklärter Fall, bei dem der Täter gefasst war und seine Strafe bereits verbüßt hatte, war abgeschlossen und konnte nicht so einfach wieder geöffnet werden, schon gar nicht nur deshalb, weil eine Zeugin den Mörder wieder getroffen hatte. Arndt war zunehmend skeptischer, was den Verlauf des Gespräches anbelangte. Er wollte endlich Gewissheit, ob sie eine alte Akte wieder ausgraben mussten oder gerade ihre Zeit verplemperten.

»Ich sagte doch bereits alles.« Sie wurde kurz lauter, hielt aber die Hand vor den Mund, als sei ihr das unangenehm. »Entschuldigen Sie, aber meine Nerven.«

»Sie haben alle Zeit der Welt. Wir sind hier, um Ihnen zu helfen«, beruhigte Willy sie. »Welche Erinnerungen haben Ihnen besonders Angst gemacht und könnten uns helfen?«, präzisierte er seine Frage.

»Dass er nicht allein war.«

»Nicht allein?«, wunderte sich Willy laut, »Sie hatten ihn doch eindeutig identifiziert.«

»Ja, nein … ich hatte zu Anfang gesagt, dass er nicht allein war, dass ich noch eine zweite Person gesehen habe.«

»Sind Sie sicher?«, bohrte Willy nach, dabei blickte er ihr scharf in die Augen.

»Ganz sicher. Aber ich musste damals meine Aussage ändern.«

»Warum?«, fragte nun Arndt.

»Weil ich nicht ganz sicher war.«

»Ich dachte, Sie waren sich sicher?«, entgegnete Willy.

»Ja, war ich auch. Verdammt«, schnaubte sie und hielt die Hände vors Gesicht. »Ich war sicher, dass Schneider nicht allein war, da war noch jemand. Aber ich konnte mich nicht an sein Gesicht erinnern, aber er hatte ein Tattoo.«

»Ein Tattoo?«

»Ja, am Arm. Der rechte Arm muss das gewesen sein.«

»Und an das Tattoo haben Sie sich nun wieder erinnert, als Sie Schneider begegneten?«

»Ja.«

»Aber Sie wissen noch immer nicht, wer diese Person war?«

»Nein, ich habe meinen Kopf zermartert. Ich weiß es nicht. Ich war angetrunken an diesem Abend, aber wer war das nicht? Dennoch habe ich Schneider gesehen und noch eine zweite Person.«

»Aber wenn dort zwei Personen waren, warum konnten Sie sich nur an Schneiders Gesicht erinnern?« Willy schien ihr nicht glauben zu wollen.

»Ich weiß es nicht. Vielleicht weil Schneider mir direkt in die Augen geschaut hat, vielleicht weil der andere ein Kapuzenshirt trug.«

»Aber wenn er ein Kapuzenshirt trug, wie konnten sie das Tattoo am Arm sehen?«, wollte Arndt wissen.

»Weil er den rechten Ärmel hochgekrempelt hatte.«

»Sind Sie sicher?«

»Ja, ganz sicher«, jammerte sie. »Ich bin nicht verrückt.« Schluchzend nahm sie ihr Taschentuch, das sie fest umklammert in der rechten Hand hielt, und putzte sich wieder die Nase.

»Sie mögen recht haben, aber kann es nicht sein, dass dieser Mann einfach da war, aber nichts mit dem Anschlag zu tun hatte? Soweit ich mich erinnern kann, hat die Polizei nach einem Mann mit Tattoo gefahndet, die Fahndung blieb aber ergebnislos. Und an dem Abend waren doch einige von Schneiders Freunden zugegen.«

»Dann hat sie nicht gründlich genug gefahndet«, widersprach Frau Hansen und zog die Nase hoch.

»Da muss ich Ihnen widersprechen. Der Anschlag hatte bundesweit für Aufsehen gesorgt. Es waren unzählige Polizisten, das LKA und sogar das BKA an den Ermittlungen beteiligt. Und soweit ich mich recht erinnere, hat Schneider selbst ausgesagt, dass er ein Einzeltäter sei.«

»Dann lügt er«, unterbrach Hansen scharf. Mit jedem Einwand der beiden schien sie ihrer Sache sicherer zu werden.

»Wieso sollte er lügen?«, widersprach Willy und Arndt musste ihm recht geben. »Das ergibt doch keinen Sinn.« Warum sollte ein gefasster Mörder jemanden decken? Zumal es üblich war, dass man das Strafmaß deutlich reduzierte, wenn Täter geständig waren und dabei noch ihre Mittäter preisgaben.

Warum hätte sich Schneider nicht auf einen Deal mit der Staatsanwaltschaft einlassen sollen, wenn er dafür Strafmilderung bekommen hätte? Wer will schon freiwillig ins Gefängnis?

»Das weiß ich doch nicht«, brauste Hansen auf, »aber er lügt! Er hat es nicht allein getan.«

»Ohne Beweise wird das leider nur Spekulation bleiben«, widersprach Willy.

»Er ist doch frei, fragen Sie Schneider selber.«

KAPITEL 4

»Und was denkst du?«, fragte Arndt, als er und Willy wieder im Auto saßen und auf dem Weg zum Revier waren.

»Ich glaube, die Frau ist einfach fertig mit den Nerven«, antwortete Willy leicht gereizt.

»Das Gefühl habe ich auch. Wahrscheinlich hat die Begegnung mit Schneider sie vollends von der Rolle gebracht.«

»Das glaube ich auch. Die Fahrt hätten wir uns schenken können«, antwortete Willy und schaute aus dem Fenster. Gleichzeitig öffnete er das Fahrerfenster und ließ die kalte Winterluft ins Auto, um kurz danach das Fenster wieder zu schließen.

»Was genau meinte Hansen damit, dass sie die Tortur nicht noch mal durchstehen würde? Wurde sie wirklich einem Lügendetektortest unterzogen?«

»Ich weiß es nicht, ist schon sehr lange her.«

»Aber sie meinte doch, dass du der Einzige warst, der ihr damals glaubte«, bohrte Arndt nach, denn mit Willys Antwort wollte er sich nicht zufriedengeben. Etwas an diesem Fall hatte ihn neugierig gemacht.

»Ja, ich war jung«, Willy schnalzte mit der Zunge, »und naiv.«

»Na ja, du scheinst aber ganz schön Eindruck bei ihr hinterlassen zu haben. Ich glaube, wenn ich nicht mitgekommen wäre, hätte sie sich auf dich gestürzt.« Arndt lachte.

»Witzig«, zischte Willy. Er war gereizt.

»Du mit langen Haaren warst bestimmt sehr lecker.«

»Lass das!«

»Irgendetwas stört dich doch?«

»Es ist nichts.«

»Mir kannst du nichts vormachen. Ich spüre doch deine Anspannung.«

»Der Fall liegt dreißig Jahre zurück. Wieso gräbt sie die alte Geschichte wieder aus?«

»Na ja, wenn du mich fragst, würde ich sagen, die hat die Ereignisse nie wirklich verarbeitet. Sie sollte zu Kramer, nicht ich«, schlug Arndt vor, schaute aber beschämt zur Seite, als Willy ihm einen scharfen Blick zuwarf.

»Das stört mich ja.«

»Was?« Arndt konnte ihm nicht folgen.

»Wenn sie die Ereignisse nicht verarbeitet hat, dann reicht natürlich eine Begegnung mit Schneider aus, um sie komplett aus der Bahn zu werfen«, erklärte Willy.

»Also denkst du, sie hat sich das mit dem zweiten Täter ausgedacht?«

»Ich weiß nicht.« Willy verzog sein Gesicht, als fiele es ihm schwer, diesen Gedanken auszusprechen.

Arndt verlor allmählich die Geduld. Willy wollte irgendetwas sagen, aber er drückte sich davor, traute sich nicht. »Verdammt, warum erzählst du mir dann nicht, was es mit Hansen und diesem dubiosen Tattoo-Mann auf sich hat?«

»Weil ich mich nicht mehr genau erinnern kann«, antwortete Willy.

»Oder willst!«, fuhr Arndt ihn an, auch auf die Gefahr hin, gleich einen Einlauf von ihm zu bekommen. Willys Kopf wurde gerade knallrot, er stand kurz vor einem cholerischen Anfall.

Doch statt zu schreien, atmete Willy lautstark ein und aus und fuhr sich mit der rechten Hand kurz an die Nase. »Na gut … Ja, ich erinnere mich an ihre Aussage mit dem tätowierten Mann. Es war eine schreckliche Tragödie, so viele Tote und wie durch ein Wunder überlebte sie. Sie lag ohnmächtig neben Toten und Schwerverletzten, als Sanitäter sie fanden.«

»Kein Wunder, dass sie so eine Angst hat«, kommentierte Arndt und begann zu verstehen. Er war auf die weiteren Schilderungen gespannt.

»Ja, aber sie schien das gut wegzustecken. Sie machte einen vernünftigen, beherrschten Eindruck. Hansen war zwar angetrunken, aber wie sie sagte: Wer war das nicht an diesem Abend? Wir verhörten sie noch am selben Abend im Krankenhaus, weil wir möglichst unverfälschte Informationen haben wollten.«

»Und du hast sie verhört?«

»Ja, mir wurde diese Aufgabe zugeteilt. Ich begleitete sie mit dem Krankenwagen ins Krankenhaus und schon während der Fahrt drängte sie, eine Aussage machen zu wollen, da sie die Täter gesehen hatte.«

»Lass mich raten: Da hat sie von zwei Tätern gesprochen?«

»Genau, von Schneider und einem Mann mit einem auffälligen Tattoo am rechten Arm.«

»Und wieso habt ihr nicht nach dem Mann gefahndet?«

»Du Scherzkeks«, blaffte Willy. »Natürlich habe ich das mit ins Protokoll aufgenommen und wir haben nach diesem ominösen Mann auch gefahndet. Aber außer ihr konnte sich kein anderer Zeuge an diesen Mann erinnern und dann kam die Presse.«

»Was hat die Presse damit zu tun?«

»Die haben eine große Story gewittert.«

»Und?«

»Nix und! Sie fingen an, ihre eigenen Nachforschungen zu betreiben, haben im Leben der Zeugen geschnüffelt und dabei sind über Hansen ein paar nicht so schöne Dinge ans Licht getreten.«

»Was für Dinge?«

»Na ja, sie war schon mal mit dem Gesetz in Konflikt geraten.«

»Sie war vorbestraft?«

»Helles Köpfchen!«, lobte Willy, aber der Sarkasmus war nicht zu überhören.

»Und weswegen?«

»Dreimal darfst du raten?«

»Ich weiß nicht«, erwiderte Arndt. Willy warf ihm einen abschätzigen Blick zu und wollte gerade etwas sagen, als Arndt ihm ins Wort fiel. »Du meinst doch nicht Meineid?«

»Doch. Sie bekam dafür eine Bewährungsstrafe.«

»Und weswegen hat sie ein Meineid geleistet?«

»Sie hat ihren Exfreund der Vergewaltigung bezichtigt.«

»Wow!«

»Tja, du kannst dir natürlich denken, dass sie damit als Zeugin an Glaubwürdigkeit verloren hatte.«

»Und deswegen die Tests?«

»Genau, ansonsten wäre sie als Zeugin komplett nutzlos gewesen. Da wir zum Glück noch andere Zeugenaussagen hatten, reichte das, um Schneider des mehrfachen Mordes zu überführen, zumal Schneider aufgrund des Drucks ein Geständnis abgelegt hatte und keinen Komplizen erwähnte, obwohl wir ihm Strafmilderung angeboten haben.«

»Und die Suche nach dem Tattoomann wurde dann aufgegeben?«

»Was hätten wir tun sollen?«, antwortete Willy, als suchte er nach einer Erklärung, weil er selbst nicht davon überzeugt war, dass sie damals richtig gehandelt hatten.

»Und dennoch scheinst du nicht zufrieden.«

»Natürlich nicht. Sie hat zu keinem Zeitpunkt auf mich den Eindruck gemacht, dass sie verrückt sei.«

»Wenn nicht dieser Meineid gewesen wäre …«, ergänzte Arndt.

»Genau.«

»Hast du sie nicht darauf angesprochen?«

»Habe ich.«

»Und?«

»Nix. Sie wollte das nicht kommentieren, wollte die Gelegenheit nicht nutzen, um ihre Tat zu erklären. Das hat es mir natürlich noch schwerer gemacht, ihr zu vertrauen. Aber mein Gefühl sagte mir, dass sie nicht log.«

»Wieso hast dann du nicht nach diesem Mann gesucht?«

»Habe ich. Aber er war wie vom Erdboden verschluckt, und als Schneider gestand, dass er den Anschlag allein geplant und durchgeführt hatte, und es zur Anklage kam, wurde ich mit einem neuen Fall beauftragt. Und du weißt ja selbst, wie es ist …« Willy zog die Nase hoch und fuhr in die Tiefgarage des Polizeireviers.

Arndt antwortete nicht, er verstand Willy. Sicherlich war es damals schon genauso gewesen, die Polizei war schon immer unterbesetzt und das Verbrechen ruhte nicht, hatte auch kein Mitleid mit Beamten oder ihren Opfern. Als Polizist war man froh, wenn man einen Fall als gelöst zu den Akten legen konnte. Es gab einfach zu viele Fälle, die nie gelöst wurden.

Und mit dem Geständnis von Schneider hatte die Staatsanwaltschaft den Fall als erledigt vermerkt. Warum hätte Willy noch weiterforschen sollen?

»Also lassen wir es auf sich beruhen?«, schlussfolgerte Arndt.

Willy stellte den Wagen auf seinem Parkplatz bei der Polizeidirektion Lübeck ab und schaltete den Motor aus, machte aber keine Anstalten, den Wagen zu verlassen.

»Welche Wahl haben wir?«

Sucht er nach einem Strohhalm?, fragte sich Arndt.

»Alles spricht dafür, dass Hansen durch das Wiedersehen mit Schneider vergessen geglaubte Geister zurückgeholt hat.«

»Du meinst, Erinnerungen?«

»Ja.«

»Aber Schneider wurde verurteilt und ist wieder auf freiem Fuß. Kein Richter und Staatsanwalt wird gestatten, den Fall neu aufzurollen, nur weil Hansen glaubt, dass der Tattoomann Schneiders Komplize war.«

»Und was ist mit dir? Glaubst du ihr?«

»Ja, auch wenn sie labil wirkte. Aber je mehr ich darüber nachdenke, desto mehr neige ich dazu, ihr zu glauben«, erklärte Willy und fuhr sich mit der Hand durch die Haare. »Sie hat einfach keinen Grund, uns anzulügen.«

»Das sollte doch reichen«, sagte Arndt und kniff die Augen zusammen. Er wusste, was zu tun war. Er hatte nämlich das gleiche Gefühl wie Willy. Er glaubte Hansen und er glaubte seinem Instinkt, der ihn selten täuschte. Nur wie sollten sie einen tätowierten Mann finden, den man schon vor Jahrzehnten nicht gefunden hatte und über den es keine Aufzeichnungen gab?

Es konnte dafür nur eine Antwort geben.

»Wofür?«

»Um Schneider einen Besuch abzustatten.«

KAPITEL 5

Während Willy sich um die Adresse von Schneider kümmern wollte, lief Arndt zu Thorsten Jahnke. Wenn ihm einer helfen konnte, dann Thorsten. Während seiner fünfzehn Dienstjahre bei der Polizei war ihm keine Recherche zu schwierig oder zu aufwändig gewesen. Thorsten fand alles, was es zu finden gab.

Arndt klopfte kurz an und betrat das Büro.

»Hallo, Thorsten.«

»Hallo, Arndt. Was verschafft mir die Ehre?«, fragte Thorsten und reichte ihm die Hand.

»Ich bräuchte deine Hilfe.«

»Klar, gern.« Thorsten grinste und zeigte auf den Stapel mit Akten, die auf seinem Bürotisch lagen. »Füll einen Antrag aus.«

Arndt sah den Stapel, verstand den Wink und griente entschuldigend: »Wäre nett, wenn du das zwischenschieben könntest. Ist ziemlich dringend.«

»Ermittelst du gerade in einem Mordfall?«

»Mehr oder weniger.«

Thorsten verzog sein Gesicht zu einem kritischen Fragezeichen. »Wie, mehr oder weniger?«

»Wir haben eine Zeugin, die sich an Einzelheiten aus einem Anschlag erinnert. Gut möglich, dass es noch einen zweiten Täter gab.«

»Ich kann dir gerade nicht ganz folgen.«

»Vor dreißig Jahren hat ein Anschlag Lübeck erschüttert …«

Thorsten riss plötzlich die Augen auf und fiel dazwischen: »Du meinst doch nicht den Anschlag auf das Straßenfest in der Engelsgrube?«

»Ja, genau das meinte ich. Du erinnerst dich noch daran?«

»Nicht mehr so genau. Meine Eltern hatten eine kleine Bäckerei nur zwei Straßen weiter, daher weiß ich, dass das ganz schön große Wellen schlug. Ich kann mich an viele Kamerawagen und Journalisten erinnern. Einige von denen waren auch in unserer Bäckerei und haben meine Eltern verhört. Für einen Jungen wie mich war das alles natürlich super aufregend, auch wenn die Tat schrecklich war. Ich dachte, der Anschlag wäre längst aufgeklärt und der Täter gefasst?«

»Ja, das dachten wir auch. Aber uns hat heute eine Zeugin kontaktiert, die sich angeblich an einen zweiten Täter erinnert, und da hat Willy mich gebeten, der Sache noch mal auf den Grund zu gehen.«

»Verstehe, aber, mein Lieber, ich weiß nicht, ob wir da noch irgendwelche Akten vorliegen haben. Du kennst ja die Aufbewahrungsfristen. Vielleicht haben wir Glück und das Landesarchiv hat sie noch irgendwo rumstehen.«

»Heißt das, du hilfst mir?«

»Hab ich denn eine Wahl?« Er hob ratlos die Arme und lachte dabei breit. »So wie ich dich kenne, redest du so lange auf mich ein, bis ich nachgebe.«

»Du hast was gut bei mir«, bekräftigte Arndt und freute sich ehrlich darüber, einen solch prachtvollen Kollegen zu haben.

»Danke, aber freu dich nicht zu früh. Dreißig Jahre sind eine verdammt lange Zeit. Gut möglich, dass weder wir noch das Landesarchiv irgendwelche Akten hat.« Er schwieg einen Augenblick und schaute mit zugekniffenen Augen in seinen

Bildschirm. »Aber vielleicht hat das LKA oder BKA etwas. Soweit ich mich erinnere, hatte der Fall bundesweite Bedeutung.«

»Du bist der Beste!«, jubelte Arndt. »Sag mir bitte Bescheid, sobald du irgendetwas gefunden hast.«

»Mach ich.«

»Danke«, antwortete Arndt, verabschiedete sich herzlich und verließ das Büro.

Auf dem Weg in sein Büro nahm er einen Becher Kaffee mit. Kurz vor seinem Büro lief ihm dann Bernd über den Weg.

Bernd war 46 Jahre alt, sah für sein Alter verdammt gut aus, was er auch wusste, und arbeitete bei der Polizei als Fallanalytiker. Wobei er mit der Polizei eine Abrede hatte, dass er auch selbstständig tätig sein durfte.

Arndt hatte dieses Vertragsverhältnis nie wirklich durchschaut, es interessierte ihn aber auch nicht ernsthaft. Er hatte zu Bernd ein sehr zwiespältiges Verhältnis. Auf der einen Seite bewunderte er ihn für seine Intelligenz und seinen Verstand – Bernd hatte immerhin zwei Doktortitel – auf der anderen Seite kam er mit Bernds übergroßem Ego nicht klar.

»Hallo Arndt«, grüßte Bernd und blieb stehen.

»Hi.«

»Wie geht's?«

»Ganz gut, und bei dir? Wie war dein Urlaub?«, fragte Arndt, der eigentlich keine Lust auf Smalltalk mit ihm hatte.

»Ganz gut, aber wie kommst du darauf, ich hätte Urlaub gehabt?«, entgegnete Bernd.

»Na ja, du warst eine ganze Zeit nicht hier, da dachte ich …«, erklärte Arndt.

»Schön wär's. Ich hatte dir doch erzählt, dass ich wieder eine eigene Praxis betreiben will. Ich hatte die letzten Wochen damit verbracht, einen Praxisraum in einer Praxisgemeinschaft anzumieten und auszustatten, ganz zu schweigen von dem ganzen Papierkram«, antwortete Bernd und hob die Arme, als würde er in Arbeit untergehen.

»Ah, also ist es dir ernst mit der eigenen Praxis?«

»Ja, seit der Geschichte mit Danz habe ich Blut geleckt, die Arbeit mit außergewöhnlichen Patienten hat mir gefehlt.«

»Verstehe, wirst du also der Polizei den Rücken kehren?«, schlussfolgerte Arndt, wobei ihn bei dem Namen Danz ein unwohles Gefühl in der Magengegend beschlich.

Walter Danz war ein Kinderschänder, welcher seinen Sohn entführt hatte und den Arndt tötete, um seinen Sohn zu retten. Und genau deswegen hatte ihn die Polizeidirektion dazu verdonnert, Kramer, die Polizeipsychologin, aufzusuchen.

Die internen Ermittlungen gegen ihn wurden eingestellt, da die Untersuchungen ergaben, dass er Danz in Notwehr tötete und somit keine Beweise für eine Straftat vorlagen. Natürlich durfte sein eigenmächtiges Handeln nicht ohne Konsequenzen bleiben, statt eines Zwangsurlaubes hatte man – die Polizeidirektion und Willy – sich auf sechs Sitzungen bei der Polizeipsychologin geeinigt.

»Nein, ganz und gar nicht. Mir macht die Polizeiarbeit großen Spaß. Ich werde zwei Tage in meiner Praxis mit Patienten arbeiten und die restliche Zeit weiterhin der Polizei Lübeck zur Verfügung stehen«, erwiderte Bernd und zeigte seine strahlend weißen Zähne.

Es war dieses aufgesetzte Lächeln, welches Arndt ganz und gar nicht mochte. Es wirkte so überheblich, als wolle er sagen: *Du Dummerchen, überlass das Denken lieber mir.*

»Na, dann wünsche ich dir viel Erfolg mit deiner Praxis«, antwortete Arndt und öffnete seine Bürotür, um einzutreten und das Gespräch zu beenden.

»Danke, du kannst gerne mal vorbeikommen. Ich mail dir die Adresse.«

»Warum nicht?«, sagte Arndt und betrat sein Büro. Damit Bernd nicht auf die dumme Idee kam, ihm ins Büro zu folgen, machte er die Tür gleich hinter sich zu.

Arndt konnte sich ein böses Lächeln nicht verkneifen, da ihm der mehr als überraschte Blick von Bernd nicht entgangen war.

»Überheblicher Schlipsträger«, sagte Arndt, als er sich an seinen Bürotisch setzte, einen Schluck aus seinem Kaffeebecher nahm und diesen auf den Tisch abstellte.

Im Gegensatz zu Bernd, der immer im Anzug kam und eher wie ein Model als ein Kriminalpolizist aussah, nahm es Arndt mit der Kleiderauswahl nicht so genau. Er trug am liebsten Jeanshose und Hemd, wobei er den letzten Knopf selten zuknöpfte und auch keine Krawatte trug.

Arndt fuhr den PC aus dem Schlafmodus hoch und gab den Namen Alfred Schneider in die polizeiinterne Datenbank ein. Es erschienen achtundvierzig Einträge, aber keiner davon war relevant, was ihn auch nicht verwunderte.

»Ein Versuch war es wert«, sagte er ernüchtert und öffnete einen Webbrowser und gab in die Google-Suchmaske *Alfred Schneider, Anschlag Straßenfest Engelsgrube Lübeck 1984* ein. Google spuckte ihm knapp 30 000 Ergebnisse aus. Er drückte auf den ersten Link, der zu einem Wikipedia-Eintrag führte. In dem Artikel ging es um Todesopfer rechtsextremer Gewalt in Deutschland.

Es war erschreckend, wie viele Menschen hatten sterben müssen, nur weil sie einer anderen Religion oder Nationalität angehörten. Er las den kurzen Absatz über die schrecklichen Anschläge in Mölln von 1992. An diesem Abend hatten drei Menschen ihr Leben verloren, darunter zwei Kinder, weil Neonazis ihren blinden und dummen Hass in Gewalt umsetzten.

Arndt hatte nie Verständnis für Rassismus aufbringen können. Daher verstand er auch nicht, wie Menschen andere Menschen, die sie nicht einmal persönlich kannten, so sehr hassen konnten, dass sie bereit waren, dafür einen Mord zu begehen. Für ihn waren alle Rassisten nur Dummköpfe, denn mit Verstand und Vernunft ließen sich weder deren Gesinnung noch deren Taten erklären.

Er las den Artikel weiter und fand auch Informationen über den Anschlag in Lübeck aus dem Jahr 1984. Fünfzehn Menschen waren an jenem Abend gestorben, acht Ausländer und sieben Deutsche. Allerdings wurde wenig über den Täter und das Tatmotiv berichtet, sodass er den »Zurück-Button« auf seinem Browser betätigte und wieder die Suchergebnisse auf seinem Bildschirm sah.

Er überflog die Suchergebnisse und sah einen Link zu den Lübecker Nachrichten. Gerade wollte er die Seite aufrufen, als die Tür zu seinem Büro aufschlug.

Willy stand in der Tür und schaute sehr finster drein.

»Frederike Hansen lügt!«

KAPITEL 6

Arndt war ziemlich überrascht, von Willys Laune ebenso wie von der niederschmetternden Nachricht. »Wie, sie lügt?«, fragte er verständnislos.

»Was ist daran nicht zu verstehen?«, maulte Willy umgehend zurück. »Sie lügt.«

Wiederholungen erklären nichts. Arndt stand also noch immer auf der Leitung. »Womit?«, fragte er leicht gereizt, denn er ließ sich nur ungern anmaulen für etwas, das er nicht zu verantworten hatte. »Ich kann dir gerade nicht folgen.«

»Was Alfred Schneider anbelangt.«

Das hatte Arndt sich bereits gedacht, es fehlte also noch immer die Neuigkeit. »Und warum?«, fragte er folgerichtig.

Willy kochte und hatte auf die dummen Fragen seines Mitarbeiters gerade keine Lust. »Wenn du mich ausreden lassen könntest«, knurrte er deshalb, »müsstest du nicht so dämliche Fragen stellen.« Sein Kopf war wieder bedrohlich rot angelaufen.

Arndt wagte nichts zu sagen, weil er die Explosionsgefahr erkannte. Es musste seinem Chef schon etwas sehr Unerfreuliches untergekommen sein.

»Schneider ist nicht auf freiem Fuß.«

Arndt hörte, aber begriff tatsächlich nicht. Deshalb entgegnete er: »Aber Hansen meinte doch, dass sie ihn gesehen hat.«

Im selben Moment aber verstand er Willy und bereute seinen Einwand.

»Ja, verdammt! Deswegen lügt sie ja. Schneider war nie frei. Er ist in Sicherungsverwahrung.«

Arndt war überrascht. Dass Mörder so lange ihrer Freiheit beraubt wurden, war nicht wirklich üblich. Deshalb fragte er nach: »Nach dreißig Jahren?«

Da endlich begann Willy, ausführlich zu berichten. »Er saß nicht dreißig Jahre im Gefängnis. Nachdem er seine Strafe verbüßt hatte, war er für zwei Jahre auf freiem Fuß und wurde wieder rückfällig. Bei einem Raubüberfall ermordete er eine achtzigjährige Rentnerin. Er hat sie dabei beobachtet, wie sie das Geld von der Bank abgehoben hat, und ist ihr nach Hause gefolgt. Er hat sich dann an ihrer Haustür als Spendensammler für das DRK ausgegeben. Kaum war er in der Wohnung, hat er sie mit achtundzwanzig Messerstichen brutal ermordet und ihre Geldbörse an sich gerissen. Zum Glück konnte er kurze Zeit später gefasst werden. Er war auch schnell geständig.«

Arndt war entsetzt. Trotz seiner langen Dienstzeit schockierten ihn solche Fälle immer wieder. Das würde sich auch niemals ändern. Wie konnte ein Mensch eine arme alte Rentnerin wegen fünfhundert D-Mark ermorden? War der Mensch wirklich so ein niederes, dummes Wesen, dass die Gier jede Vernunft ausschaltete?

Die jahrelange Arbeit bei der Polizei hatte ihn darin bestärkt, sich mit keiner Erklärung für solche Menschenverachtung zufriedenzugeben. Aber umso unbarmherziger wollte er diese Menschen jagen und ihrer gerechten Strafe zuführen. Es waren Bestien, keine Menschen.

»So ein Schwein!«, stieß er heraus.

»Schwein hin oder her. Seitdem wurde er in Sicherungsverwahrung der JVA Lübeck genommen, um die Allgemeinheit vor ihm zu schützen.«

»Vielleicht hatte er ja Freigang?« Arndt war verwundert, dass Schneider in der JVA Lübeck in der Sicherungsverwahrung untergebracht war, da die regelmäßige Unterbringung eigentlich in der JVA Fuhlsbüttel stattfindet. Lübeck spräche allerdings für Hansen, denn wenn er Freigang hatte, war Frau Hansen ihm möglicherweise doch begegnet.

»Er hatte keinen Freigang. Ich habe mit dem JVA-Leiter, einem ehemaligen Klassenfreund von mir, telefoniert und Schneider hatte unter Garantie keinen Freigang.«

Damit zerstörte Willy die letzte Möglichkeit, dass Hansen vielleicht doch nicht gelogen hatte.

»Aber warum sollte sie uns anlügen? Welchen Grund sollte sie haben, sich nach dreißig Jahren mit dieser alten Geschichte wieder bei uns zu melden?« Arndt konnte das nicht so einfach akzeptieren. Irgendetwas stimmte hier nicht, dafür war Hansen zu sehr ergriffen gewesen von ihrer Geschichte. So schnell wollte er die Flinte doch nicht ins Korn werfen und Hansen als Lügnerin abstempeln.

Arndt glaubte ihr. Er hätte keinen Grund dafür nennen können, außer seinem Bauch. Aber er glaubte ihr.

Willy zeigte sich selbst ratlos. »Wenn ich das wüsste. Vielleicht hat sie jemanden gesehen, der ihm ähnlich sah, und dann haben die Nerven verrückt gespielt und längst vergessen oder verdrängt geglaubte Ängste haben sie wieder überfallen. Wäre ja nicht das erste Mal, dass sich eine Zeugin irrt. Und dreißig Jahre sind eine verdammt lange Zeit. Schneider sieht doch inzwischen ganz anders aus.«

Arndt nickte. Vielleicht war das so, vielleicht. Allerdings kam ihm noch ein anderer Grund in den Sinn: Einsamkeit!

Hansen war einsam, daran bestand für ihn kein Zweifel. Hatte sie Willy vielleicht nur in der Hoffnung kontaktiert, er könnte auf ihre Flirtversuche eingehen?

Arndt fand diesen Gedanken selbst nicht abwegig, doch sein Instinkt sagte ihm, dass Hansen nicht gelogen hatte, egal wie einsam sie war und sich vielleicht ein Date mit Willy wünschte. Deshalb behielt er die Idee für sich. Außerdem wäre Willy dann sicherlich explodiert.

»Und was schlägst du vor?«

»Abhaken«, erwiderte Willy sehr kurz angebunden, »wir verplempern unsere Zeit.«

Arndt erschrak. Er kannte Willy besser, der warf nicht so schnell das Handtuch. Etwas stimmte nicht. »Meinst du, du könntest mir ein Gespräch mit Schneider besorgen?«, bohrte er unverdrossen weiter, selbst wenn er seinen Chef damit nervte.

Willy bestätigte ihn umgehend, denn er bellte ihn forsch an: »Hast du mir gerade nicht zugehört?« Sein Kopf lief wieder rot an.

Willy wollte darüber nicht reden, er wollte nicht. Aber nicht aus Überzeugung, das spürte Arndt und blieb hartnäckig: »Ja, aber irgendwie passt das alles nicht zusammen. Du selbst hast im Auto …«

»Das war, bevor ich wusste, dass Schneider noch im Knast ist«, unterbrach Willy barsch und kniff die Augen zusammen.

»Da passt einfach etwas nicht. Ich würde gerne noch mal zu Hansen. Sie hat nicht den Eindruck gemacht, als würde sie lügen.«

»Mag sein. Vielleicht hat sie einen wildfremden Mann für Schneider gehalten. Fakt ist aber, Schneider hatte keinen Freigang, also konnte sie ihn in der Stadt nicht antreffen. Also müssen wir auch nicht tätig werden.«

Aber sie hat jemanden gesehen, sie ist jemandem begegnet. Das ist auch Fakt. Plötzlich begriff Arndt, was ihn so festhielt. *Jemand, den sie bei dem Anschlag gesehen hat!* »Komm, Willy, übertrag mir den Fall.« *Da war etwas.* »Besorg mir das Gespräch mit Schneider und lass mich noch mal zu Hansen. Wenn ich danach nicht mit neuen Erkenntnissen komme, legen wir den Fall endgültig zu den Akten.«

Willy blieb hart. »Es gibt keinen Fall«, korrigierte er Arndt. Aber außer *Basta!* lag noch etwas in Willys bedrohendem Blick. Geradezu, als warte Willy auf etwas. Einen Vorschlag.

Dann dämmerte es Arndt: Willy wollte einen Deal. Und sofort überfiel Arndt die Panik, denn er sah den Preis vor sich: Kramer. »Das kannst du nicht von mir erwarten! Nicht das!!«

Willy schaute ihn ernst an. »Eine Hand wäscht die andere.«

Willy konnte sehr streng und konsequent sein. Er würde nicht nachgeben, das verstand Arndt. Und er wollte diesen Fall. Er wollte, dass es ein Fall wurde. Sein Fall.

Arndt gab nach. »Na gut, noch zwei.«

Willy blieb streng. »Nein!«, sagte er konsequent, »alle vier Sitzungen, die noch offen sind.«

»Die Kramer hat sie nicht mehr alle«, quengelte Arndt, »zwei ...«

»Alle vier!«, befahl Willy mit väterlicher Strenge. »Und du wirst ihr brav alle Fragen beantworten und dich wie ein vorbildlicher Kollege verhalten ...«

»Du meinst wohl ›Patient‹«, korrigierte Arndt und bäumte sich ein letztes Mal auf. Denn als nichts anderes fühlte er sich: Sie war eine Psychologin und er hatte nicht mehr alle Tassen im Schrank.

Willy bedachte ihn mit einem niederschmetternden Blick. »Mir egal, wie du es nennst. Dass du überhaupt mit mir darüber diskutierst, ist eigentlich schon eine Frechheit.«

Da verstand Arndt, dass er verloren hatte. »Ist ja gut, wir haben einen Deal.« Obwohl, und das freute ihn, er nicht verloren hatte. Es gab nur nicht mehr zu gewinnen. Arndt bekam sein Gespräch mit Schneider am folgenden Tag, und wenn danach keine neuen Erkenntnisse vorlägen, kam die Geschichte endgültig zu den Akten. Das war der Deal.

Willy warf Arndt aus dessen eigenem Büro und schickte ihn zu Hansen.

* * *

Wie es wohl Elke ging? Und ob sie vielleicht schon einen neuen Freund hatte?

So in Gedanken hätte er in Pansdorf fast die Abzweigung zur Stolper Straße verpasst, konnte aber noch rechtzeitig das Lenkrad nach links reißen und bog mit quietschenden Reifen und erhöhter Geschwindigkeit in die Straße ein.

Er parkte den Wagen, lief zur Haustür und klingelte. Diesmal wurde die Tür gleich geöffnet und eine sichtlich überraschte Frau Hansen stand in der Tür.

»Guten Tag, Frau Hansen«, begrüßte Arndt die alte Dame und bemühte sich, möglichst freundlich zu sein. »Hätten Sie kurz Zeit für mich?«

»Ja, kommen Sie doch bitte rein«, bat sie Arndt sofort ins Haus, streckte dabei aber ihren Kopf unauffällig hinaus. »Wo ist denn Herr Klausen?«

Als Arndt ihn entschuldigte, schaute sie sichtlich betrübt, ihre Mundwinkel verzogen sich nach unten.

Arndt folgte ihr ins Wohnzimmer. Sein Blick wanderte kurz durchs Zimmer und blieb am Couchtisch stehen. Inzwischen standen dort zwei Weinflaschen, eine war ganz leer, die andere zu zwei Drittel.

Hansen bemerkte Arndts Blicke wohl sofort, denn sie erklärte sich umgehend: »Ich bin keine Alkoholikerin.«

»Frau Hansen, ich weiß, es fällt Ihnen schwer, aber ich muss Sie nochmals zu Ihrer Begegnung mit Herrn Schneider befragen.«

»Haben Sie ihn schon aufgesucht?«, fragte sie überrascht und neugierig, aber Arndt hörte auch Angst in ihrer Stimme.

Sie spielte nicht.

Er verneinte. »Aber genau deswegen bin ich hier.«

Erschrocken wich sie zurück. »Wie meinen Sie das?«

»Sind Sie ganz sicher, dass Sie ihn gesehen haben? Vielleicht haben Sie ihn ja verwechselt? Menschen verändern sich in dreißig Jahren. Herr Schneider wird heute vermutlich ganz anders aussehen.«

»Nein, ausgeschlossen. Ich habe ihn gesehen. Diese Augen! Wie könnte ich diese Augen vergessen? Wenn Sie ihm gegenüberstehen, werden Sie verstehen, was ich meine.«

Arndt seufzte tief, denn er musste jetzt zum finalen Schlag ausholen. Es würde Frau Hansen schwer treffen, wie auch immer. »Frau Hansen«, begann er langsam, »… es ist leider ausgeschlossen, dass Sie Herrn Schneider gesehen haben.« Er hielt kurz inne und sah, wie Hansen entsetzt die Augen aufriss. »Er ist noch immer im Gefängnis und …«

»Das kann nicht sein!«, unterbrach sie Arndt scharf. »Ich habe ihn gesehen! Ich bin nicht verrückt und ich lüge nicht.« Ihre Stimme wurde schrill und drohte, sich zu überschlagen.

Arndt seufzte und wartete einen Augenblick, bis Hansen sich ein wenig gefasst hatte. Kopfschüttelnd erklärte er: »Ich glaube auch nicht, dass Sie lügen. Aber manchmal spielt uns der Verstand Streiche. Sie sagten ja selbst, dass es in der Stadt voll war und dass Sie immer wieder angerempelt wurden. Kann es da nicht sein, dass Sie Schneider verwechselt haben? Schließlich haben Sie ihn ja auch schon mehr als dreißig Jahre nicht gesehen.« Er wusste, dass er Frau Hansen gerade bis aufs Blut reizte, aber nur so erfuhr er ihre wahren Überzeugungen.

»Ausgeschlossen!«, bekräftigte Hansen noch einmal und wurde mit jedem Wort lauter, »ich habe ihn gesehen! Ich bin nicht verrückt, ich wollte Ihnen nur helfen.« Ihre Augenlider schlugen sehr schnell auf und ab, ein deutliches Zeichen für ihre Anspannung und Nervosität.

»Ich möchte Ihnen ja gerne glauben, aber die Fakten sprechen dagegen.«

»Dann lassen Sie es!«, fauchte sie empört, »aber ich bin nicht verrückt!« Sie schaute ihn einen Augenblick lang schweigend und voller Hass, aber auch voller Enttäuschung an, dann erklärte sie betont gefasst: »Es ist besser, wenn Sie jetzt gehen.«

Es war sinnlos zu bleiben. Arndt verabschiedete sich mit einem wortlosen Nicken von ihr und verließ das Haus. Kurz vor seinem Wagen hielt er inne, denn er bemerkte eine Person, die nur wenige Meter von ihm entfernt stand und auf ihn zulief, als sie ihn bemerkte.

KAPITEL 7

Vor ihm stand mit etwas erröteten Wangen und ein wenig erregtem Atem Elke. Sichtlich überrascht begrüßte sie ihn: »Hallo, Arndt, was machst du denn hier?«

Arndt war nicht minder überrascht. Er hatte mit allem gerechnet, aber nicht mit ihr. Ihm wurde warm und er musste sich eingestehen, dass sie ihm sehr gut gefiel. »Na, die Frage muss doch eher lauten, was machst du hier? Solltest du nicht in Mannheim sein?«

Ihr Lächeln zur Begrüßung war schon wieder abgeebbt. »Habe ein paar Tage Urlaub«, antwortete sie, aber die Stimme klang schwach, besorgt.

»Und da besuchst du die Family.«

»So in etwa … Aber was hast du denn hier zu suchen? Sag nicht, dass in Pansdorf jemand ermordet wurde.« Ihr Gesicht bekam etwas Sorgenvolles.

»Nein, nein. Ich war bei Frederike Hansen.«

»Bei der alten Hansen? Warum das?«

Auf diese Frage hatte Arndt instinktiv gewartet. »Du kennst sie?«

Sie nickte und verharrte dabei mit ihrem Blick vor ihren Füßen. »Meine Schwester … sie wohnt nur fünfzig Meter weit weg«, erklärte sie mit zerbrechlicher Stimme, sodass Arndt fühlte, er müsse sich an ihrer Stelle räuspern.

Irgendetwas hat sie, dachte er, wollte sie aber nicht darauf ansprechen. Stattdessen fragte er sie: »Hast du schon etwas gegessen?«

»Wieso?«

»Na, ich würde dich gerne einladen. Habe saumäßigen Hunger.«

»Lass mich raten: kein Mittag gehabt.«

Arndt lächelte unsicher, dann entschuldigte er sich mit zu viel Arbeit. Elkes Stimmung schlug ihm aufs Gemüt.

* * *

Kurze Zeit später saßen sie in Dan Tin's Bistro.

Arndt spürte noch immer eine drückende Missstimmung bei seiner ehemaligen Kollegin und kam damit nicht zurecht. »Sag, wie läuft es in Mannheim?«, fragte er endlich, um die angespannte Atmosphäre aufzulockern. Sie hatten sich seit einigen Monaten nicht mehr gesehen, dennoch spürte Arndt eine deutliche Distanz zwischen ihnen. Er fühlte sich ausgesprochen unbehaglich damit.

War ich vielleicht wirklich so ein scheiß Kollege?, dachte er selbstkritisch.

Elke antwortete höflich, aber lustlos: »Ganz gut, aber wie überall bei der Polizei: viel zu tun.«

»Verstehe. Wie sind die Kollegen? Hoffe doch, nicht so smart wie deine Exkollegen?« Arndt versuchte einen lockeren Spruch und drückte sich ein besonders charmantes Lächeln ab. Viel lieber hätte er sie jetzt in die Arme genommen und für den Rest des Tages so lange gehalten, bis sie ihm ihr Herz endlich ausschüttete.

»Nein, nein«, lächelte Elke, aber es wirkte verkrampft. »Die Mannheimer sind ein Volk für sich. Ganz anders als wir Norddeutschen.«

»Im Norden ist es halt am schönsten.«

Elke wollte etwas sagen, wurde aber von der Kellnerin unterbrochen, die die Getränke brachte.

»Das mit deinem Sohn tut mir leid«, wechselte Elke das Thema, als die Kellnerin den Tisch verlassen hatte.

»Danke, es braucht dir nicht leidtun«, wehrte Arndt ab. »Alles gut, meinem Sohn ist nichts passiert und Danz ist tot.« Arndt hätte am liebsten das Thema gewechselt. Am liebsten hätte er alles, was mit der Entführung von Sebastian zu tun hatte, für immer vergraben, noch besser: jede Erinnerung ausgelöscht.

Nennt man das nicht Verdrängung? Habe ich Angst, mich mit diesen Erlebnissen auseinanderzusetzen? Er musste an Kramer denken.

Es war nun einmal nicht leicht für ihn, über die Entführung seines Sohnes zu sprechen, und schon gar nicht, diese Bilder ins Bewusstsein zurückzuholen: sein Sohn eingesperrt in einem Kellerverlies. Das war einfach zu viel für ihn.

Er wollte es nicht mehr sehen, sich nicht mehr erinnern. Er wollte alles, was damit zu tun hatte, nur vergessen. Kramer konnte ihm sicherlich nicht dabei helfen. Sie wollte, dass er all diese Erinnerungen zurückholte in sein Bewusstsein, ins Hier und Jetzt. Aber er war dazu nicht bereit und wollte es vielleicht auch nie.

Für einen Augenblick war Stille, Elke spielte mit ihrem Haar. Als sie bemerkte, dass Arndt sie beobachtete, nahm sie die Hand weg und schaute verlegen zur Seite.

Haben wir uns so schnell entfremdet?, fragte sich Arndt erschrocken. »Wie lange bleibst du?«, fragte er sie, um das Schweigen zu beenden.

»Zwei Wochen, bis jetzt«, antwortete sie im Flüsterton und lenkte schnell ab: »Erzähl mir lieber, was du bei der Hansen zu suchen hattest.«

Irgendetwas verschweigt sie mir, dessen war sich Arndt nun sicher. *Warum ist sie in Pansdorf?*

Ihr Verhalten war komisch. Jemand, der die Heimat besucht, wäre doch gut gelaunt, redete wie ein Wasserfall und erzählte, was er vermisste und wie es ihm in der Fremde erging. Aber Elke machte den Eindruck, als wolle sie über nichts sprechen.

»Es geht um einen alten Anschlag, bei dem sie eine Zeugin war.«

»Echt? Du meinst doch nicht den Anschlag auf das Straßenfest in Lübeck?«

»Ja, genau. Woher weißt du etwas davon? Da warst du noch ein Kind«, fragte Arndt, sichtlich überrascht.

Arndt war mit seinen achtunddreißig Jahren vier Jahre älter als Elke, konnte sich aber selbst nicht an diesen Anschlag erinnern. Vielleicht hatte er einmal davon gehört oder gelesen, aber ansonsten war ihm nichts bekannt davon. Warum also sollte sich Elke daran erinnern?

»Jeder in Pansdorf weiß davon«, erklärte Elke knapp.

»Echt? Und warum?«

»Na, weil Hansen es immer wieder jedem erzählt hat, bis die Leute das nicht mehr hören konnten.«

»Wie gut kennst du sie?«

»So gut, wie man sie kennen sollte. Sie ist sehr sonderbar …« Elke nahm einen Schluck aus ihrem Glas.

»Was meinst du mit sonderbar?«

»Ich weiß nicht, ob du das weißt. Aber sie ist vorbestraft.«

»Woher weißt du das?«

»Also weißt du das auch schon? Aber was wundere ich mich? Du bist ja immer gut vorbereitet …« Über ihr Gesicht huschte ein kurzes Lächeln, dabei leuchteten ihre Augen kurz auf und die Wangengrübchen, die Arndt so mochte, wurden sichtbar. Zum ersten Mal gab sie für einen kurzen Augenblick ihre Reserve auf. Arndt berührte das, denn dieser kleine Augenblick war so, wie er Elke in Erinnerung hatte und sie am liebsten sah. »Meine Eltern haben mir davon erzählt, sie und Hansen haben gemeinsame Freunde. Damals war das eine ganz große Sache. Hansen und ihr Freund wollten heiraten, aber auf einem Scheunenfest ist er fremdgegangen und sie hat ihn auf frischer Tat ertappt und lautstark gedroht, dass sie sich an ihm rächen werde, dass er es bereuen werde, ihr das angetan zu haben.«

»Verstehe, daraufhin hat sie die Vergewaltigung erfunden«, schlussfolgerte Arndt.

»Genau. Aber da sie auf dem Fest ihrem Exfreund gedroht hatte, sich zu rächen, war es nur eine Frage der Zeit, bis die Anklage fallen gelassen und sie wegen Meineides verurteilt wurde. Das hat ihr schwer zugesetzt. Erst wurde ihr das Herz gebrochen und dann wandte sich das Dorf von ihr ab. In einer Stadt wie Lübeck kann man das vielleicht verheimlichen, aber in einem Dorf wie Pansdorf nicht. Laut meiner Eltern war sie sehr lange Gesprächsthema Nummer eins. Und meine Eltern meinten, das hätte ihr den Rest gegeben, die Ablehnung im Dorf und dass hinter ihrem Rücken getuschelt wurde.«

Arndt konnte sich das gut vorstellen. In einem Dorf blieben Geheimnisse selten verborgen, und wenn die Menschen tuschelten, dann dauerte es nicht lange, bis man nicht nur zum Gesprächsthema, sondern auch gemieden wurde.

Hansen tat ihm leid. Klar, es war nicht in Ordnung, was sie getan hatte, aber immerhin hatte der Exfreund ihr das Herz gebrochen, sie kurz vor der Hochzeit betrogen. War es da nicht verständlich, wenn sie sich hatte rächen wollen?

Der Polizist in ihm sagte *Nein,* da Rache nie eine Lösung sein konnte, aber der Mensch in ihm hielt dagegen, die Zeiten seien damals anders gewesen und als gehörnte Frau könne man schon zu einer Kurzschlussreaktion greifen. Andererseits, was wäre passiert, wenn der Exfreund im Gefängnis gelandet wäre, als Vergewaltiger? Sein Leben wäre doch ruiniert gewesen.

Eifersucht konnte Menschen zu Dingen verleiten, die sie vielleicht ein Leben lang bereuten. Bei Hansen war die Sache nach hinten losgegangen, am Ende hatte die Lüge ihr nur geschadet.

Dies zu wissen, half Arndt aber auch nicht gerade dabei, Hansen zu glauben.

»Was weißt du über den Anschlag und Hansen?«

»Deshalb blieb Hansen so lange Gesprächsthema. Pansdorf ist ein Dorf, wir lieben unsere Ruhe. Wir tratschen gerne, aber ansonsten passiert hier nicht viel, das weißt du ja. Die Mordserie, die wir hier vor Kurzem hatten, war schon mehr, als dem Dorf guttat. Glücklicherweise konnten wir den Mörder stellen.«

Arndt nickte. Natürlich erinnerte er sich an die Mordserie, schließlich hatte er damals mit Elke in diesem Fall ermittelt. Ein Mann hatte sich an den Vergewaltigern seiner Mutter gerächt.

»Wie könnte ich die Mordserie vergessen … Erzähl mir mehr über Hansen und den Anschlag.«

»Ich weiß nur, was damals getuschelt wurde und was ich noch so in Erinnerung habe, also alles ohne Gewähr. Du weißt ja, wie glaubwürdig oder nicht solche Informationen sein können«, hob Elke an und nahm zur Bekräftigung einen weiteren Schluck aus ihrem Glas, Arndt tat es ihr nach.

In diesem Moment brachte die Kellnerin das Essen und servierte es.

»Möchten Sie noch etwas?«, fragte sie freundlich.

Arndt warf Elke einen Blick zu, sie verneinten beide.

»Lass hören«, bat Arndt und begann sofort zu essen, denn er hatte einen beachtlichen Hunger angesammelt. Ob es ihm deshalb so gut schmeckte oder ob es an der guten Küche lag, mochte er nicht entscheiden. Er hielt sich nicht für einen Gourmet.

Elke nahm mit ihrer Gabel etwas Salat und begann dann, mit halb vollem Mund zu sprechen. »Angeblich war sie eine der Hauptzeugen des Anschlags.«

»Das stimmt tatsächlich«, bestätigte Arndt.

»Im Dorf wurde aber getuschelt, sie habe sich das alles ausgedacht, um Aufmerksamkeit zu erhaschen. Plötzlich kamen Reporter und das Fernsehen, um mit ihr zu sprechen. Sie stand wieder im Mittelpunkt und das gefiel dem Dorf nicht. Wir wollten die Medien nicht bei uns haben, aber sie hat sich in dieser Aufmerksamkeit gesonnt. Aber plötzlich wandten sich alle von ihr ab.«

»Warum?«, hakte Arndt nach.

»Ich bin mir nicht mehr ganz sicher, aber soweit ich weiß, hat man ihr wohl nicht mehr geglaubt. Es hieß, dass sie einem Lügendetektortest unterzogen wurde, weil ihre Aussagen nicht stimmten.«

»Ja, das stimmt. Sie meinte, dass sie ihre Aussage auf Druck ändern musste.«

»Das kann ich nicht beurteilen, so gut kenne ich sie nicht. Aber als das durch die Presse ging, war's das mit ihr.«

»Wie meinst du das?«

»Na, sie galt doch eh schon als unglaubwürdig seit der Geschichte mit der erfundenen Vergewaltigung. Und jetzt wurde sie wieder einer Lüge überführt.«

»So stimmt das aber nicht. Sie war betrunken und konnte sich nicht wirklich erinnern und hat erst auf Druck ihre Aussage geändert.«

»Mag sein, aber in Pansdorf hatte sie ihren Ruf damit vollends ruiniert. Ich verstehe nur eine Sache nicht.«

KAPITEL 8

»Was verstehst du nicht?«, fragte Arndt interessiert, da Elke eine bedeutungsvolle Pause einlegte.

»Warum sie Pansdorf nicht verlassen hat.«

»Wieso sollte sie?«

»Na, hör mal: Ganz Pansdorf hielt sie für eine Verrückte. Jeder hat sie gemieden, bis heute. Ganz ehrlich, mich hielten keine hundert Pferde in Pansdorf, wenn man mich so mobben würde. Sie hätte doch wegziehen können.«

»Vielleicht hatte sie nicht die Mittel?«, mutmaßte Arndt, überdachte aber in Gedanken eine ganz andere Erklärung, die ihm überhaupt nicht gefiel. Elke selbst hatte sie genannt: Hansen war verrückt.

Dann aber waren Arndts Mühen vergebens, Hansen konnte Schneider unmöglich gesehen haben und es gab auch keinen zweiten Attentäter.

Einfach alles sprach gegen sie. Nur Arndts Bauch widersprach, dieses Gefühl, das sich selten täuschte.

Aber jeder konnte einmal daneben liegen, auch Arndts Instinkt.

»Das glaube ich nicht. Das Haus gehörte ihr schon damals und sie hatte trotz allem einen guten Job bei einer Bank in Lübeck.«

»Das wundert mich aber, dass sie als Vorbestrafte in einer Bank arbeiten durfte.«

»Mich ehrlich gesagt auch. Angeblich hatte sie eine Affäre mit dem Filialleiter, aber ob das stimmt …« Elke hob unentschieden die Schultern.

Hansen war voller Überraschungen und Arndt wurde immer unsicherer, ob es vernünftig war, was er tat, oder ob er nicht einfach die Vergangenheit Vergangenheit sein lassen sollte. Schließlich galt der Fall als aufgeklärt, der Mörder saß hinter Gittern. Warum sollte er noch ermitteln?

Er wusste, warum: wegen der Wahrheit! Das war schon immer sein Antrieb gewesen, außer wegen seines Gerechtigkeitssinns war er nur deshalb bei der Polizei. Er wollte die Wahrheit wissen. »Vielleicht wollte sie den Gerüchten kein Futter, keinen Platz einräumen, indem sie umzog. Was meinst du, was dann alle gedacht hätten?«

»Mag sein, aber einen Gefallen hat sie sich damit nicht getan. Was denkst du? Glaubst du ihr?«

»Ich weiß es nicht, sie klang nicht wie jemand, der lügt.«

»Du weißt, jemand, der von seinen Lügen überzeugt ist, der kann sehr glaubwürdig klingen«, erwiderte Elke.

»Ja, du hast recht. Aber ich habe echt nicht das Gefühl bei ihr, obwohl alles gegen sie spricht. Willy denkt auch, dass ich mir keinen Gefallen tue und die Ermittlungen einstellen sollte.«

»Wie immer hörst du aber nicht auf Willy«, erwiderte Elke und wieder huschte ein Lächeln über ihr Gesicht.

»Du kennst mich halt besser als alle anderen«, antwortete Arndt ehrlich und warf ihr einen kurzen, aber intensiven Blick zu. Dabei trafen sich ihre Blicke für einen kurzen Moment. Elke wich dem Blick sehr schnell aus und schaute auf ihren Teller, auf dem noch einige Salatblätter in der Essig-Öl-Sauce schwammen.

»Meinst du, du könntest noch mehr über Hansen und den Anschlag vor dreißig Jahren in Erfahrung bringen?«, fragte Arndt.

»Du weißt, dass ich nicht mehr für die Lübecker Polizei arbeite«, erinnerte sie Arndt, aber ihre Stimme verriet ihm, dass sie es nicht wirklich ernst meinte.

»Will dich zu nichts drängen. Wenn du keine Zeit dafür hast, ist das nicht schlimm. Nur ich dachte, du könntest vielleicht deine Eltern oder Bekannte fragen. Wie du schon sagtest, Pansdorf ist ein Dorf und vielleicht …«

»… vielleicht ist von dem Tratsch was verwertbar«, beendete Elke seinen Gedanken und lächelte dabei verlegen. Sie strich sich mit der Hand übers Haar. »Hast recht.«

»Schaden kann es nicht.«

»Klar, kann ich machen. Aber erhoff dir nicht zu viel, ist schließlich schon lange her.«

»Ich weiß, das macht es alles nicht einfacher«, kommentierte Arndt und verzog die Lippen.

Eigentlich war es Wahnsinn, was er hier tat. In einem als abgeschlossen geltenden Fall aufgrund der Aussage einer Zeugin wieder zu ermitteln, die jeder für verrückt hielt, war doch mehr als aussichtslos.

Arndt nahm sich vor, dies nach dem Gespräch mit Schneider am nächsten Tag in der JVA zu entscheiden.

* * *

Beim Espresso wurde Arndt persönlich. »Und hast du dich in Mannheim eingelebt?«, fragte er.

»Mehr oder weniger. Die Kollegen sind alle sehr nett.«

»Das ist doch schön. Wohnst du direkt in Mannheim?«

»Nein, in Maxdorf.«

»Lass mich raten: ein Dorf«, grinste Arndt.

»Ja, ich mag das Dorfleben. Die Weinfelder sind wirklich sehr schön, würde dir bestimmt auch gefallen, vor allem die Kerwen.«

»Kerwe?«

»So nennen die ihre Wein- und Jahrmarktfeste«, erklärte Elke.

Ihre …, dachte Arndt und musste in sich grinsen, da sie sich anscheinend noch nicht zu ihnen zählte, was allerdings auch nicht verwundert war. Elke war fest verwurzelt mit Pansdorf, es kam einem Wunder und für Arndt einer mittleren Katastrophe gleich, dass sie Pansdorf überhaupt verlassen hatte.

Am liebsten hätte er sie in den Arm genommen und gebeten, doch wieder nach Pansdorf zu ziehen und bei der Polizei Lübeck zu arbeiten, aber dieser Wunsch war mehr als unrealistisch.

»Ich muss leider«, sagte Elke am Ende ihres Espresso.

»Klar, ist schon spät«, mehr konnte Arndt nicht sagen, am liebsten hätte er noch weiter mit ihr *geschnackt*, wie es die Norddeutschen zu sagen pflegen. Was sollte er allein zu Hause machen? Leider schien Elke nicht den gleichen Wunsch zu haben.

Er rief die Kellnerin und bat um die Rechnung.

»Was bekommst du?«, fragte Elke.

»Nichts, du bist eingeladen.«

»Das kann ich nicht annehmen«, erwiderte sie und griff zu ihrer Geldbörse.

»Elke, bitte …«, ermahnte Arndt.

»Na gut, danke«, antwortete sie und wirkte dabei leicht verlegen.

»Nächstes Mal zahlst du«, lächelte Arndt.

Sie nickte nur.

Nachdem er seine Kreditkarte zurückhatte, gingen sie zurück zum Wagen.

»Wohin soll ich dich fahren?«, fragte Arndt, da Elke sicherlich nicht mehr in ihrer alten Wohnung wohnte.

»Zu meinen Eltern«, bat sie ihn, als sie sich anschnallte.

»Okay, du lotst mich«, antwortete Arndt, schnallte sich an und fuhr vom Parkplatz des Restaurants.

»Die nächste links«, sagte Elke, als das Telefon von Arndt klingelte.

* * *

»Wie war es bei Hansen?«, fragte die Stimme direkt, ohne Begrüßung. Es war Willy.

»Nicht wirklich erfolgreich«, antwortete Arndt.

»Was heißt das?«

»Na ja, sie beharrt darauf, dass sie ihn gesehen hat.«

»Verdammt, Arndt, du verrennst dich da in etwas. Ich habe eben noch mal mit Kurt telefoniert.«

»Wer ist Kurt?«, unterbrach Arndt ihn.

»Der JVA-Leiter. Er hat sich die Akte von Schneider nochmals angeschaut und er hatte die letzten Monate keinen Ausgang. Die Hansen kann ihn nicht gesehen haben. Unmöglich.« Frust schwang in seiner Stimme mit.

»Aber du hast mir doch den Termin besorgt, oder?«

»Ja, habe ich. Morgen um 10 Uhr hast du eine Stunde mit Schneider. Wozu das nutzen sollte, weiß ich ehrlich gesagt nicht. Aber vergiss unsere Abmachung nicht«, ermahnte ihn Willy.

»Klar … ach übrigens, hier ist jemand, der dir Hallo sagen möchte«, antwortete Arndt, dem nicht entgangen war, dass Elke die ganze Zeit Gesten machte, weil sie sich ins Gespräch einschalten wollte.

»Hallo Willy, ich bin's: Elke.«

»Elke?«, fragte Willy, die Stimme klang mehr als überrascht, aber auch hocherfreut.

»Ja, hoffe, alles ist gut bei dir.«

»Elke, na, das freut mich aber, von dir zu hören. Hast du Urlaub?«

»Mehr oder weniger«, deutete Elke an und ihre Stimme bekam wieder diesen melancholischen, nachdenklichen Unterton, der Arndt sorgte.

»Wieso hast du nicht Bescheid gesagt? Komm doch mal vorbei«, schlug Willy vor.

»Ich versuch's«, antwortete sie zu Arndts Überraschung.

Da waren sie so lange Kollegen gewesen und Elke war bei ihren ehemaligen Kollegen und vor allem Willy noch immer hoch angesehen und sie sagte, dass sie mal schauen wolle, ob sie es schaffte, sie im Revier zu besuchen?

Das war nicht die Elke, die er kannte.

»Die Kollegen und ich würden uns sehr freuen. Hast du noch etwas, Arndt? ansonsten sehen wir uns morgen.«

»Nein, alles gut. Willst du morgen mitkommen?«

»Ja, ich denke, es ist besser, wenn ich dabei bin.«

»Ich dachte, du …«

»Lass das Denken! Wir treffen uns um neun Uhr in meinem Büro und sei dieses Mal bitte pünktlich«, ermahnte Willy. Bevor Arndt das übliche »Ich bin immer pünktlich« entgegensetzen konnte, hatte Willy aufgelegt.

»Die nächste rechts. Das Haus dahinten ist es schon«, ließ Elke Arndt wissen.

Arndt parkte den Wagen vor dem Haus ihrer Eltern.

»Danke, fürs Essen«, sagte sie beim Aussteigen.

»Gern geschehen«, antwortete Arndt und spürte wieder diese Distanz zwischen ihnen, dabei wünschte er sich nichts sehnlicher, als sie in den Arm zu nehmen.

Bin ich vielleicht wirklich einsam?, dachte er betrübt.

Elke stieg aus, warf ihm einen letzten Blick zu und lief dann in Richtung Haustür. Arndt schaute ihr noch nach, bis sie im

Haus verschwand und erst da fiel ihm ein, dass er vergessen hatte, sich ihre Nummer geben zu lassen. Er überlegte, ob er klingeln sollte, beließ es dann aber beim Gedanken.

In Gedanken an Elke fuhr er sehr nachdenklich nach Hause.

KAPITEL 9

Tag 2

Arndt hatte sehr unruhig geschlafen. Nach Elke hatte er einen kleinen Abstecher in seine Lieblingsbar gemacht. Aber auch nach zwei Bier war er nicht in Stimmung gekommen. Die Begegnung mit seiner ehemaligen Kollegin ging ihm einfach nicht aus dem Kopf. Er spürte, etwas bewegte sie, sie war nicht so locker und fröhlich, wie er sie kannte, und er konnte sich einfach nicht vorstellen, dass sich ein Mensch innerhalb weniger Monate so zum Negativen verändern konnte.

Als er angetrunken zu Hause ankam, hätte er sie dann am liebsten angerufen, hatte aber glücklicherweise ihre Nummer nicht. Am nächsten Tag schämte er sich für diese dumme Schnapsidee: Betrunken eine Frau, eine ehemalige Kollegin, anzurufen, war mit Sicherheit keine gute Idee.

Gegen sieben Uhr beschloss er schließlich aufzustehen, da es nichts brachte, sich im Bett hin und her zu wälzen. *Fehlt Elke mir wirklich so sehr?*, fragte er sich. *Oder mache ich mir nur Sorgen um sie?* Die Entscheidung wollte um diese Tageszeit nicht gelingen.

Arndt duschte und frühstückte ausgiebig, dabei überlegte er, ob er nicht seine Eltern anrufen solle. Sie waren durch und durch Lübecker, vielleicht wussten sie etwas über den Anschlag. Arndt verwarf diese Idee aber bald wieder, da er bisher seine Eltern aus seiner Polizeiarbeit herausgehalten hatte und sie auch nicht in der Nähe des Tatorts gelebt hatten. Sicherlich wussten sie nicht mehr, als in den Medien berichtet worden war.

Nach dem Frühstück fuhr er ins Revier und lief zuerst zu Thorsten, in der Hoffnung, dass er bereits Informationen hatte. Thorsten hatte nichts, also trottete er weiter zu seinem eigenen Büro und nahm sich auf dem Weg dorthin einen Kaffee aus der Küche mit. Die Zeit bis zu seinem Meeting mit Willy schlug er mit E-Mail-Checken tot und machte sich dann so rechtzeitig auf den Weg zu seinem Chef, dass er tatsächlich genau um neun Uhr an Willys Tür anklopfte und dann eintrat.

»Pünktlich. Wie kommt's?«, grüßte ihn Willy mit einem Blick auf die Uhr an der Wand.

»Ich bin immer pünktlich«, verteidigte sich Arndt.

»Wenn du meinst …«

In der Tat war Arndt in letzter Zeit pünktlich bei der Arbeit gewesen, wenn er denn im Büro war, denn nach wie vor mochte er das Büro nicht und war lieber auf der »Straße«, da gehörte er als Kriminalpolizist hin, was immer wieder zu Diskussionen mit Willy führte.

Wieder musste Arndt an Elke denken, sie war ihm als Kollegin immer eine große Stütze gewesen, da ihr die Büroarbeit nichts ausmachte, konnte er den Papierkram wie Protokolle oder Berichte schreiben immer auf sie abwälzen. Ohne Elke musste er das selber machen, was regelmäßig zu Diskussionen führte, da Willy alles andere als zufrieden war mit seiner »schriftlichen Polizeiarbeit«.

»Wie kommt es, dass du mit willst?«, fragte Arndt.

»Warum nicht?«, erwiderte Willy.

»Na ja, du meintest doch …«

»Das meine ich auch noch immer und als dein Chef brauche ich keinen Grund, um mitzukommen«, unterbrach er Arndt, aber sein Gesichtsausdruck war sehr entspannt, sodass Arndt verstand, dass es weder eine Rüge noch ein Vorwurf war.

»Na, komm, du glaubst der Hansen.«

»Ich glaube nur das, was ich beweisen kann, und das solltest du auch. Komm.«

Beide verließen das Büro und gingen zur Tiefgarage zu Willys Wagen.

Kaum war Willy aus der Tiefgarage gefahren, fragte er: »Ist mit Elke alles okay?«

»Wie meinst du das?«

»Na ja, sieht ihr nicht ähnlich, nach Pansdorf zu kommen, ohne Hallo zu sagen. Wenigstens hat sie sich bei dir gemeldet.«

»Nicht wirklich. Ich habe sie per Zufall gesehen, sie ging gerade spazieren.«

»Hmmm, hat sie denn den Grund genannt?«

»Nein, ich hatte auch das Gefühl, dass sie mir etwas verheimlicht, dass ihr etwas unangenehm ist.«

»Was bist du bloß für ein Kollege …?«

»Exkollege«, korrigierte Arndt.

»Ihr hattet doch ein super Verhältnis, warum hast du sie nicht gefragt?«, warf Willy ihm vor.

»Ich kam nicht dazu.«

»Und weswegen war sie in deinem Wagen?«

»Wir waren zusammen etwas essen. Sie kannte Hansen …«

»Und da hast du gedacht, sie könnte dir vielleicht Informationen geben.«

»Ja. Was ist schlimm daran?«

»Nichts, rein gar nichts«, antwortete Willy und schaute aus dem Fenster.

Und Arndt musste zugeben, Willy hatte recht, aber dafür war es nun zu spät. Er nahm sich vor, sie zu fragen, wenn sie sich wieder bei ihm meldete. Bis dahin hatte er keine andere Wahl, als sich in Geduld zu üben.

Die restliche Fahrt verlief ziemlich still. Willy fuhr auf die Einfahrt der JVA Lübeck, parkte den Wagen und beide gingen zum Eingang.

»Ich führe das Gespräch«, ermahnte ihn Willy, als beide das Gebäude betraten.

Arndt antwortete nicht, welche Wahl hatte er auch? Am liebsten hätte er mit Schneider allein gesprochen, dann hätte er ihm andere Fragen stellen können, als wenn Willy dabei war. Aber Willy war der Chef, also musste er das Spiel mitspielen, Willys Spiel.

Willy meldete sich am Empfang an und kurze Zeit danach kam ein Mann in Willys Alter auf ihn zu und strahlte. »Mensch, Willy«, begrüßte er ihn herzlich, »mein Lieber, wie geht's dir?«

»Gut, gut, mein lieber Kurt, hoffe, dir auch.«

Kurt lachte laut. »Du weißt doch, schlechten Leuten geht es immer gut«, dann umarmte er Willy.

Willy stimmte in das Lachen ein.

»Wie lange ist das her, dass wir uns gesehen haben?«, fragte Kurt, machte einen Schritt zurück und fügte dann hinzu: »Du siehst aber immer noch gut aus, mein Bester.«

»Danke, du aber auch. Dürfte schon eine Weile her sein. Zehn, zwölf Jahre. Wahnsinn, wie die Zeit vergeht.«

»Da hast du recht, komm.«

Willy folgte Kurt und Arndt folgte beiden und kam sich dabei mehr als überflüssig vor: Kurt hatte ihn nicht einmal begrüßt.

Sie betraten Kurts Büro.

»Setzt euch doch bitte«, bat Kurt und zeigte auf den Besprechungstisch.

»Möchtet ihr etwas trinken?«

»Ein Kaffee wäre super.«

»Und Sie?«, fragte Kurt an Arndt gerichtet.

»Nein, danke«, antwortete Arndt.

Kaum hatte Arndt seine Worte ausgesprochen, kam schon eine Dame, sie war wahrscheinlich die Assistentin von Kurt, ins Büro.

»Kristina, kannst du uns bitte zwei Kaffee bringen?«

»Mach ich doch gerne, Herr Dierksen«, antwortete Kristina und verließ das Büro.

Arndt schätzte sie auf Ende vierzig, sie war klein und korpulent, hatte aber eine sehr sympathische Ausstrahlung.

»Was kannst du uns über Schneider erzählen?«, kam Willy gleich zum Grund ihres Besuches.

»Ganz schwieriger Charakter. Wenn wir im Off sprechen: Das ist jemand, der sich niemals erziehen lassen wird. Resozialisierung kannst du bei dem vergessen. Diese ganze Therapiescheiße wirkt bei ihm nicht«, antwortete Kurt sehr offen.

Er schien Willy zu vertrauen, da als Direktor einer JVA sein Bestreben eigentlich die Resozialisierung sein sollte und nicht, dass er so schlecht über seine Häftlinge sprach.

»Und ihr seid euch sicher, dass er keinen Freigang hatte?«, hakte Willy noch mal nach, ein wichtiger Eckpfeiler von Hansens Glaubwürdigkeit.

»Ganz sicher, mein Lieber. Bevor der einen Freigang bekommt, muss er sich ganz gewaltig ändern, es sei denn, irgendwelche Verfassungsrichter kommen mit irgendwelchen hirnlosen Rechtssprechungen.«

Arndt wusste, was er damit meinte: Das Verfassungsgericht hatte 2011 die Sicherungsverwahrung als verfassungswidrig erklärt und die Politik hatte die Gesetzeslage dementsprechend anpassen müssen.

»Kannst du uns noch etwas anderes sagen, was wichtig sein könnte, bevor wir mit ihm sprechen?«, fragte Willy und überhörte Kurts Anwürfe geschickt.

Arndt hatte das Gefühl, dass Kurt noch jemand von der alten Schule war, dass er jemand war, der glaubte, dass man Insassen mit harter Hand führen musste, Resozialisierung schien in seiner Welt nicht vorzukommen. Auch wenn Arndt geneigt war, ihm in einigen Dingen recht zu geben, glaubte er dennoch, dass es Insassen gab, bei denen Resozialisierungsprogramme etwas bringen konnten. Kinderschänder, Vergewaltiger und Mörder wie Schneider rechnete Arndt allerdings nicht dazu.

»Seid vorsichtig! Er ist intelligent und mit allen Wassern gewaschen«, erklärte Kurt, als die Assistentin mit dem Kaffee eintrat.

Sie legte das Tablett mit den Kaffeetassen auf den Tisch.

»Wie möchten Sie Ihren Kaffee, Herr Klausen?«, fragte sie freundlich.

»Bitte schwarz«, antwortete Willy und nahm die Tasse entgegen.

Kurt nahm auch seine Tasse und Kristina wollte gerade das Büro verlassen, als sie fragte: »Herr Schumacher, möchten Sie wirklich nichts trinken?«

»Nein, danke, alles bestens«, gab ihr Arndt freundlich zu verstehen. Die Assistentin schien gut vorbereitet, da sie ihre Namen kannte, das hatte Arndt auch schon ganz anders erlebt.

»Wenn doch, lassen Sie es mich bitte wissen«, ließ Kristina wissen, bevor sie das Büro verließ.

»Von der kannst du dir gerne mal eine Scheibe abschneiden«, stichelte Willy bei Arndt.

Arndt konnte nicht lachen, wollte auch nicht. Kurt hingegen schon, der lachte kurz auf.

»Mensch, Willy, es ist so schön, dass wir uns endlich wieder getroffen haben. Dich zu sehen, weckt alte Erinnerungen.« Dann wandte er sich erstmals und überraschend zu Arndt: »Willy und ich waren in einer berühmt berüchtigten Clique«, plusterte Kurt sich vielsagend auf.

»Ach? Davon weiß ich ja nichts«, tat Arndt verwundert und grinste breit. »Ich weiß nur, dass er mal lange Haare hatte.« *Strafe muss sein.*

»Ja, auf die war er besonders stolz«, grunzte Kurt. »Der Willy war eitel bis in die Fußsohlen. Vor allem seine Haare waren sein ganzer Stolz. Manchmal war er schon wie ein Mädchen.« Er klopfte mit der Hand auf den Tisch.

Kurt war in etwa so groß wie Willy, allerdings sehr viel beleibter und hatte viel weniger Haare auf dem Kopf. Sein Alter sah man ihm an. Die Arbeit als JVA-Leiter musste mit viel Druck und Stress verbunden sein, was Arndt nicht verwunderte.

»Na, mein Lieber, dann solltest du deine langen Haare aber auch nicht unerwähnt lassen«, konterte Willy mit einem breiten Grinsen.

»Tja, das waren die wilden 70er. Da standen wir noch für etwas ein. Heute ist doch alles weich gespült. Die meisten Männer haben doch keine Eier mehr, schau dir nur unsere Politiker an.« Kurt zog die Nase hoch.

»Da magst du recht haben. Es liegt an uns, aus diesen Rahmenbedingungen, die uns die Politiker geben, das Beste zu machen.«

»Was manchmal verdammt schwierig ist. Ich könnte dir ganze Aktenordner mit Anordnungen zeigen, was wir alles nicht mehr dürfen. Resozialisierungsmaßnahmen, die wir durchgeführt haben, und wie viele von denen am Ende nichts, aber auch gar nichts gebracht haben. Was rege ich mich auf, noch ein paar Jahre, dann gehe ich in den wohlverdienten Ruhestand, dann können die Arschlöcher da oben sich einen anderen Dummen suchen, der ihren Resozialisierungsscheiß umsetzt.« Kurts Kopf wurde rot, und Arndt musste in sich hinein grinsen, neben den langen Haaren aus alten Zeiten hatten Willy und Kurt noch etwas anderes gemein, beide waren cholerisch veranlagt.

Aber Arndt hatte das Gefühl, dass Willy der deutlich angenehmere Vorgesetzte war.

»Da hast du recht, mein Lieber, die paar Jahre kriegen wir auch noch rum«, stimmte Willy in freundschaftlicher Eintracht zu. Doch dann lenkte er ziemlich schnell von den alten Zeiten ab, als seien sie ihm unbehaglich: »Sag mal, hat es seit dem Mord an der alten Frau irgendwelche Zwischenfälle gegeben, in die Schneider involviert war?«, fragte Willy.

Kurt antwortete nicht sofort, sondern rührte Zucker in seinen Kaffee und nahm einen Schluck. Dann schaute erst zur Seite, dann zu Willy und antwortete flüsternd: »Nicht nur einen.«

KAPITEL 10

»Welche Zwischenfälle?«, fragte Willy überrascht, »ich dachte …«

Kurt unterbrach sofort: »Es steht nicht alles in der Akte.«

So etwas hatte Arndt befürchtet und es weckte die schlafende Wut in ihm. »Wieso nicht?«, fragte er in deutlich misstrauischem Ton. Prompt erntete er dafür umgehend einen mahnenden Blick von Willy.

»Nun, manches, was in der JVA geschieht, behalten wir lieber für uns, als dass wir es nach außen tragen.«

»Und was hat er angestellt?«, fragte Willy und ermahnte Arndt nochmals mit väterlich strengem Blick, er solle ja den Mund halten.

Arndt kochte, schluckte den Ärger aber hinunter. Kurt wurde ihm immer unsympathischer und es befiel ihn ein dringender Verdacht.

Unterdessen berichtete Kurt weiter: »Es kam immer wieder zu Schlägereien. Zweimal mit Todesfolge.«

»Er hat Häftlinge ermordet?« Arndt war so bestürzt, dass er nicht hatte an sich halten können, weniger aber von der Ermordung als davon, dass diese Ungeheuerlichkeit nicht aktenkundig gemacht worden war.

Willy sagte nichts.

»Ja, das letzte Mal vor neun Jahren, als er nach einer ›Therapiesitzung‹ …«, Kurt machte mit den Händen Gänsefüßchen in die Luft bei dem Wort *Therapiesitzung*, »… total ausflippte, auf einen Mithäftling sprang und ihn mit zwanzig Stichen ermordete.«

»Mit einem Messer?« Arndt hatte seine Rolle vollkommen vergessen. Er roch Unwahrheiten, Vertuschungen.

»Nein, einem Schraubenzieher«, erwiderte Kurt ungerührt. »Er rammte den Gegenstand immer wieder in den Hals seines Opfers. In der Sicherungsverwahrung sind die Haftbedingungen leider lockerer als in Einzelhaft, und da er in der Werkstatt arbeitete, war es für ihn ein Leichtes, an einen Schraubenzieher zu gelangen.

Aber ich bin froh, dass es einen anderen Häftling, einen Mörder, erwischte und nicht einen meiner Mitarbeiter. Wenigstens kann der Tote keinem Unschuldigen mehr die Kehle aufschneiden.«

Aha, verstand Arndt, *ein Häftling ist nichts wert in dieser Anstalt*. Er musste sich schütteln, eine so menschenverachtende Einstellung im öffentlichen Dienst war ihm noch nie untergekommen. *Wie konnte Willy mit so einem Menschen befreundet sein?*, fragte er sich unwillkürlich.

Willy hatte wortlos dagesessen, hatte Arndt auch nicht mehr gebremst. Erst als die Sauerei offenlag, regte er sich wieder. »Kannst du uns zu ihm bringen?«, bat er.

* * *

Als die drei Männer in das Verhörzimmer eintraten, warteten bereits drei Männer dort: Zwei Beamte und ein Gefangener. Der Gefangene saß am Tisch, seine beiden Hände waren mit Handschellen am Tisch befestigt. Als er die drei erblickte, schaute er kurz zu ihnen auf, zog dabei die Nase hoch und senkte dann seinen Blick wieder.

Arndt lief ein kalter Schauer über den Rücken. Jetzt verstand er, was Hansen mit den Augen meinte.

Schneider hatte tiefblaue und sehr grelle Augen. Sie strahlten und erinnerten ihn an Terrence Hill aus den alten Filmen mit Bud Spencer. Nur war Schneiders Blick kalt und abweisend, nichts Freundliches zeigte sich darin.

So einen Blick hätte Arndt auch nicht vergessen können und wollte Hansen unwillkürlich einmal mehr recht geben. Aber laut Kurt hatte Schneider ja seit Längerem keinen Freigang mehr gehabt.

Arndt fiel etwas ein, das ihm ganz und gar nicht schmeckte – und doch in das Bild passte, das er in dieser JVA gewann: *Was, wenn Kurt lügt?*

War es tatsächlich möglich, dass Kurt etwas vertuschte? Er betrachtete die JVA als sein eigenes Königreich und führte sie nach seinen eigenen Spielregeln! Warum sonst sollte Kurt manche Ereignisse unter den Teppich kehren? Belog er seinen Freund und die Ermittlungsbehörden, um sein Reich zu schützen?

Er traute es Kurt zu.

Andererseits, warum sollte Kurt lügen? Ein Freigang war ja nun wirklich nichts Dramatisches und er hatte ihnen auch erzählt, dass Schneider zwei Häftlinge ermordet hatte. Das fand Arndt viel schlimmer.

Arndt wollte vorerst noch kein Urteil fällen, vielleicht brachte das Gespräch mit Schneider neue Erkenntnisse.

»Wen bringen Sie mir denn da, werter Herr Direktor?« Der Sarkasmus in Schneiders Stimme war nicht zu überhören.

Kurt zahlte mit gleicher Münze zurück: »Das werden dir die Herren schon selber sagen.« Seine Antwort war eine Drohung. Dann ließ er Schneider wieder unbeachtet und wandte sich Willy zu: »Ich lasse euch dann mal allein. Ihr habt eine Stunde.« Mit einem kurzen, ernsten Nicken verließ Kurt den Raum.

Arndt schaute sich kurz im Raum um. Er sah nicht anders aus als die Verhörräume bei ihnen in der Polizeizentrale. Sein Blick fiel auf die Kamera an der Decke.

Aha, der König sieht alles. Der große Bruder.

»Können Sie uns bitte allein lassen?«, bat Willy die beiden Beamten.

Unsicher schauten die beiden Beamten einander an. »Ich weiß nicht«, erwiderte einer und schien ein wenig Angst zu haben.

Angst um Willy oder Angst vor Kurt?, fragte sich Arndt.

Willy wurde bestimmter: »Bitte, das ist mit Herrn Dierksen so abgesprochen.«

Die beiden Herren warfen einander einen hilflosen Blick zu und verließen dann den Raum.

»Denken Sie im Ernst, dass wir ungestört reden können?«, höhnte Schneider auf Willy herab und schaute dabei ungeduldig zur Decke.

Willy schien die Botschaft zu verstehen. »Das ist mir egal, Herr Schneider. Das ist mein Mitarbeiter Arndt Schumacher von der Mordkommission und mein Name ist Willy Klausen, ich bin der Leiter der Mordkommission.«

»Ich habe schon lange niemandem mehr die Kehle aufgeschnitten«, erwiderte Schneider sofort. Seine Stimme war ruhig, sein Blick sehr einnehmend.

Arndt fiel es schwer, ihm direkt in die Augen zu schauen.

»Ihren Humor können Sie für sich behalten«, konterte Willy sachlich. »Beantworten Sie bitte nur meine Fragen.«

Arndt setzte sich neben seinen Chef an den Tisch, Schneider gegenüber.

»Was wollen Sie von mir? Ich habe Ihnen doch gesagt, ich habe niemanden ermordet. Die letzten Jahre war das Castle mein Zuhause. Suchen Sie Ihren Mörder woanders.«

»Das Castle?«, fragte Arndt überrascht.

»Sie haben echt keine Ahnung, oder? Dieser Trakt, wo die Unbelehrbaren sitzen, wird Castle genannt, weil unser lieber Herr Direktor hier seine eigenen Regeln aufstellt. Entweder man kriecht ihm in den Arsch, oder es ergeht einem wie mir«, deutete er vielsagend an.

»Wie ergeht es Ihnen denn?«, fragte Arndt, in der Hoffnung ein paar Informationen über Kurt zu erhalten. Willy verzog kurz das Gesicht, hielt sich aber zurück.

»Da sollten Sie Dierksen fragen«, bemerkte Schneider.

»Ich frage aber Sie.«

»Und was soll das bringen? Was soll es bringen, wenn ich Ihnen sage, wie beschissen die Verhältnisse hier sind, dass ich drangsaliert und schikaniert werde?« Mit jedem Wort wurde er lauter. »Sagen Sie mir, warum Sie hier sind und dann verschwinden Sie aus meinem Leben!«, brüllte er schließlich.

»Wann hatten Sie das letzte Mal Ausgang?«, fragte Willy vollkommen ungerührt von Schneiders Versuch, ihn und Arndt hinauszuwerfen.

Nur Arndt beschlich ein komisches Gefühl, weil er in diesen Worten nichts anderes als einen Hilferuf erkennen konnte. Dierksen schien hier weit über seine dienstlichen Kompetenzen hinauszugehen. Aber ohne Beweise war es schwierig, jemandem wie ihm beizukommen.

Schneider blockierte wieder. »Keine Ahnung, fragen Sie den Direktor.«

»Sie wissen nicht, wann Sie Ausgang hatten?«, fragte Willy weiter.

»Warum sollte ich? Ob es nun vier oder sechs Jahre waren, wen juckt das?« Er warf Willy einen niederschmetternden Blick zu und zog die Nase hoch.

»Mich juckt es!«, drohte Willy laut zurück und Arndt glaubte zu sehen, dass Schneider für einen Bruchteil der Sekunde zusammenzuckte.

Kommt er mit Druck nicht klar?, dachte er, schätzte ihn aber nicht so ein. *Vielleicht hat ihn Dierksen auch gebrochen?*

»Jedenfalls nicht dieses Jahr«, lenkte Schneider plötzlich ein.

»Und Sie sind sich da auch ganz sicher?«, hakte Arndt in Willys Frage ein.

»Ja, verdammt! Was soll die Scheiße?«, polterte Schneider wütend.

»Es gibt eine Zeugin«, antwortete Arndt im selben ungerührten Ton wie Willy, »die Sie gesehen haben will.« Ob Willy das jetzt gefiel, interessierte Arndt im Augenblick nicht, denn er wollte sehen, wie Schneider reagierte, ob ihn seine Körpersprache vielleicht verriet.

Sein Plan ging auf: Schneider schaute kurz zu Boden, als wolle er nicht, dass seine Augen seine Gedanken verrieten. Dann schaute er wieder auf, gerade, schneidend, böse wie zuvor: »Welche Zeugin?«

»Das ist doch egal«, fiel jetzt Willy ein, tat genervt. »Jemand will Sie gesehen haben.«

»Dann irrt sie sich, das Fräulein Zeugin. Ich hatte keinen Ausgang.« Schneider zwang sich ein Lächeln ab.

»Wie Sie meinen, ich glaube Ihnen. Dennoch müssen wir ermitteln«, erklärte Willy und nahm Arndts Faden auf, zu dessen eigener Überraschung: »Die Zeugin behauptet weiterhin, dass Sie zur Tatzeit nicht allein waren.«

Jetzt verstand Arndt, worauf Willy hinaus wollte.

»Was für ein Scheiß!! Die Alte wollte die Kohle nicht rausrücken. Hätte sie nicht so rumgezickt, würde sie noch leben.«

»Alte?«, fragte Arndt irritiert.

»Na, Sie sind doch bestimmt wegen der Sache mit der Rentnerin hier«, mutmaßte er herablassend.

Willys knallrotem Kopf folgte die Explosion auf dem Fuße. »Was sollen die Spielchen?!?«, brüllte Willy. »›Die Alte‹ war eine über achtzig Jahre alte Rentnerin, die Sie kaltblütig ermordet haben, für ein paar Mark!«

»Wenn Sie sich nicht gewehrt hätte …«, warf Schneider ein.

»Halten Sie Ihren Mund«, unterbrach ihn Willy scharf. »Beantworten Sie mir nur meine Fragen.«

»Das tue ich doch! Glauben Sie nicht alles, was in den Akten steht und schon gar nicht, was Dierksen Ihnen erzählt. Alles Lügen«, erwiderte er scharf, aber auch ein wenig unsicher. Willys Bombe hatte offensichtlich gesessen.

»Dann haben Sie hier in der JVA auch keinen Mithäftling ermordet?«, fragte Arndt nun wieder ruhig.

»Spinnen Sie? Nein, natürlich nicht. Es kam nie zu einer Verurteilung! Und wissen Sie, warum?« erwiderte er und schaute zur Decke und der Kamera, gleichzeitig streckte er den Mittelfinger seiner rechten Hand in die Höhe, soweit die Handschellen es zuließen.

Ein Tattoo prangte auf den Fingerrücken, aber Arndt konnte die Schrift nicht lesen. Dass da irgendein böses Wort eintätowiert war, dessen war er sich allerdings sicher. Worte wie *HASS, TOD* oder *RACHE* waren keine ungewöhnlichen Tattoos unter Schwerverbrechern, und Schneider hatte sehr viele Tattoos.

»Ich habe keinen Mithäftling getötet, es war Notwehr«, verteidigte sich Schneider. »Dierksen, das Schwein, hat die auf mich gehetzt und ich habe mich nur gewehrt. Ist doch klar, dass Dierksen keinen Gerichtsprozess zugelassen hat. Ich bin nicht der Bad Boy, für den ich hier verkauft werde. Ja, ich habe Scheiße gebaut. Aber wer hat das nicht? Ich bin ein einziges Mal falsch abgebogen und das verfolgt mich mein Leben lang. Lasst mich doch einfach in Ruhe.« Schneider wurde immer leiser, fast flüsterte er, klang verletzt.

Arndt überlegte, ob er lachen oder ihm eine scheuern sollte. Entweder war Schneider ein verdammt guter Schauspieler oder er fühlte sich wirklich zu Unrecht schlecht behandelt. Die Verhöhnung und Verharmlosung der Morde widerte Arndt zutiefst an. Er musste nur an die arme alte Rentnerin denken, die Schneider kaltblütig ermordet hatte, und er wusste, Schneider war ein Lügner.

»Genug Spielchen!«, unterbrach Willy den Faden der Befragung. »Wir sind nicht wegen Ihrer Taten in der JVA hier, sondern wegen des Anschlages auf das Straßenfest.«

Arndt sah an den Lachfalten um Schneiders Augen, dass er das genau wusste. Schneider spielte mit ihnen. Aber warum? War ihm einfach langweilig oder dachte er, dass er sich so an Dierksen und der Polizei rächen konnte?

»Was ist mit dem Anschlag?«, fragte Schneider und lehnte sich zurück.

»Hatten Sie einen Komplizen?«

»Wie kommen Sie auf so einen Schwachsinn?«

»Hatten Sie einen Komplizen?«, wiederholte Willy forsch, aber monoton.

»Nein …, Sie brauchen Ihre Frage nicht wiederholen, ich bin doch nicht blöde. Diese Psychotricks funktionieren bei mir nicht.«

»Aber unsere Zeugin ist sehr glaubwürdig, sie behauptet felsenfest, dass es noch einen zweiten Täter gab, mit einem Tattoo am rechten Arm.«

Schneider antwortete nicht sofort, er holte Luft, hob den Kopf, als betrachtete er wieder die Kamera an der Decke. Streckte wieder den Mittelfinger der rechten Hand in die Höhe, senkte dann den Kopf und schaute Willy voller Verachtung an. Der Blick hatte etwas sehr Boshaftes, Gefährliches.

»Ich habe es allein getan.«

KAPITEL 11

»Was denkst du?«, fragte Arndt, als er und Willy wieder im Auto saßen und auf dem Rückweg zum Revier waren.

»Wir vergeuden unsere Zeit, es gibt keine Wiederaufnahme. Schneider hat es allein durchgeführt.« Willy schien gereizt.

»Ich weiß nicht, Willy. Ist dir seine Körpersprache nicht aufgefallen? Ich glaube, er lügt.«

»Warum sollte er lügen? Er sitzt seit dreißig Jahren mit kleinen Unterbrechungen, wird wahrscheinlich das Gefängnis niemals mehr verlassen, welchen Grund sollte er also haben, zu lügen?«

»Genau deswegen«, entgegnete Arndt und fuhr fort. »Er hat doch nichts mehr zu verlieren. Er sitzt im Castle fest ...«

»Castle!«, dröhnte Willy. »Hör mit dem Scheiß auf.«

»Na ja, bei allem Respekt zu deiner Freundschaft mit Dierksen«, erwiderte Arndt, »aber dass der nicht ganz sauber ist, müssen wir nicht diskutieren.«

»Lass das, Arndt!«, ermahnte ihn Willy barsch. »Wenn Kurt wirklich so ein Tyrann wäre, hätte es doch schon längst eine Dienstaufsichtsbeschwerde gegeben, die Anwälte der Inhaftierten sind nicht ohne, lass dich von Schneider nicht beeinflussen.«

»Na ja, aber auch egal«, antwortete Arndt.

Er wollte keine Diskussion mit Willy, schließlich brauchte er noch seine Zustimmung, um weiter ermitteln zu dürfen, denn er teilte Willys Meinung nicht in diesem Fall. Etwas stimmte ganz und gar nicht und er war entschlossen, diesem Etwas auf den Grund zu gehen.

»Ist das okay, wenn ich …«

»Wenn du was?«, unterbrach Willy scharf.

»Ich würde gerne noch ein paar Informationen zusammentragen.«

»Und was soll das bringen?«

»Vertrau mir, Willy. Irgendetwas stimmt hier nicht.«

»Und das wäre?«

»Ich kann dir das noch nicht genau sagen, aber ich spüre, dass etwas faul ist. Gib mir noch ein bisschen Zeit.«

»Wofür? Wenn Schneider gesagt hätte, dass er einen Komplizen hatte, dann würde ich dir zustimmen. Aber das hat er nicht, und es ist Fakt, dass sich Hansen irrt. Schneider hatte keinen Ausgang. Also sag mir, warum ich gestatten soll, dass du deine Zeit verschwendest? Ich brauche dich woanders dringender.«

»Bitte, Willy. Wir hatten einen Deal.«

»An den halte ich mich gerade: Wir haben keine neuen Erkenntnisse, also ist der Fall geschlossen. Es hat nie einen Fall gegeben.«

»Das stimmt nicht, Schneider hat gelogen«, erwiderte Arndt.

»Sagt dir dein Gefühl«, verhöhnte ihn Willy.

»Du hast doch gesagt, es gab noch andere Zeugen.«

»Ja, wieso?«

»Dann lass mich mit denen sprechen«, bat Arndt eindringlich. »Wenn ich dir danach keine neuen Informationen liefern kann, stelle ich meine Untersuchungen ein.«

»Und danach begibst du dich zu Kramer zu deiner Sitzung«, forderte Willy ihn auf.

»Ja, mach ich«, versprach Arndt ihm. Welche Wahl hatte er? Keine. Er brauchte Willys Zustimmung, also spielte er das Spiel mit.

Willy antwortete nicht, sondern nickte nur und fuhr in die Tiefgarage des Polizeipräsidiums.

»Gut, du hast noch zwei Tage«, sagte er, als er den Wagen parkte.

* * *

Arndt kochte und fauchte vor Wut. Zwei Tage, zwei läppische Tage!! Er wusste doch nicht einmal, wen er überhaupt weshalb ansprechen sollte. Er hätte eine Woche gebrauchen können, allein um sich die Unterlagen zu beschaffen und die wichtigen Personen herauszufiltern.

Zwei Tage! Da konnte er sich doch gleich aufhängen.

Aber Willy war hart geblieben, wollte einfach keine Zeit verschwenden. Wusste der Himmel, warum. Und einen Bericht jeden Morgen um acht wollte Willy.

Aktensch…

Arndt stampfte in sein Büro, warf sich an seinen Schreibtisch, setzte Monitor und PC in Betrieb, startete sein Arbeitsprogramm und sah, dass er eine neue E-Mail hatte. Schlagartig vergaß er seine Wut und lächelte erwartungsvoll: Thorsten hatte geschrieben, mit Anhang. Also hatte er etwas gefunden.

Er öffnete die E-Mail und las:

Wie es scheint, hast du Glück gehabt, die Urteilsakte konnte ich in den Landesarchiven finden. Gruß Thorsten
PS: Bin noch weiter auf der Suche.

Arndt öffnete den Anhang und fand eine digitale Kopie des Urteils.

»Volltreffer!«, jubelte er und schnappte sich sofort das Telefon, um sich kurz, aber sehr herzlich bei Thorsten zu bedanken. Thorsten war ein Schatz!

Willy dagegen …

Er wischte seinen restlichen Zorn weg, um endlich keine Zeit mehr zu verschwenden, sondern nahm sich das Urteil gegen Schneider vor.

Willys Name wurde immer wieder erwähnt, da er intensiv mit den Ermittlungen vertraut gewesen war. In der Urteilsbegründung selbst wurde an einer Stelle die Möglichkeit eines zweiten Täters eingeräumt, aber wegen mangelnder Beweise und aufgrund des Geständnisses durch Schneider wurde dieser Aspekt nicht zur Urteilsbegründung hinzugezogen. In diesem Punkt hatte Hansen also nicht gelogen.

Arndt nahm einen Textmarker und markierte Stellen, die für seine Ermittlungen von Bedeutung sein konnten. Er hatte jetzt etwas, auf das er aufbauen konnte.

In der Urteilsakte wurden die vernommenen Zeugen und ihre Wichtigkeit für das Urteil genannt. Wie auch von Willy schon behauptet, waren die Aussagen anderer Zeugen neben Hansen mit entscheidend dafür, dass Schneider verurteilt wurde.

Zwei Zeugen schienen den Täter bei der Tat oder in unmittelbarem Zusammenhang mit der Tat gesehen zu haben, da sich ihre Aussagen deckten, auch mit der Aussage von Hansen. Ein kleiner Vermerk sagte, dass keiner der beiden Zeugen einen weiteren Täter gesehen oder bemerkt hatte. Jedoch hatten sie für das Urteil nützliche Informationen geliefert und waren daher mit aufgeführt.

Da die Zeit gegen Arndt lief, wollte er sich auf die zwei Hauptbelastungszeugen neben Hansen konzentrieren. Er notierte sich ihre Namen und Anschriften, nahm den Hörer und rief bei der Stadtverwaltung an. Anika Müller, Sachbearbeiterin dort, nahm das Gespräch entgegen. Arndt hatte öfter mit ihr zu tun gehabt.

»Hallo Anika, ich bin's, Arndt. Ich bräuchte die aktuelle Anschrift von zwei Personen.«

»Hallo, Arndt, schieß mal rüber.«

Arndt nannte ihr beide Namen mit den Anschriften, die er sich notiert hatte.

»Nummer eins habe ich«, meldete Anika nach nur sehr kurzer Zeit, »die Gute ist aber umgezogen. Hast du einen Zettel?«

»Klar, schieß los«, bat Arndt und schrieb die Adresse auf.

Dass die Person nicht mehr dieselbe Adresse hatte wie vor dreißig Jahren, erstaunte ihn ganz und gar nicht. Bei der zweiten Person war er allerdings doch erstaunt, da die Adresse noch immer stimmte.

Das Wichtigste war aber: Beide lebten noch! Nicht selbstverständlich nach dreißig Jahren.

* * *

Knapp fünfzehn Minuten später betrat Arndt das Foyer einer Seniorenresidenz in Lübeck Moisling und meldete sich beim Empfang. Die Residenz wirkte eher wie ein Fünf-Sterne-Hotel als ein Altersheim und schien noch relativ neu zu sein. Arndt fühlte sich unbehaglich bei dem Eindruck, er könnte sich auch hier wohlfühlen, denn den Gedanken ans Älterwerden verdrängte er noch gerne.

»Guten Tag, was kann ich für Sie tun?«, fragte die Dame am Empfang überaus freundlich.

»Mein Name ist Arndt Schumacher von der Lübecker Kriminalpolizei, ich müsste mit einem Mieter Ihrer Residenz sprechen«, stellte sich Arndt vor. Der Ausdruck *Mieter* war ihm selbst nicht ganz geheuer, aber er hatte noch nie in einem Seniorenheim ermittelt und kannte das korrekte Wort für die Bewohner solcher Einrichtungen noch nicht.

Die Frau am Empfang erschrak ziemlich bei dem Wort *Polizei,* weshalb Arndt froh war, seine Abteilung, die Mordkommission, für sich behalten zu haben.

»Von der Polizei? Sind Sie sicher?«, erkundigte sie sich unsicher, »hier wohnen nur Senioren. Was haben die mit der Polizei zu schaffen?«

»Keine Sorge, Frau Weiß, es ist nichts passiert, alles ist gut«, beruhigte er sie.

»Ah … und ich dachte schon.« Sie war sichtlich erleichtert.

»Es wird auch nicht lange dauern, die Frau heißt Heidrun Vogel, ist 78 Jahre alt.«

»Was wollen Sie von Frau Vogel?«, hörte Arndt eine Stimme hinter sich fragen.

KAPITEL 12

Vor Arndt stand eine alte Dame, gut einen Kopf kleiner als er, mit weißen halblangen Haaren. Viele Falten zeichneten das Gesicht einer Frau, die auf viel Erfahrung zurückgreifen konnte. Ihre braunen Augen strahlten Lebensfreude und Weisheit aus.

»Wieso möchten Sie das wissen?«, fragte Arndt sichtlich überrascht über so viel Forschheit.

»Gehört es sich nicht, erst die Frage zu beantworten, bevor man selber eine stellt?«, erwiderte sie.

Arndt konnte sich ein Schmunzeln nicht verkneifen. »Sie sind nicht zufällig Frau Vogel?«

»Und wenn?«, deutete sie vielsagend an.

»Dann würde ich mich sehr gerne mit Ihnen unterhalten.«

»Ich weiß zwar nicht, was die Polizei von mir will, aber wenn es sein muss, dann nur unter einer Bedingung.«

»Einer Bedingung?«, fragte Arndt schmunzelnd. Er hatte mit allem gerechnet, aber nicht mit so einer Einleitung.

Als Anika ihm am Telefon mitgeteilt hatte, dass Frau Vogel im Seniorenheim lebt, hatte er mit einer alten, gebrechlichen Frau gerechnet. Aber die Dame, die vor ihm stand, war alles andere als gebrechlich, sie wirkte voller Lebensfreude.

»Ja, Sie entführen mich zu einem Kaffee, ich kriege so selten Besuch, da muss ich doch die Situation schamlos ausnutzen«, erklärte sie kichernd und hielt sich die Hand vor die Lippen.

»Sehr gerne. Haben Sie einen bestimmten Wunsch?« Arndt war gerührt, versuchte dies aber zu verbergen. Wie konnte er der sympathischen alten Dame diesen Wunsch abschlagen? Er tat es zudem nicht ganz uneigennützig, schließlich hoffte er auf wertvolle Informationen, und die Erfahrung hatte gezeigt, je entspannter die Personen waren, desto redseliger waren sie.

»Na, wenn Sie so freundlich fragen, dann das Niederegger auf der Breiten Straße.«

»Sehr gerne«, antwortete Arndt und reichte ihr den Arm, damit sie sich einhängen konnte.

* * *

Niederegger zog neben Touristen vor allem auch ältere Einheimische an. Niederegger gehörte zu Lübeck wie das Holstentor oder Thomas Mann.

Schon während der Fahrt war Vogel sehr redselig, erzählte viel von sich. So erfuhr Arndt, dass ihr Sohn sie ins Seniorenheim abgeschoben hatte, als ihr Ehemann vor drei Jahren verstorben war.

Arndt musste an seine Eltern denken, sie waren auch nicht mehr die Jüngsten, meisterten ihren Haushalt aber noch bravourös. Was sollte passieren, wenn sie es nicht mehr konnten? Wollte er sie abschieben oder zu ihnen ziehen?

Sein Herz sagte, dass er zu ihnen ziehen würde.

Das Café war schon recht gut besucht, dennoch fanden sie einen schönen Platz, wo man sich ungestört unterhalten konnte, soweit es die Atmosphäre zuließ.

Frau Vogel bestellte ein Stück Makronentorte und einen Cappuccino, Arndt schloss sich ihr an. Dann begann sie den geschäftlichen Teil des Ausflugs: »Und jetzt erzählen Sie, warum Sie eine alte Frau aufsuchen. Bestimmt doch nicht, weil Sie hören wollen, was für einen undankbaren Sohn sie hat.« Vogel warf Arndt einen freundlichen, aber bestimmten Blick zu. »Sie würden das mit Ihren Eltern bestimmt nicht tun«, fügte sie noch hinzu, bevor Arndt etwas erwidern konnte.

»Danke, Frau Vogel«, bedankte sich Arndt verlegen für das Kompliment. Dann begann er mit einem bedrückten Seufzen: »Leider geht es um etwas Unerfreuliches.« Es tat ihm leid und fiel ihm unangenehm schwer, diese nette sympathische Dame mit der Vergangenheit zu konfrontieren.

»Unerfreuliches? Ist etwas passiert?«, fragte sie und Sorge lag in ihrer Stimme und auf ihrem Gesicht.

»Nein, nein, seien Sie bitte unbesorgt. Es geht um etwas aus der Vergangenheit.«

»Dann machen Sie es doch nicht so spannend, ich bin nicht mehr die Jüngste«, äußerte sie vorwurfsvoll.

»Es geht um den Anschlag auf das Straßenfest in Lübeck, vor dreißig Jahren.«

»Und was möchten Sie wissen? Ich dachte, der Fall wäre aufgeklärt.«

Die Kellnerin brachte die Torten und die Getränke.

Arndt wartete, bis sie sich entfernt hatte.

»Ja, eigentlich schon, aber es hat sich eine Zeugin bei der Polizei gemeldet.«

»Essen Sie, Herr Schumacher, die Torte ist sehr lecker«, lenkte sie kurz ab.

Arndt nahm ein Stück von der Torte, sie schmeckte in der Tat hervorragend. Ehrlich gesagt wusste er nicht, wann er das letzte Mal bei Niederegger Torte gegessen hatte. Es lag zwar quasi vor seiner Haustür, aber wirklich oft ging er nicht dorthin, und wenn, dann nur zum Verkaufsbereich, um Marzipan zu kaufen.

»Was hat denn die Zeugin Ihnen erzählt, dass Sie wieder ermitteln?«

»Das würde ich Ihnen gerne nach der Befragung verraten, ich möchte nicht, dass irgendetwas unser Gespräch verfälscht.«

»Verstehe, aber es ist schon so lange her. Seien Sie bitte nachsichtig mit mir, wenn ich mich nicht an alles erinnern kann. Dreißig Jahre sind für eine alte Dame wie mich sehr lange.«

»Seien Sie bitte unbesorgt, ich habe dafür größtes Verständnis. Versuchen Sie, sich so gut wie möglich zu erinnern.«

»Was möchten Sie wissen?«

»Erzählen Sie mir einfach, wie Sie den Anschlag erlebt haben«, bat Arndt. Die Fragen würde er dann stellen.

Jetzt wurde ihm bewusst, wie wenig vorbereitet er war. Er hatte zwar das Urteil und die Nebenblätter gelesen, aber aus der Urteilsakte wusste er tatsächlich sehr wenig über den Anschlag selbst und die gesamten Ermittlungen. Ohne Polizeiakte war es schwierig. Nach seiner Rückkehr ins Büro wollte er alles googeln, was es über den Anschlag gab, und er hoffte auf Thorsten, dass er noch weitere Akten zu dem Fall besorgen konnte.

»An einiges erinnere ich mich noch sehr gut. Es war ein Samstag. Der Deutsch-Türkische Kulturverein war der Organisator dieses Straßenfestes. Zu Beginn der Achtziger kam in Deutschland und in Lübeck ein Rassenhass auf, der mich über alle Maßen erschreckte und sorgte. Plötzlich wurden Ausländer für vieles verantwortlich gemacht, die Stimmung wurde immer explosiver. Nazis und Rechtsgesinnte entluden ihren Hass in Gewalt und Pöbeleien gegen diese meist friedlichen Menschen.

Unsere Reinigungskraft, eine alleinerziehende Iranerin, wurde auf offener Straße von zwei Skinheads – so nennt man die Idioten, glaube ich – vor einen fahrenden Bus gestoßen. Nur der schnellen Reaktion des Busfahrers war es zu verdanken, dass nichts Schlimmeres passierte. Viele Passanten an der Bushaltestelle haben das gesehen, aber was denken Sie, wie viele Zeugen sich gemeldet haben?«

Arndt hob die Schultern, obwohl er die Antwort ahnte.

»Nur der Busfahrer! Aber er konnte sich nicht an die Gesichter erinnern. Die zwei Dummköpfe mussten sich bis heute für ihre Tat nicht verantworten«, empörte sie sich und schüttelte den Kopf, als rissen längst vergessen geglaubte Wunden in ihr gerade wieder auf. »Vieles, was damals geschah, erinnert mich an Pegida.«

»Wieso Pegida?« Arndt war natürlich nicht entgangen, dass Pegida vor allem in Dresden einen immer größeren Zulauf hatte. Dabei gehörten gerade einmal 0,1 % der Bevölkerung in Sachsen dem muslimischen Glauben an. Allerdings hatte er sich mit Pegida nicht ernsthaft beschäftigt.

»Weil sie dieselben Vorurteile und den gleichen Hass schüren. Sie unterscheiden sich nicht von der damals sehr starken Partei der Republikaner. Oberflächlich wird damit beworben, dass alle Menschen in Deutschland willkommen sind, aber nur, wenn sie sich an die Regeln von Pegida halten und ihre Kultur, ihre Identität verleugnen. So etwas nennt man Zwangsverchristlichung. Ihre Parolen sind nur auf Stimmenfang aus und spielen mit den Ängsten der Menschen. *Wir sind das Volk* zu skandieren, ist eine Ohrfeige für all die Menschen, die unter dem DDR-Regime gelitten haben und verfolgt wurden.«

»Mit Speck fängt man Mäuse.«

»Haben Sie das Positionspapier der Pegida gelesen?«

»Ehrlich gesagt nicht«, gab Arndt verlegen zu und schämte sich dafür, dass er politisch viel weniger aktiv war als die alte Dame. Denn nichts tun war keine Antwort, aber er war noch nie ein wirklich politischer Mensch gewesen, auch wenn er ein Stammwähler der SPD war.

»Das sollten Sie. Gerade als Polizist sollten Sie die Fahne der Demokratie hochhalten. Mein Vater war in der Widerstandsbewegung gegen die Nazis. Nur mit Glück kam er nicht ums

Leben. Aber er hat uns erzählt, wie das mit den Nazis damals war. Sie unterscheiden sich nicht wirklich von den Forderungen dieser Rattenfänger. Was heute die angebliche Bedrohung durch die Islamisierung ist, waren damals die Juden.«

»Na ja, ich weiß nicht, ob man das so vergleichen kann«, warf Arndt ein.

»Seien Sie nicht so naiv!«, rüffelte sie Arndt umgehend. »Denken Sie, die NSDAP hat zu Beginn ihrer Erscheinung der deutschen Bevölkerung erzählt, sie wolle Millionen von Juden vergasen? Sie haben sogar, als sie sich bei den Reichstagswahlen von 1928 mit nur 2,6 % der Stimmen begnügen mussten, in ihrer Propaganda den Antisemitismus zurückgeschraubt. Langsam haben sie dann den latenten Judenhass, der schon immer in Deutschland vorhanden war, clever genutzt, um Stimmung gegen die Juden zu machen. Wo es geendet ist, haben wir alle gesehen. Heute beherrscht Deutschland ein latenter unterschwelliger Hass gegen Ausländer, vor allem gegen Moslems, das spielt der Pegida natürlich in die Hände. Mit Hass und Angst gegen andersdenkende und Minderheiten konnte man schon immer Mehrheiten mobilisieren.«

Arndt musste ihr recht geben, denn so hatte er den Zusammenhang noch nicht betrachtet, weil er sich einfach nicht vorstellen konnte, dass so etwas wie Hitler jemals wieder in Deutschland passieren konnte. Deutschland hatte doch genug Lehren aus der Nazizeit gezogen, oder?

Waren die Moslems von heute die Juden von gestern?

»Lesen Sie sich mal das Positionspapier der Pegida durch, aber lesen Sie richtig!«, mahnte sie Arndt. »Glauben Sie im Ernst, dass Deutschland eine Islamisierung droht? Damit ist nichts anderes gemeint als die hier lebenden Muslime. Pegida hat nichts mit demokratischen Grundsätzen zu tun, ich hoffe, dass die Menschen das sehr schnell begreifen.« Vogel redete sich regelrecht in Rage.

Arndt staunte, wie politisch eine Frau in ihrem Alter noch sein konnte und vor allem, welch wachen und spitzen Verstand sie noch hatte. Das gefiel ihm.

»Das werde ich tun«, versprach er eifrig. »Möchten Sie mir erzählen, was an diesem Samstag geschehen ist?«, fragte Arndt, um wieder auf das eigentliche Thema zurückzukommen, schließlich brachte die politische Diskussion keine Erkenntnisse zur Antwort auf seine Fragen.

»Mein Mann und ich waren immer sehr sozial engagiert. Zum Glück hatten wir die finanziellen Mittel, um zu helfen. Der Deutsch-Türkische Kulturverein hatte uns um eine kleine Spende gebeten, der wir in Form von Torten und Getränken sehr gerne nachkamen.«

»Waren Sie unmittelbar an der Veranstaltung beteiligt?«, fragte Arndt, denn als Veranstalter war man noch intensiver mit den Vorbereitungen beschäftigt und kannte sich besser damit aus.

»Ja und nein. Wir haben eher mit finanziellen Mitteln geholfen. Eine Bäckerei hat die Torten und Kuchen zur Verfügung gestellt, die wir bezahlt haben, gleiches haben wir mit den Getränken getan.«

»Verstehe. Wann waren Sie denn auf dem Fest?«

»Ich war schon um fünfzehn Uhr auf dem Straßenfest, da ich schauen wollte, ob ich beim Verkauf behilflich sein konnte. Gut möglich, dass es auch ein bisschen früher war, aber um diese Zeit herum sicherlich.«

»Und, konnten Sie helfen?«

»Ja, man war über jede Hilfe dankbar. Allerdings musste ich um siebzehn Uhr schon wieder gehen, deswegen weiß ich, dass ich gegen fünfzehn Uhr dort ankam.«

»Warum?«

»Mein Mann und ich wurden vom Bürgermeister eingeladen, der später mit einer Delegation dem Straßenfest einen offiziellen Besuch abstatten wollte.«

»Verstehe. Ist Ihnen denn vorher irgendetwas aufgefallen?«, fragte Arndt.

»Ja, ich fürchtete, die Aktion könnte vorab abgebrochen werden.«

»Wie meinen Sie das?«

»Eine Gruppe von Skinheads, dummen Glatzköpfen, versuchte, mit ihrem Auftreten die Bürger zu verunsichern.«

»War denn die Polizei nicht vor Ort?«

»Doch, aber zu dem Zeitpunkt waren es gerade mal eine Handvoll Polizisten und die schienen auch nichts machen zu können, solange die Skinheads sich nicht auffällig verhielten. Es war ja keine geschlossene Veranstaltung.«

»Was haben die denn getan?«, fragte Arndt überrascht von der Untätigkeit seiner Kollegen. Er wusste allerdings auch, dass Polizisten nun einmal sehr oft die Hände gebunden waren, solange möglicherweise gewaltbereite Personen sich nicht auffällig verhielten.

»Sie sind einfach auf und ab marschiert. Haben an den Ständen Bier gekauft oder eine Wurst. Zwei von ihnen kamen auch zu dem Stand, an dem ich ausgeholfen habe. Sie können sich vorstellen, wie schwer es mir fiel, diesem Gesindel gegenüber freundlich zu sein.«

»Können Sie sich an die Personen erinnern?« Arndt hoffte, dass Vogel nicht wieder auf politische Geschichten verfiel, die seine Ermittlungen nicht weiter brachten.

»Ja, sicher. Vor allem einen von ihnen werde ich niemals vergessen können.«

»Wie meinen Sie das?«

»Diese Augen. Diese strahlend blauen Augen, die so bedrohlich schauten, die voller Hass waren! Wie könnte ich die vergessen!« Vogel überkam eine Gänsehaut vor Grauen.

»Sie meinen Schneider?«

»Genau, diesen Massenmörder. Ich habe da schon gespürt, dass dieser Mann die Boshaftigkeit in Person ist. Dieses Lächeln, als ich ihm ein Stück Torte reichte, werde ich niemals vergessen. Es war voller Arroganz und Hass.«

»Und die andere Person, können Sie sich an die erinnern?«

»Leider nicht mehr. Er war ein Skinhead wie Schneider, aber neben Schneider war er sehr ruhig, fast schüchtern.«

»Wie sah er aus?«

»Ich weiß das nicht mehr genau, das Einzige, was ich noch weiß: Er trug ein Kapuzenshirt.«

»Ein Kapuzenshirt? Was noch?« fragte Arndt erschrocken.

»Ich weiß nicht mehr, aber er war tätowiert wie Schneider.«

»Wissen Sie, wo er tätowiert war?«

»Ja, am rechten Arm, das Shirt war hochgezogen.«

KAPITEL 13

Diesmal war es Arndt, dem es eiskalt über den Rücken lief. Hatte Hansen am Ende doch recht? Gab es diesen Mann mit dem Tattoo wirklich?

»Wissen Sie, was für ein Tattoo es war?«

»Nein, leider nicht. Er war bis zur Hand tätowiert«, antwortete sie und nahm Arndt diesen kleinen Hoffnungsschimmer.

»Würden Sie sich zutrauen, die Person mithilfe der Polizei beschreiben zu können?«

»Sie meinen ein Phantombild?«

»Ja.«

»Nein, das tut mir leid. Ich weiß wirklich nicht, wie er aussah. Ich habe ihn auch nur einmal kurz am Stand gesehen, danach nicht mehr. Ich fürchte, ich bin Ihnen keine Hilfe.«

»Verstehe. Aber Sie sind mir eine sehr große Hilfe, Frau Vogel.« Arndt versteckte seine Enttäuschung hinter diesem Lob. »Was ist dann geschehen?«

Wenn dieser Freund von Schneider nur kurz auf dem Straßenfest gewesen war, war es dann nicht eher wahrscheinlich, dass er nichts mit dem Anschlag zu tun hatte? Es war mehr als wahrscheinlich, aber damit wurde diese kleine Hoffnung zerstört, dass Hansen vielleicht doch die Wahrheit gesagt hatte.

Arndt hoffte sehr, dass er die Ermittlungsakten bekam, vielleicht gab es dort Informationen über die Skinhead-Gruppe.

»Ich habe um siebzehn Uhr das Fest verlassen, bin nach Hause, habe mich umgezogen und bin mit meinem Mann zum offiziellen Empfang ins Rathaus gefahren.«

»Sind Sie danach dann mit der offiziellen Delegation zum Straßenfest aufgebrochen?«

»Ja, wir waren knapp zwanzig Personen.«

»Wissen Sie, wann das war?«

»Wir wurden um zwanzig Uhr erwartet.«

»Was ist dann geschehen?«

»Es gab eine kleine Ansprache von den Veranstaltern und dem Bürgermeister auf der Bühne. Dabei habe ich Schneider wieder gesehen.«

»Schneider?«

»Ja, er stand mit seinen Freunden zwischen den anderen Besuchern und hat zugehört. Dabei hat er immer wieder zu mir herübergeschaut. Ich hatte ein ganz schlechtes Gefühl. Aber was hätte ich tun können?«

Arndt spürte Selbstzweifel und Vorwürfe in ihrer Stimme und in ihrer Körperhaltung, fast hatte er das Gefühl, dass Vogel sich selbst schuldig fühlte, weil sie ihr schlechtes Gefühl damals nicht geäußert hatte.

Wie albern das war, wusste Arndt natürlich. Vogel hätte nichts daran ändern können, der Anschlag wäre so oder so geschehen.

»Sie hätten nichts tun können, Frau Vogel. Sie haben mit Ihrer Zeugenaussage geholfen, dass man den Täter schnappen konnte«, erwiderte Arndt.

Sie rang sich ein kurzes, verkrampftes Lächeln ab, ihre Augen wurden feucht, ein deutliches Zeichen, dass die Erinnerungen sie noch immer schwer belasteten. Er wollte sie nicht länger als nötig quälen, aber einige Fragen waren noch zu stellen.

»Was ist nach der Ansprache geschehen?«

»Die Delegation ist mit den Veranstaltern von Stand zu Stand gegangen, bis sie den Döner-Stand erreichte. Der Bürgermeister glaubte, es sei eine gute Idee, wenn die Öffentlichkeit ihn mit einem Döner in der Hand sah, weshalb jeder aus der Delegation einen bekommen sollte. Die Presse war auch vor Ort, es wurden Fotos gemacht und ein Kamerateam filmte die ganze Aktion.« Vogel hielt inne, ihr Mund schien trocken.

»Möchten Sie etwas trinken?«, fragte Arndt, denn er vermutete, dass gleich die entscheidende Stelle kommen sollte.

»Ja, ein Wasser wäre sehr lieb.«

Arndt bestellte für sie und sich ein Wasser.

»Möchten Sie abbrechen?«, erkundigte Arndt sich besorgt. »Wir können auch morgen fortfahren.« Die Augen von Vogel wurden immer feuchter.

»Nein, nein, bringen wir es hinter uns«, antwortete sie tapfer und presste die Lippen zusammen.

»Wie Sie meinen. Was ist dann geschehen?«, fragte Arndt.

»Es ging alles so schnell, ich sah diesen Rucksack neben dem Stand stehen«, begann sie. »Es war der gleiche Rucksack, den Schneider die ganze Zeit bei sich getragen hatte, ein grüner Rucksack, so wie Soldaten ihn auch tragen.« Sie nahm einen kräftigen Schluck von ihrem Wasser.

»War Schneider auch dort?«

»Nein, ich habe ihn nicht gesehen, aber dieser Rucksack war seiner, daran zweifelte ich keinen Augenblick. Ich drehte mich zu meinem Mann um und flüsterte ihm zu: ›Schatz, diesen Rucksack, den habe ich vorhin gesehen, an diesem Nazi, etwas stimmt hier nicht.‹ Und bevor mein Mann reagieren konnte, gab es eine Explosion.«

Vogels Stimme wurde immer leiser und brach am Ende abrupt ab, sie konnte die Feuchtigkeit ihrer Augen nicht mehr zurückhalten, Tränen flossen ihr Gesicht herunter.

Arndt reichte ihr ein Taschentuch. Sie nahm es und wischte sich die Tränen weg. Arndt wusste nicht, was er sagen sollte, aber er wollte ihr keine weiteren Fragen mehr zumuten und wartete, bis Vogel sich wieder gefasst hatte.

»Wie kann ein Mensch so viel Hass in sich tragen, dass er andere Menschen töten will, die er nicht kennt, die ihm nie etwas getan haben?«, fragte sie mit geröteten und verweinten Augen.

Arndt war ratlos und betrübt. Als Kriminalpolizist war er immer mit Verbrechen konfrontiert, die für einen normalen Menschen unerklärlich waren. Es schien ein Teil der menschlichen Natur zu sein, diese Grausamkeit, und bei einigen brach sie aus.

Menschen wie er und Vogel konnten nur versuchen, sich diesem Dämon mit aller Macht entgegenzustellen. Er als Polizist leistete seinen Teil dazu bei, dass diese Menschen so schnell wie möglich gefasst und ihrer gerechten Strafe zugeführt wurden. Dennoch würde das Katz-und-Maus-Spiel so lange weitergehen, wie es Menschen gab, das war sicher. So lange würde es Verbrechen geben. Jeder, der etwas anderes glaubte, war naiv und realitätsfern.

»Frau Vogel, wenn Sie wollen, fahre ich Sie jetzt gerne zurück.«

»Danke, das wäre sehr freundlich. Dieses Leid, diesen Schmerz, den ich an diesem Abend sah, werde ich ein Leben lang nicht vergessen. Es wird mich mahnend immer begleiten. Mahnend daran, wozu Hass führen kann. Solange ich noch kriechen kann, werde ich, wo es nur geht, gegen Nazis und Bewegungen wie Pegida Stimmung machen. Ich fürchte, es ist nur ein Frage der Zeit, bis wieder Asylantenheime brennen und Ausländer in Deutschland den Tod finden.«

Arndt nickte nur.

* * *

»Sie waren nicht dabei, Herr Schumacher. Diese Schreie, die Verletzten und Toten, die neben ihnen lagen. Neben mir lagen Körperteile, die durch die Explosion von den Körpern gerissen wurden und herumflogen. Nur durch ein Wunder überlebten mein Mann und die meisten der Delegation. Ein Wunder, weil der zweite Sprengsatz nicht in die Luft ging. Aber es war nur ein halbes Wunder, denn fünfzehn unschuldige Menschen fanden an diesem Abend den Tod. Fünfzehn ehrbare Menschen, die niemandem ein Leid angetan hatten.« Sie atmete schwer, brach aber nicht erneut in Tränen aus.

»Schützen Sie die Demokratie, Herr Schumacher. Sie ist das kostbarste Gut, das wir besitzen.«

»Ich weiß. Deswegen bin ich Polizist geworden, um die bösen Jungs zu fangen«, erklärte Arndt. Er hatte das Gefühl, Frau Vogel trösten zu müssen, außerdem schämte er sich für seine Ignoranz vor allem Politischen.

Sie lächelte und streichelte Arndts rechte Hand, die auf dem Tisch lag. »Sie tragen das Herz am rechten Fleck«, sagte sie dabei.

Die Worte berührten ihn und er musste mit sich kämpfen, nicht selbst feuchte Augen zu bekommen. Vogel hatte sein Herz berührt.

Die Kellnerin kam mit der Rechnung und Arndt nahm seine Geldbörse.

»Junger Mann, lassen Sie bitte den Unfug, ich lade Sie ein.«

»Das kann ich nicht annehmen, Frau Vogel. Ich mache das sehr gerne.«

»Papperlapapp, junges Fräulein, ich übernehme die Rechnung, was schulde ich Ihnen denn?«, erhob sie ihre Stimme.

»Das ist sehr lieb von Ihnen, danke«, sagte Arndt und steckte seine Geldbörse zurück.

Vogel bezahlte die Rechnung, hinterließ ein großzügiges Trinkgeld. Sie kaufte noch jede Menge Marzipan und zwei Torten.

»Ich hoffe, Sie helfen mir beim Tragen?«, fragte sie freundlich. »Die alten Schachteln werden sich freuen … Schauen Sie nicht so erschrocken, wenn man so alt ist wie ich, darf man das sagen.«

Sie lachte übers ganze Gesicht. Arndt stimmte mit ein und half ihr natürlich beim Tragen.

Er fuhr sie zurück in die Seniorenresidenz und begleitete sie zum Empfang.

»Britta, bist du so lieb und nimmst Herrn Schumacher die Torten und das Marzipan ab?«

»Oh, sehr gerne, Heidrun. Für wen ist das?«

»Für alle«, antwortete sie.

Britta nahm die Sachen von Arndt und entfernte sich.

»Vielen Dank, Herr Schumacher.«

»Ich habe zu danken, Frau Vogel. Sie waren mir eine große Hilfe. Es freut mich, Ihre Bekanntschaft gemacht zu haben.«

»Na, na, jetzt werde ich ja glatt rot. Ich weiß doch gar nicht mehr, wie das ist, zu flirten«, sagte sie und kniff ein Auge zu.

Arndt lachte.

»Wenn Ihnen noch irgendetwas einfällt, dann rufen Sie mich bitte an, wann immer Sie wollen«, erklärte Arndt und reichte ihr seine Karte.

»Danke, werde ich machen. Da fällt mir noch was ein. Vielleicht ist das nicht von Bedeutung. Aber ich kann mich an das Tattoo erinnern.«

KAPITEL 14

Arndt blieb schlagartig stehen. Hatte er das eben richtig verstanden? »Sie können sich an das Tattoo erinnern?«, versicherte er sich. Das Tattoo des unbekannten Zweiten konnte ein wichtiger Hinweis sein, um diesen ominösen Mann zu finden, von dem bisher nur Hansen glaubte, dass es ihn gab.

»Ja, ja, wie konnte ich das nur vergessen«, bestätigte sie mit vorwurfsvoller Miene.

»Was für ein Tattoo war es denn?«

»Ich weiß nicht, was es bedeutete, aber ich bin mir ziemlich sicher, dass es Hieroglyphen waren«, erklärte sie.

Arndt nickte, Hieroglyphen oder so etwas Ähnliches hatte er auch an den Handkuppen von Schneider gesehen, das konnte ein Anhaltspunkt sein.

»Waren die am Arm oder auf dem Handrücken des Mannes mit dem Kapuzenshirt?«

»Kapuzenshirt? Nein, da verstehen Sie mich falsch. An seine Tattoos erinnere ich mich nicht, es war auf den Handkuppen von Schneider«, antwortete sie und nahm Arndt diesen Hoffnungsschimmer.

»Schneider? Ich dachte, Sie meinten diesen Kapuzenmann.« Arndt konnte seine Enttäuschung nicht verbergen.

»Nein, das tut mir leid, ich meinte Schneider.«

»Nicht schlimm, Frau Vogel. Wenn Ihnen noch irgendetwas einfällt, rufen Sie mich bitte an.«

»Mach ich, Herr Schumacher, Ihnen noch viel Erfolg.«

»Danke«, antwortete Arndt und ging zum Wagen.

* * *

Der nächste Zeuge wohnte im Villenviertel St. Jürgen in der Kronsforder Allee.

Arndt fuhr über die Geniner Straße, machte einen kleinen Zwischenstopp bei McDonalds, bestellte sich beim McDrive ein Menü und fuhr weiter und bog am Kreisel rechts in die Berliner Straße. Der Berliner Straße folgend bog er in die Kronsforder Allee und erreichte wenig später sein Ziel.

Er parkte vor der herrschaftlichen Villa und lief zum Hauseingang. Die Tür war aus schwerer Eiche, die Villa hatte eine weiß-schwarze Fassade. Das Alter konnte Arndt nicht einschätzen, aber sie schien bereits sehr alt zu sein.

Alter Geldadel, vermutete er.

Er betätigte die Klingel und wartete. Kurze Zeit später wurde die Tür geöffnet. Vor ihm stand eine in etwa fünfzigjährige Frau, sie war einen halben Kopf kleiner als er und schlank. Ihr langes Haar trug sie zu einem Zopf geflochten.

»Guten Tag, was kann ich für Sie tun?«, fragte die Frau.

»Guten Tag, mein Name ist Arndt Schumacher, ich bin von der Kriminalpolizei und würde gerne kurz mit Herrn Klaus Harmsen sprechen.« Arndt zeigte seinen Ausweis.

»Herr Dr. Harmsen ist leider nicht da«, antwortete die Frau und offenbarte damit ihre Stellung. Arndt vermutete, dass sie eine Bedienstete oder Haushaltshilfe war.

»Wo erreiche ich ihn denn?«

»Wahrscheinlich in der Firmenzentrale.« Ihr Gesicht verzog sich, als fehle ihr gerade jede Lust, mit ihm zu sprechen.

Arndt war immer wieder überrascht, wie schnell auch Bedienstete von den höher gestellten Familien deren Überheblichkeit annahmen.

Wie dressierte Affen, spottete er in Gedanken. Natürlich waren nicht alle reichen Familien in Lübeck und auch nicht der alte Geldadel gleich arrogant oder überheblich. Vogel war für ihn der beste Beweis, denn auch sie war offensichtlich sehr vermögend. Die Seniorenresidenz hatte nicht gerade so ausgesehen, als würde sie von den sozialen öffentlichen Kassen getragen.

Mit einiger gespielter Unterwürfigkeit zerrte Arndt der Hausdame Namen und Adresse von Harmsens Unternehmen aus der arrogant erhobenen Nase, dann machte er sich schnellstens auf den Weg dorthin.

Das Firmengelände der Spedition Harmsen verriet, dass es sich um ein größeres Unternehmen handelte. Viele Lastwagen wurden be- und entladen, es gab unzählige Verladestationen.

»Suchen Sie jemanden?«, sprach ihn ein Mitarbeiter an, der gerade vorbeikam.

»Ja, Herrn Harmsen«, antwortete Arndt.

»Dr. Harmsen? Warum?«

»Ich bin von der Kriminalpolizei.« Arndt zeigte seinen Ausweis.

Die Miene des Mannes verzog sich, er wies mit dem Kopf auf ein nahes Gebäude im Hintergrund und sagte leise: »Dann sollten Sie ins Büro«, sagte er mit deutlich vorsichtiger Stimme.

»Wo finde ich das Büro?«

Der Mann wiederholte seinen Wink mit dem Kopf. »Da hinten, einfach durch die Tür!«

»Danke.« Die Vorsicht in den Augen und die Stimme des Mannes machten ihn stutzig und er war gespannt, wer dieser Dr. Harmsen war. Er ging zu dem Gebäude, öffnete die Tür und überquerte den Flur zu einer modern ausgestatteten Lobby und merkte dabei, dass er durch einen Nebeneingang gekommen war.

Er ging zum Empfang, wo zwei Frauen saßen, eine war noch recht jung, die andere älter. Beide trugen eine weiße Bluse und einen schwarzen Rock.

»Guten Tag, wie darf ich Ihnen behilflich sein?«, fragte die ältere Frau, die ihn zuerst bemerkt hatte.

»Guten Tag, ich würde gerne mit Herrn Harmsen sprechen.«

»Mit welchem der Herren?«

»Klaus Harmsen«, antwortete Arndt.

»Dr. Harmsen. Haben Sie einen Termin?«

»Nein, ich bin von der Kriminalpolizei, mein Name ist Arndt Schumacher«, erklärte er sich und zeigte seinen Ausweis.

Die Frau nahm den Ausweis und betrachtete ihn gründlich, als könne er gefälscht sein oder als versuchte sie, Zeit zu schinden.

»Worum geht es denn?«, fragte sie dann endlich.

»Das möchte ich Herrn Harmsen persönlich mitteilen.«

»Verstehe. Ist es recht, wenn ich mir eine Kopie mache?« Sie wollte gerade aufstehen und zum Kopierer gehen, der hinter ihr stand.

»Nein, dürfen Sie nicht. Das ist ein polizeiliches Dokument, das dürfen Sie nicht kopieren. Und jetzt rufen Sie bitte Herrn Harmsen an, ich habe nur wenig Zeit«, platzte es aus Arndt heraus, denn diese Spielchen nervten ihn.

Warum haben sie alle Angst vor Harmsen?, dachte er verärgert. Der Mann war ihm schon unsympathisch, bevor er ihn überhaupt kannte.

Die Frau antwortete nicht, aber der erschrockene Gesichtsausdruck verriet ihm, dass sie verstanden hatte. Sie griff zum Hörer, sprach mit jemandem, legte den Hörer auf und wandte ihre Aufmerksamkeit Arndt wieder zu.

»Wenn Sie sich bitte hier eintragen wollen, die Sekretärin von Dr. Harmsen wird Sie gleich abholen. Dort drüben können Sie so lange Platz nehmen.«

Arndt trug seinen Namen in die Liste der Besucher ein und ging zur Sitzreihe. Kaum saß er, da sah er auch schon eine ältere Frau auf sich zukommen.

»Guten Tag, Herr Schumacher, mein Name ist Erika Schmitt, die persönliche Sekretärin von Herrn Dr. Harmsen«, begrüßte sie ihn und reichte ihm die Hand. Arndt erwiderte den Gruß. Sie hatte für eine Frau einen sehr festen Händedruck und schaute ihn sehr streng von oben herab an.

»Guten Tag, Frau Schmitt, es scheint ja gar nicht so leicht zu sein, einen Termin mit Herrn Harmsen zu erhalten«, bemerkte Arndt fröhlich, erntete dafür aber nur eisiges Schweigen und einen stahlharten Blick.

Ihre ersten Worte an Arndt waren ein Tadel: »Herrn Dr. Harmsen bitte. Er legt sehr viel Wert darauf. Und ja, es ist nicht einfach. Obwohl sein Sohn die operative Führung des Unternehmens übernommen hat, lässt es sich Dr. Harmsen nicht nehmen, jeden Tag nach dem Rechten zu schauen. Wenn Sie mir bitte folgen wollen.« Sofort marschierte sie los und Arndt hatte Mühe, ihren schnellen Schritten zu folgen.

Wie beim Militär, dachte er belustigt. Anscheinend führte Harmsen ein strenges Regiment. Der Sohn konnte einem nur leidtun, wenn er nicht nach dem Vater kam.

In seiner langjährigen Arbeit hatte er es immer wieder mit Familienunternehmen zu tun gehabt. Viele von ihnen wurden streng patriarchisch geführt und viele Gründer und Senioren taten sich schwer damit, loszulassen. Wie es schien, war Harmsen genau so ein Mensch. Arndt war auf das Gespräch gespannt.

Sie nahmen den Fahrstuhl in den vierten Stock und überquerten eine Flur. Vom Flur aus betraten sie Harmsens Vorzimmer.

»Warten Sie bitte«, ordnete Schmitt an, klopfte an die Tür am Ende des Vorzimmers, trat ein und schloss die Tür, um kurz danach wieder zurückzukehren. Die Tür war offen.

»Wenn Sie bitte kommen mögen.«

Arndt folgte ihr und betrat das Büro von Harmsen.

Das Büro setzte sich deutlich von den bisherigen Räumen ab, die er gesehen hatte. Es war sehr groß, dunkle Möbel und dunkles Holz dominierten. Eine Ledersitzgruppe stand in der rechten Ecke, ihr gegenüber stand ein großer Konferenztisch. Am Ende des Raumes stand ein sehr großer Schreibtisch aus schwerem, dunklem Holz.

Neben dem Schreibtisch gab es eine Vitrine, in der jede Menge Pokale standen. An der Wand hinter dem Schreibtisch hingen Urkunden und einige Bilder, die augenscheinlich Höhepunkte in der Geschichte des Unternehmens abbildeten.

»Guten Tag, Herr Schumacher«, grüßte ihn Harmsen und reichte ihm die Hand. Er hatte einen kräftigen Händedruck, was Arndt nicht verwunderte.

Seine Stimme klang zu Arndts Überraschung sehr freundlich. Er hatte Arndts Statur, einen Bauch, der zu seinem Gesicht passte. Er trug einen Kranz auf dem Kopf, war recht blass und hatte ein breites Gesicht.

Alles in allem war er keine unfreundliche Erscheinung. Arndt hatte gedacht, auf einen griesgrämigen alten Patriarchen zu stoßen, aber er musste zugeben, Harmsen war ihm sympathisch.

»Guten Tag, Dr. Harmsen, verzeihen Sie, dass ich störe.«

»Kommen Sie, setzen Sie sich doch bitte.« Er wies auf die Sitzgruppe. »Was darf ich Ihnen anbieten?«

»Ein Kaffee wäre nett.«

»Zwei Kaffee, Frau Schmitt.«

»Sehr gerne, Herr Dr. Harmsen«, antwortete Schmitt und verließ das Büro. Arndt setzte sich auf die Couch, da Harmsen bereits den Sessel neben der Couch in Beschlag genommen hatte und er neben ihm sitzen wollte.

»Was möchte denn die Kriminalpolizei von mir?«, begann er das Gespräch in nach wie vor sehr freundlichem Ton. Fast schien es Arndt, als sei Harmsen zum Scherzen aufgelegt oder einfach nur gut gelaunt. »Geht es um meinen Sohn? Hat er wieder Mist gebaut?«, ergänzte er lachend.

»Nein, nein, Herr Dr. Harmsen, es geht nicht um Ihren Sohn«, erwiderte Arndt.

»Das hätte ich mir auch nicht vorstellen können, ganz unter uns. Mein Sohn hat nämlich keine Eier in der Hose, er geht jedem Problem und jeder Herausforderung aus dem Weg. Deswegen kann ich auch nicht in den wohlverdienten Ruhestand.«

»Haben Sie das Unternehmen gegründet?«, fragte Arndt, der sich wieder einmal bestätigt fühlte, was Familienunternehmen anbelangte.

»Nein, das war mein Vater, 1916. Er fing mit einer alten, gebrauchten Eselskutsche an, eine Pferdekutsche konnte er sich nicht leisten. Er hatte aber etwas, was uns Harmsen auszeichnet: Disziplin, Ehrgeiz und den eisernen Willen, zu gewinnen. Heute beschäftigt die Spedition Harmsen 2500 Menschen. Allerdings fürchte ich, dass mein Sohn diese Harmsen-Eigenschaften nicht mitbringt, er kommt zu sehr nach der Mutter.«

»Aber Sie werden nicht ewig leben«, erwiderte Arndt, um ihn von seinem hohen Ross zu holen. Arndt verstand eh nicht, warum Harmsen so öffentlich über seinen Sohn herzog. Wollte er nur zeigen, dass ohne ihn noch immer nichts im Unternehmen lief? Wollte er so dem Gefühl der Nutzlosigkeit entfliehen, dem Gefühl so vieler Gründer, sobald sie aus dem Geschäftsleben ausschieden?

»Stimmt, ich setze große Hoffnung auf mein Enkelkind, der kommt nach mir.« Seine Augen leuchteten und Stolz schwang in der Stimme mit. »Aber, Sie sind ja bestimmt nicht wegen der Familiengeschichte der Harmsens gekommen?«

»Nein, es geht um den Anschlag auf das Straßenfest vor dreißig Jahren«, antwortete Arndt und war froh, endlich auf den Grund seines Besuches zu sprechen zu kommen.

Harmsens Gesicht versteinerte sich umgehend und die Freundlichkeit wich bitterem Ernst. Er wurde noch blasser, als er es ohnehin schon war.

KAPITEL 15

Arndt wollte ihn gerade fragen, ob es ihm gut ginge, da ihm dieser plötzliche Wandel doch sehr merkwürdig war. Aber sein Vorhaben wurde durch Schmitt gestört, die mit einem Tablett eintrat.

»Geht´s Ihnen gut, Herr Dr. Harmsen?«, fragte sie besorgt, als sie das Tablett auf dem Couchtisch ablegte.

»Ja, ja, alles gut«, räusperte Harmsen sich, während er langsam seine normale Gesichtsfarbe zurückbekam.

»Wenn Sie etwas brauchen, lassen Sie es mich bitte wissen«, sagte sie besorgt und warf Arndt einen bösen Blick zu.

Arndt reagierte nicht auf Schmitts Anspielung, sondern nahm seine Tasse und gönnte sich einen Schluck des warmen Kaffees, der herrlich in der Kehle brannte. Der Kaffee schmeckte und schien von hoher Qualität und unterschied sich deutlich von dem 08/15-Kaffee im Polizeipräsidium.

Harmsen nahm auch einen Schluck, stellte die Tasse auf den Tisch und wischte mit der rechten Hand über seine Lippen. »Was ist mit dem Anschlag? Der ist doch schon längst aufgeklärt, wenn ich das damals in der Presse richtig verfolgt und in Erinnerung habe«, fragte er gefasst.

»Es gibt Hinweise, die darauf deuten, dass es noch einen zweiten Attentäter gab.«

»Einen zweiten? Hat der Täter nicht gestanden, dass er allein für den Anschlag verantwortlich ist?«, widersprach er Arndt.

»Ja, da haben Sie recht. Aber wir müssen dem von Gesetzes wegen nachgehen.«

»Und da schimpft man, dass die Polizei unterbesetzt sei. Kein Wunder, wenn man sich mit solchen Nichtigkeiten rumschlagen muss«, resümierte Harmsen sichtlich verärgert.

»Überlassen Sie das bitte uns. Ihre Aussage könnte uns aber helfen, zu entscheiden, ob die Hinweise berechtigt oder unberechtigt sind.«

»Wer kann sich denn nach dreißig Jahren noch an einen zweiten Täter erinnern? Bei allem Respekt, das ist nichts weiter als ein großes Hirngespinst. Von wem kommt denn dieser Hinweis?«

»Das darf ich Ihnen nicht sagen.«

»Verstehe«, antwortete Harmsen, seine Augen wurden aber schmal, anscheinend gefiel es ihm nicht, dass ihm jemand die Stirn bot.

»Könnten Sie mir Ihre Sichtweise schildern, was Sie damals beobachtet haben?«

»Das habe ich doch schon alles zu Protokoll gegeben«, reagierte er forsch.

»Ich weiß, aber ich möchte Sie trotzdem bitten. Vielleicht ergeben sich noch Erkenntnisse.« Arndt griff zu Notizbuch und Stift.

»Nach dreißig Jahren?«, zweifelte Harmsen und hob die Augenbrauen, als zweifle er an Arndts Verstand. »Erwarten Sie bitte nicht zu viel, ich kann mich natürlich an das meiste nicht mehr erinnern.«

»Ich weiß, Herr Dr. Harmsen. Erzählen Sie mir einfach, wie Sie den Tag in Erinnerung haben.«

»Wenn's sein muss«, nörgelte er und fügte hinzu: »aber alles ohne Gewähr.«

»Selbstverständlich«, antwortete Arndt, dem die Vorsicht in Harmsens Stimme nicht entgangen war.

»Soweit ich mich recht erinnere, war ich beim Bürgermeister eingeladen. Wir sollten mit einer offiziellen Delegation das Straßenfest besuchen, um unsere Solidarität mit den ausländischen Mitbürgern zu zeigen …«, fing Harmsen an.

Arndt unterbrach ihn immer wieder und stellte Fragen. An viele Dinge konnte oder wollte sich Harmsen nicht zurückerinnern.

»Wann haben Sie Schneider das erste Mal gesehen?«

»Das muss auf der Bühne gewesen sein, als der Bürgermeister seine Rede hielt.«

»Ist Ihnen da schon irgendetwas komisch vorgekommen?«, fragte Arndt und vermisste einmal mehr die Ermittlungsakten, da sie ihm viele Fragen hätten beantworten können. Und nicht nur das, sie hätten ihm auch helfen können, die damaligen Aussagen mit den heutigen Aussagen zu vergleichen. Die Urteilsakte war dafür nicht ausreichend.

»Ehrlich gesagt nicht. Es war natürlich ein komisches Gefühl, dass eine Gruppe von Skinheads in der Zuschauermenge war. Aber es gab reichlich Polizei, also habe ich mir nichts dabei gedacht.«

»Also hat Schneider sich nicht auffällig verhalten?«

»Nein, zu dem Zeitpunkt nicht. Aber er trug einen Rucksack, der für meine Aussage wichtig war.«

»Wie meinen Sie das?«, fragte Arndt, der natürlich den Grund des Rucksacks kannte.

»In dem Rucksack war der Sprengsatz, aber das konnte ich zu dem Zeitpunkt nicht wissen. Ich frage mich nur, warum die Polizei die Rucksäcke nicht kontrolliert hat.«

Genau diese Frage stellte sich Arndt auch. Gerade bei Demonstrationen mit gewaltbereiten Personen war es dringlichst geboten, diese Personen zu durchsuchen. *Warum war der*

Rucksack nicht durchsucht worden? Hatte man die ganze Situation unterschätzt?, notierte Arndt in Gedanken.

»Was war mit den anderen Skinheads?«

»Keine Ahnung, ich kann mich nicht an sie erinnern. Ich glaube, die haben nach der Rede das Fest schnell verlassen.«

»Wie kommen Sie drauf?«

»Weil ich sie nicht mehr gesehen habe.«

»Sicher?«

»Ich glaub schon.«

»Also nicht sicher?«, hakte Arndt forsch nach.

Prompt brauste Harmsen auf, als habe man einen bösen Zahn erwischt. »Verdammt, was soll das? Ich weiß es nicht!«

Druck und Kritik schien der Unternehmer nicht zu vertragen.

»Es ist aber wichtig, dass Sie sich erinnern. Davon hängt es ab, ob Schneider einen Komplizen hatte oder nicht.«

»Ich weiß es nicht. Aber ich bin mir ziemlich sicher, dass die anderen Männer nicht mehr auf dem Straßenfest waren, als wir den Rundgang begannen.«

»Ist Ihnen jemand aufgefallen, der ein Kapuzenshirt trug?«, fragte Arndt und beobachtete Harmsen dabei genau.

Harmsen überlegte kurz.

»Ich glaube nicht«, antwortete er, seine Augen wichen Arndt dabei aus.

»Sind Sie sicher?«

»Ja, ich glaube schon. Wieso? Verdächtigt ihr ominöser Zeuge einen Mann mit Kapuzenshirt?«, fragte Harmsen und zeigte Arndt, dass sein Verstand noch messerscharf war.

»Ja, das tut er«, antwortete Arndt und hoffte, durch dieses kleine Eingeständnis Harmsen gesprächiger zu machen.

»Ich kann mich leider an niemanden mit Kapuzenshirt erinnern.«

»Und mit einem Tattoo am Arm?«

»Sind die nicht alle tätowiert?«

»Wahrscheinlich«, reagierte Arndt ungehalten.

Das Gespräch mit Harmsen war erheblich unangenehmer als das mit Vogel. Am liebsten hätte er Harmsen mit aufs Revier genommen, einfach nur, um ihn von seinem hohen Ross zu holen. Allerdings hätte Willy ihn dann in der Luft zerrissen.

»Was ist dann geschehen?«

»Wir sind mit der Delegation von Stand zu Stand gelaufen, es wurden Bilder gemacht, ein Kamerateam war dabei, alles schien so friedlich, so organisiert. Die Ereignisse danach lehrten uns, dass das ein großer Irrtum war.« Harmsen hielt inne, schluckte und hustete kurz, die Erinnerungen schienen ihm, auch nach all der langen Zeit, nahe zu gehen.

So ein Ereignis vergaß man niemals. Allerdings machte er nicht den Eindruck, als trage er das noch mit sich herum, so wie Hansen, die im Gegensatz zu Vogel und ihm noch immer an den Erlebnissen zu knapsen hatte.

»Was ist dann geschehen?«

»Das weiß ich nicht so genau. Ich bin kurz auf die Toilette und dann hörte ich diese Explosion …«, erzählte er, brach aber mitten im Satz ab.

»Dann haben Sie die Explosion gar nicht miterlebt?«, fragte Arndt, der das bereits der Urteilsakte entnommen hatte.

»Nein, ich hatte Glück gehabt. Wäre ich ein paar Minuten später auf Toilette gegangen, hätte auch ich einer der Toten sein können.« Wieder schluckte er. Er nahm ein Taschentuch aus der Hosentasche und wischte sich damit übers Gesicht.

»Und dennoch waren Sie einer der Hauptzeugen?« Arndt wunderte sich.

»Ja, weil ich den Rucksack gesehen habe.«

»An dem Döner-Stand?«

»Ja, genau. Es war der gleiche Rucksack, den Schneider um die Schultern getragen hatte, als der Bürgermeister die Ansprache hielt«, bestätigte Harmsen.

Arndt nickte nur, denn das stand auch in der Urteilsakte. Und da Hansen, Vogel und Harmsen Schneider mit dem Rucksack gesehen hatten, war es natürlich mehr als gegeben, dass Schneider der Täter war. Sein Geständnis ließ an dieser These am Ende nicht rütteln.

Arndt musste sich nochmals mit Hansen unterhalten.

Aber alles deutete darauf, dass Schneider der alleinige Täter war, die bisherigen Befragungen hatten keine ausreichend neuen Erkenntnisse gebracht, um von Willy einen Aufschub zu bekommen.

Es gab ein paar Indizien, vor allem von Frau Vogel, dass es vielleicht doch einen zweiten Täter gab, aber Willy würde ihm nicht aufgrund dessen gestatten, weiter zu ermitteln. Schließlich hatte Vogel nur ausgesagt, dass sie einen Skin in Kapuzenshirt mit Tattoo gesehen hatte, aber es war nicht unwahrscheinlich, dass er nicht der einzige Skinhead mit Kapuzenshirt und Tattoo war.

Arndt musste sich eingestehen, dass er nichts in der Hand hatte und es vernünftiger war, die Ermittlungen einzustellen.

KAPITEL 16

Arndt wäre nicht Arndt gewesen, wenn er nicht trotzdem hätte weitermachen wollen. Das Gespräch mit Harmsen hatte keine neuen Erkenntnisse gebracht, dennoch war er nicht bereit, ein Urteil zu fällen. Sollte er ihm glauben? Ja. Bis jetzt jedenfalls. Warum hätte er lügen sollen? Er war ein angesehener und wohlhabender Bürger Lübecks.

Arndt gab Harmsen seine Karte, damit er ihn anrufen konnte, sobald er sich an irgendetwas erinnerte, was von Bedeutung sein könnte. Schmitt brachte ihn zurück zum Foyer und zeigte ihm deutlich, wie sehr es ihr missfiel, dass die Polizei Harmsen belästigte.

Arndt beschloss, direkt zu Hansen zu fahren. Inzwischen war es nach achtzehn Uhr und er glaubte, dass sie bereits zu Hause war.

Als er auf die Autobahn fuhr, rief Willy an und erkundigte sich nach dem Stand der Ermittlungen. Arndt tat ihm den Gefallen, blieb aber sehr vage, weil er über Sinn und Unsinn dieser Ermittlungen nicht diskutieren wollte. Willy schien nicht überzeugt, machte aber keine Anstalten, sich nicht an seine Abmachung zu halten. Arndt fuhr zu der Tankstelle gleich hinter dem Ortschild von Pansdorf auf der linken Seite, da die Tankanzeige des Wagens bereits seit längerer Zeit aufleuchtete.

Er tankte den Wagen voll, bezahlte und stieg wieder in den Wagen. Wieder klingelte sein Handy, es war eine ihm unbekannte Nummer.

»Schumacher«, meldete er sich.

»Hallo Arndt, ich bin's, Elke, ich hoffe, ich störe nicht.«

»Nein, natürlich nicht«, antwortete Arndt. Elke konnte ihn gar nicht stören, er freute sich, ihre Stimme zu hören. »Hast du etwas in Erfahrung gebracht?«

»Ja, vielleicht.«

»Bist du in Pansdorf?«

»Ja, warum?«

»Ich auch, wollte zu Hansen, kann aber gern einen Abstecher zu dir machen.«

»Ich weiß nicht«, erwiderte Elke. Ihre Stimme klang unsicher.

»Sag mir, wo du bist, ich bin in fünf Minuten bei dir«, entgegnete Arndt, um jede Diskussion im Keim zu ersticken. Es wurmte ihn ein wenig, dass sie zögerte. Wollte sie ihn wirklich nicht sehen? Bedeuteten ihr die drei Jahre Zusammenarbeit nichts mehr?

»Na gut, ich bin in der Stolperstraße, in der Wohnung meiner Schwester«, sagte sie und nannte ihm die Hausnummer.

»Bin gleich da, mach schon mal einen Kaffee«, witzelte Arndt und beendete das Gespräch. Er kannte Elkes Schwester nur vom Hörensagen. Sie hatte zu ihr ein sehr enges Verhältnis und Elke war vernarrt in ihre kleine Nichte.

Arndt parkte den Wagen am Straßenrand und ging zur Haustür. Es war ein Mehrfamilienhaus. Er klingelte bei *Henschel* und kurz summte der Türöffner. Von Elke wusste Arndt, dass ihre Schwester nicht verheiratet war. Der Mann hatte sich nach der Schwangerschaft von ihr getrennt und interessierte sich nicht für seine Tochter.

Für solche Männer hatte Arndt nichts übrig. Er war auch geschieden, aber es käme für ihn niemals infrage, Sebastian zu vernachlässigen. Sebastian war sein Sohn und nichts auf der Welt konnte und würde das ändern.

Verantwortungslose Männer wie der Exmann von Elkes Schwester konnten seine Anerkennung niemals erhalten, es gab für ihn einfach keinen Grund, warum man nicht zu seinem Kind stand. Er konnte sich sehr gut vorstellen, dass man seine Exfrau hassen konnte, aber warum musste das eigene Kind darunter leiden?

Er ging die Treppe hinauf und musste sich gestehen, dass er lieber mit Elke allein gesprochen hätte. Andererseits war es die Gelegenheit, Elkes Schwester kennenzulernen, er war gespannt, ob sie genauso hübsch war.

Elke stand vor der Tür und bat ihn herein. Sie wirkte sehr nachdenklich. Er folgte ihr in die Wohnung. Es schien eine kleine Dreizimmerwohnung zu sein, soweit er das vom Flur aus beurteilen konnte.

Im Wohnzimmer war Arndt doch erstaunt. »Ist deine Schwester nicht da?«

»Nein …«, mehr konnte Elke nicht sagen, ihre Stimme versagte. Ihre Augen waren gerötet, sie hatte wohl geweint.

»Was ist los, Elke?«, fragte Arndt sichtlich besorgt und unsicher. Irgendetwas stimmte hier nicht.

Elke zögerte, sie zog die Nase hoch, hob ihr Gesicht, um die Tränen aufzuhalten, aber es gelang ihr nicht. Statt zu antworten, fing sie an zu weinen.

Arndt wusste erst nicht, wie er reagieren sollte, so bestürzt war er über ihre Traurigkeit. Er sagte nichts, ging auf sie zu und nahm sie in den Arm.

Sie legte ihren Kopf an seine Schulter und ließ ihren Tränen freien Lauf. Arndt ließ sie gewähren. Er fühlte sich sogar ein wenig schuldig, denn er genoss ihre Nähe, obwohl er wusste, dass Elke Kummer hatte. Sie roch sehr gut und ihren Körper an seinen zu spüren, löste in ihm einen bei ihr noch nicht gekannten Beschützerinstinkt aus.

»Tut mir leid, ich wollte dich nicht …«, entschuldigte sie ihre Tränen.

»Hey, alles gut. Was ist denn los?«, fragte Arndt, da er noch immer nicht verstand, warum sie so aufgelöst war.

Ein böses Gefühl beschlich ihn.

»Meine Schwester ist im Krankenhaus«, brachte sie mit Mühe heraus, bevor die Tränen sie wieder übermannten.

Arndt verstand. Jetzt ergab alles einen Sinn, deshalb also war Elke wieder in Pansdorf und hatte weder ihm noch Willy etwas davon erzählt. Sie wollte niemandem zur Last fallen, weil sie wusste, dass Willy und er ihr natürlich ihre Hilfe angeboten hätten.

»Ich hoffe, nichts Schlimmes«, sagte Arndt, um ihr ein wenig Mut zu machen und sie zu beruhigen, aber er erreichte das genaue Gegenteil davon. Elkes Gesicht war tränenüberströmt, sie nahm ein Taschentuch und versuchte, die Tränen zu trocken. Sie setzte sich auf die Couch und senkte ihren Blick. Es war eindeutig, sie wollte nicht, dass Arndt sie so sah. Immerhin kannte er sie als starke Persönlichkeit, jetzt aber war sie schwach, sehr schwach und zerbrechlich und für Arndt irgendwie doch stark.

Intuitiv verließ Arndt das Wohnzimmer und ging in die Küche und brachte von dort ein Glas und eine Flasche Wasser mit. Er füllte das Glas, setzte sich neben Elke und reichte es ihr. Sie nahm es und trank einen Schluck. Die Tränen ließen nach, sie wischte mit dem Pulloverärmel die restlichen Tränen vom Gesicht.

»Danke«, sagte sie sehr leise.

»Alles wird gut«, versicherte er ihr, um sie weiter zu trösten.

»Ich fürchte nicht«, erwiderte sie. »Sie ist doch noch so jung, was soll bloß aus Marie werden?«

Arndt wusste aus Erzählungen von Marie, der Tochter von Katie, ihrer Schwester.

Steht es um sie so schlecht?, fragte er sich und wurde zusehends erregter. Elke so zu sehen, belastete ihn mehr, als er sich eingestand und für möglich gehalten hätte.

»Möchtest du mir sagen, was sie hat?«, fragte er, wollte aber nicht indiskret sein.

»Sie hat Brustkrebs im fortgeschrittenen Stadium.«

Arndt musste schlucken und schwieg betreten. So eine Diagnose war für jede Frau ein Schock. Jetzt verstand auch er, warum sie sich solche Sorgen um ihre Nichte machte. Er wusste nicht viel über den Krebs, daher konnte er auch nicht einschätzen, wie hoch die Überlebenschancen waren. Aber er hatte immer wieder gehört, dass bei Brustkrebs die Überlebenschancen höher standen als bei anderen Krebsarten. Wie groß die Heilungschancen allerdings bei fortgeschrittenem Stadium noch waren, vermochte er nicht zu sagen.

»Wenn ich dir irgendwie helfen kann, sag es mir, ich bin für dich da«, versprach er ihr und musste nun selbst mit den Tränen ankämpfen.

»Danke«, sagte sie, zog die Nase hoch und trank einen Schluck Wasser. »Möchtest du nichts trinken?«, fragte sie ihn.

»Danke, habe keinen Durst.«

»Verzeih, wegen des Kaffees«, entschuldigte sie sich.

»Hey, alles gut. Das war nur Spaß«, antwortete Arndt. »Soll ich dich allein lassen?«, fügte er hinzu und hätte sich am liebsten für diese Frage geohrfeigt.

Er wollte nicht gehen, er wollte bei ihr bleiben, und doch kam er sich wie ein Eindringling vor. Ihre Schwester war schwer krank und er kam, weil er Informationen über Hansen zu erhalten hoffte.

»Ist schon gut, danke, dass du gekommen bist.« Mit dieser Antwort wischte sie sein schlechtes Gewissen weg. »Möchtest du nicht wissen, was ich über die Hansen herausgefunden habe?«, fragte sie und konnte sich dabei wieder ein kurzes Lächeln abgewinnen.

»Das ist jetzt egal, erzähl's mir ein anderes Mal«, wehrte Arndt ab, weil er Mitleid mit ihr hatte und sich schämte. Er verstand aber nicht, dass sie eigentlich genau das nicht wollte, Mitleid.

Er hatte Elke noch nie so zerbrechlich erlebt, für ihn war sie immer eine starke Frau gewesen, die mit beiden Beinen im Leben stand und ihren Weg ging. So mitgenommen und weinend widersprach sie dem, wie er sie kannte. Das zeigte ihm aber, wie sehr sie ihre Schwester liebte und wie wichtig ihr Familie zu sein schien.

»Aber es wird dich interessieren.«

KAPITEL 17

Ihre Augen waren rot unterlaufen und die Schminke war um die Augenpartien verlaufen. Selbst in diesem verweinten Zustand musste Arndt gestehen, fand er sie sehr hübsch.

Trotz seines schlechten Gewissens wollte er natürlich wissen, was Elke über Hansen zu erzählen hatte, dennoch fragte er sie nicht, da sein Gefühl ihm sagte, dass sie es von sich aus erzählen würde.

Tatsächlich fing Elke kurz danach zu erzählen an: »Sie ist wieder Gesprächsthema«, bemerkte sie.

»Gesprächsthema?«

»Ja, sie hat vor drei Tagen beim Bäcker erzählt, sie hätte den Mörder, also Schneider, gesehen.«

»Warum erzählt sie so etwas?«

»Keine Ahnung, sie war sehr aufgebracht, weil sie nicht verstehen konnte, wie man so einen Mörder auf freien Fuß lassen kann und sie sei in Sorge um ihr Leben. Und du kannst dir ja vorstellen, wie schnell so eine Nachricht im Dorf die Runde macht.«

»Wurde sie nicht für voll genommen?«

»Natürlich nicht, aber dass der Mörder wieder auf freiem Fuß ist, macht die Menschen hier natürlich schon ängstlich. Was, wenn er sich an Hansen rächen will, hat meine Mutter gleich befürchtet.«

»Da braucht sie sich keine Sorgen machen. Willy und ich waren in der JVA und es ist hundertprozentig sicher, dass Schneider keinen Freigang hatte«, erklärte Arndt. »Hansen bildet sich das ein. Sie muss ihn verwechselt haben, wobei …« Arndt hielt kurz inne.

»Wobei?«

»Die Augen, die sie mir beschrieben hat … Sie hat damit nicht übertrieben.«

»Welche Augen?«

»Die Augen von Schneider. Du hast noch nie so tiefblaue und hasserfüllte Augen gesehen. Kennst du die alten Filme mit Bud Spencer und Terrence Hill?«

»Ja, aber was haben die mit Schneider zu tun?«

»Dann erinnerst du dich sicherlich auch an die Augen von Terrence Hill, wenn die ganz groß auf dem Fernsehbildschirm erschienen.«

»Na klar«, bestätigte Elke.

»Siehst du, und Schneider hat noch intensivere Augen, und ganz ehrlich, ich bin noch nie einem Menschen mit solchen Augen und einem so intensiven Blick begegnet.«

»Also hat Hansen nicht gelogen?«, fragte sie und schaute Arndt verwirrt an.

»Doch, hat sie. Aber das mit den Augen ist seltsam, ich kann mir schwer vorstellen, dass in Lübeck noch eine andere Person solche Augen hat.«

Was, wenn er doch Ausgang hatte? Vielleicht wurde vergessen, es im System nachzutragen.

»Daran habe ich auch gedacht, aber der Direktor der Anstalt hat uns unmissverständlich klargemacht, dass Schneider keinen Freigang hatte.«

Was, wenn der Direktor etwas verschwieg?

»Dann muss sich Hansen irren«, schlussfolgerte Elke.

»Gut möglich, aber der Direktor ist auch nicht ganz sauber.«

»Wie meinst du das?«

»So ein ganz schmieriger Typ, hat einen archaischen Führungsstil, so richtig drillmäßig, als sei er der General und die Gefangenen irgendwelche Sklaven. Ganz widerlich, der Kerl. Echt schlimm, dass er und Willy so gut befreundet sind.«

»Befreundet?«

»Ja, die kennen sich von der Schule«, begann Arndt und erzählte in kurzen Auszügen über ihren Besuch beim Direktor. Elke hörte aufmerksam zu. Es schien, als könne sie für einen Augenblick die private Tragödie, die ihre Familie in Besitz genommen hatte, verdrängen.

»Was weißt du sonst noch?«

»Mutter kann sich noch sehr gut erinnern. Vor allem an die ganzen Journalisten und eine Gruppe von Skinheads, die in Pansdorf ihr Unwesen trieben.«

»Skinheads?«, hakte Arndt nach.

»Ja, nachdem Schneider verhaftet wurde, trieben sich ein paar von denen im Dorf rum. Sicherlich wollten sie Hansen einschüchtern. Meine Mutter weiß das noch so genau, weil es noch nie Skinheads in Pansdorf gegeben hat und sie große Angst um Katie und mich hatte. Sie ließ uns nicht aus den Augen.«

Arndt nickte nur, er verstand. Eine sorgende Mutter sah natürlich zuerst immer die Gefahr für ihre eigene Familie und Kinder. Und so dumme Glatzköpfe mussten jeder Mutter Angst einjagen.

»Hat denn die Polizei nichts gemacht?«

Elke schaute verdutzt. »Das solltest du doch wissen, lieber Exkollege«, eckte sie ihn an und scheuchte ein flüchtiges Lächeln über ihr Gesicht. »Natürlich war sie verstärkt präsent in Pansdorf, aber solange sich die Skinheads unauffällig verhielten, hatten sie doch keine Handhabe.«

Arndt nickte nur. Klar hatte sie recht, als Polizist war man sehr oft, für seinen Geschmack viel zu oft, das arme Schwein und zu Unrecht der Prügelknabe der Nation. »Wahrscheinlich wollten sie Hansen einschüchtern, damit sie nicht gegen Schneider aussagte.«

»Sie tat es trotzdem ...«, entgegnete Elke.

»Manche Menschen lassen sich nun mal nicht einschüchtern.«

»Oder die Skins sollten sicherstellen, dass sie etwas Bestimmtes aussagte.«

»Wie meinst du das?«

»Nun, meine Mutter ist sich sicher, dass Hansen damals überall rumerzählt hat, dass es zwei Täter gab, und am Ende hat sie ausgesagt, dass Schneider der alleinige Täter sei. Vielleicht hat das nichts zu bedeuten, vielleicht aber ...«

»Du meinst doch nicht, dass die Skins Druck auf sie ausgeübt haben, um ihre Aussage zu beeinflussen?«

»Warum nicht?«

»Ich weiß nicht. Wenn, dann würde man doch so viel Druck ausüben, dass sie keine Aussage macht. Das passt nicht, Elke.«

»Und warum?«

»Weil es noch zwei Zeugenaussagen gab, die Schneider schwer belastet haben. Ich habe beide Hauptzeugen heute gesprochen.«

»Und was sagen die?«

»Na ja, sie haben Hansens Aussage bestätigt, Schneider war der Täter, da führt kein Weg dran vorbei, obwohl Vogel ...« Arndt hielt inne und überlegte.

»Wer ist Vogel?«

»Eine sehr nette, alte Dame, sie meinte, dass Schneider und ein anderer Skin mit einem Tattoo am Arm an ihrem Stand auf dem Straßenfest waren. Andererseits hat doch jeder Skin ein Tattoo ... Ganz ehrlich, wenn es diesen zweiten Täter gäbe, wenn ich einen stichhaltigen Hinweis hätte, dann würde mir das helfen. Aber das sind alles Luftschlösser, das wird nicht reichen, damit Willy mich weiter ermitteln lässt.«

»Vielleicht hat er recht. Vielleicht sind das alles Hirngespinste und du verrennst dich da in etwas. Jeder im Dorf weiß, dass Hansen nicht mehr alle Tassen im Schrank hat, und du selbst sagst, dass Schneider keinen Ausgang hatte, welchen Grund soll es da geben, weiter zu ermitteln?«

»Ein Gefühl. Ich muss mit Hansen sprechen.« Arndt kratzte sich am Gesicht.

»Mach das. Wenn ich dir helfen kann, dann nur zu. Dieses Rumsitzen und Warten macht mich ganz krank.« Sie schaute ihn verzweifelt an.

»Das mache ich. Wo ist Marie?«

»Die ist mit meinen Eltern im Krankenhaus. Ich habe heute ein wenig klar Schiff gemacht«, sagte sie und ihre Stimme wurde wieder schwach.

»Wenn ich dir irgendwie helfen kann, sag mir bitte Bescheid. Egal wann, du kannst mich immer anrufen«, versicherte er ihr und stand auf.

»Ich weiß, danke.«

Er verabschiedete sich von ihr und sie begleitete ihn zur Tür.

»Kannst du mir einen Gefallen tun?«, fragte sie zögerlich.

»Klar, welchen?«

»Wenn du es Willy erzählst, er soll es nicht den anderen Kollegen erzählen, ich bin noch nicht so weit.«

»Das mache ich«, versprach er und reichte ihr die Hand zum Abschied. Am liebsten hätte er sie umarmt, war sich aber nicht sicher, ob das angebracht war. Sie erwiderte den Handschlag. Selbst der Handschlag war nur angedeutet und zerbrechlich wie ihre Seele.

* * *

Arndt lief zum Wagen, bevor ihn die Emotionen packen konnten. Im Wagen atmete er tief durch. Elke so zu sehen, nahm ihn sehr mit, vor allem, weil er nicht wusste, wie er helfen konnte. Er nahm sein Handy und speicherte ihre Handynummer ab. Dann fuhr er weiter zu Hansen. Er klingelte und wartete, aber nichts geschah. Kein Geräusch ließ darauf schließen, dass jemand käme.

Er klingelte nochmals und wieder geschah nichts. Er betätigte den Türgriff und staunte, dass die Tür sich öffnen ließ. Arndt überlegte nur kurz, dann drückte er die Tür auf und betrat den Flur.

»Frau Hansen, sind Sie da?«, machte er sich bemerkbar. »Ich bin's, Arndt Schumacher von der Kriminalpolizei.«

Keine Antwort. Arndt griff intuitiv nach seiner Waffe. Im Wohnzimmer brannte das Licht und der Fernseher lief.

»Frau Hansen, sind Sie da?«, wiederholte er, erhielt jedoch wieder keine Antwort.

Langsam wurde er nervös, etwas stimmte hier nicht. Er nahm die Waffe in die Hand und entsicherte sie. Zurück im Flur hörte er ein Geräusch. Er folgte ihm mit langsamen Schritten und erschrak.

KAPITEL 18

»Frau Hansen!«, rief Arndt, als er sie im Bad sah. Die Waffe war auf sie gerichtet. Hansen schaute ihn nur kurz an und dann wieder weg, als hätte sie ihn gar nicht registriert.

Arndt steckte die Waffe weg und schritt auf Hansen zu. Sie schien ihn noch immer nicht zu beachten. In der rechten Hand hielt sie ein Messer und hielt es an ihren Unterarm.

Arndt begriff sofort: Sie wollte sich die Pulsadern aufschneiden, allerdings erschien sie ihm nicht besonders entschlossen. Dennoch war er froh, dass er rechtzeitig kam, man konnte schließlich nie wissen. Blitzschnell griff er mit der Hand nach ihrer rechten Hand und nahm ihr das Messer weg. Sie leistete keine Gegenwehr.

Jetzt sah Arndt, dass sie betrunken war und geweint hatte. Ihre Augen waren rot unterlaufen.

»Frau Hansen, geht es Ihnen gut?«, fragte er besorgt.

Ihre Augen starrten ihr Spiegelbild an. Wie ein Automat sagte sie: »Ich bin nicht verrückt.« Arndt registrierte sie offensichtlich noch immer nicht.

Arndt schaute schnell nach ihrem Handgelenk, konnte aber keine Wunde oder Blut sehen. Entweder war er zur rechten Zeit gekommen oder sie hatte niemals vorgehabt, sich die Pulsadern aufzuschneiden.

»Kommen Sie, Frau Hansen«, sagte er und griff um ihre Schulter, um mit ihr ins Wohnzimmer zu gehen. Als er ihr half, auf der Couch Platz zu nehmen, sah er auf dem Tisch mehrere leere Weinflaschen stehen.

Irgendetwas musste sie zutiefst erschrocken haben.

»Frau Hansen, ich rufe jetzt einen Krankenwagen«, erklärte er ihr. Er konnte sie unmöglich allein zurücklassen.

»Nein, nein …«, brabbelte sie wieder, »ich bin nicht verrückt.«

»Ich weiß, das sind Sie nicht.«

»Keinen Krankenwagen! Ich gehe nicht in die Psychiatrie.« Plötzlich schwoll ihre Stimme an, sie schien wieder zu erwachen.

»Alles ist gut. Sie werden in ein normales Krankenhaus gefahren, keine Angst«, versicherte Arndt ihr.

Sie antwortete nicht. Ihre rechte Hand fing an zu zittern. Sie blickte Arndt an und sagte dann wieder: »Ich bin nicht verrückt.«

Arndt antwortete nicht, sondern rief in der Zentrale an, damit sie einen Krankenwagen vorbeischickten. Sein Plan, sie nach den Skins zu befragen, hatte sich vorerst in Luft aufgelöst.

»Die im Dorf denken, ich sei verrückt«, sagte sie, »sie haben alle keine Ahnung. Ich war mutig und nicht so feige wie sie. Ich habe gegen Schneider ausgesagt. Das war doch mutig?«

Sie warf Arndt einen Blick zu.

»Das war sehr mutig«, bestätigte Arndt. Er wollte sie nicht verärgern. Ein normales Gespräch war ohnehin nicht möglich, also blieb ihm nichts anderes übrig, als auf ihr Spiel einzugehen und zu warten, bis der Krankenwagen kam.

»Wieso habe ich mich dann all die Jahre wie ein Feigling gefühlt?«, fragte sie verbittert, dabei lief Speichel an ihren Lippen herunter. Sie wischte die Spucke verstohlen mit dem Arm weg.

»Sie sind kein Feigling. Sie haben Zivilcourage bewiesen«, entgegnete Arndt.

»Nein, habe ich nicht. Ich war feige. Und wissen Sie, warum?«

Arndt hob die Schultern. Was hätte er auch sagen sollen? Hansen war sturzbetrunken und depressiv. Wie konnte er sie ernst nehmen?

»Weil ich meine Aussage geändert habe«, verriet sie ihm. »Weil ich ein Feigling war.«

Jetzt wurde Arndt hellhörig. Konnte es sein, dass sie gerade ihr Gewissen auskotzte? Er sagte nichts, spitzte aber die Ohren. Sollte sie doch ihr Gewissen beruhigen, vielleicht hatte sie verwertbare Informationen. Er hoffte, dass der Krankenwagen sich noch Zeit ließ.

»Ich hätte bei meiner Aussage bleiben sollen, sie war die Wahrheit. Und man soll doch die Wahrheit sagen, oder?«

»Ja, das soll man«, bestätigte Arndt und hoffte, dass sie mit der Sprache herausrückte.

»Und das habe ich nicht. Ich habe gelogen, weil sie mir Angst gemacht haben.«

Sie lallte stark, aber Arndt konnte sie gut verstehen. Anscheinend schien ihr Körper an Alkohol gewöhnt. Andere Menschen brachten nach mehreren Flaschen Wein sicherlich kein einziges vernünftiges Wort heraus. Allerdings konnte er auch nicht ausschließen, dass sie die Flaschen über zwei Tage verteilt getrunken hatte. Schließlich hatte sie auch am Tag zuvor Wein getrunken.

»Womit haben Sie gelogen?«, fragte er vorsichtig, um das Gespräch ein wenig in seine Richtung zu lenken.

»Mit meiner Aussage. Es waren zwei Männer. Ich habe nie daran gezweifelt, aber ich hatte Angst.«

Die Aussage musste Arndt erst einmal verdauen. Wäre die Aussage von Vogel oder Harmsen gekommen, hätte sie natürlich ein ganz anderes Gewicht, dennoch musste er mehr darüber wissen.

»Haben die Skins Sie bedroht?«

Hansen antwortete nicht, sondern schaute Arndt überrascht an. »Ja, ja … Sie glauben mir?«, erkannte sie mehr, als sie fragte. Ihre Lippen bewegten sich wortlos. Ihre Augen wurden feucht.

»Ich glaube Ihnen, Frau Hansen. Möchten Sie ein Schluck Wasser?«, fragte er, in der Hoffnung, dass das Wasser ihre Gedanken zu sortieren half. Er musste mehr wissen.

»Kein Wasser, aber Wein«, antwortete sie und griff nach einer leeren Weinflasche. Sie hielt sie an ihren Mund und versuchte, den letzten Tropfen aus der Flasche herauszusaugen.

Enttäuscht stellte sie die Flasche zurück an ihren Platz. Arndt sah eine verschlossene Flasche in der Vitrine rechts hinter ihm stehen und überlegte kurz, ob er sie öffnen sollte, entschied sich aber dagegen. »Haben Sie Ihre Aussage wegen der Skinheads zurückgenommen?«

Hansen bestätigte es mit eifrigem Kopfnicken. »Ja, ja, sie haben mich jeden Tag angerufen, sind vor meiner Haustür aufgeschlagen, haben gedroht, mir den Kopf einzuschlagen, wenn ich meine Aussage nicht ändere.«

»Aber Sie hatten doch ausgesagt, dass Sie sich nicht mehr daran erinnern konnten.«

»Ich wollte nur Ruhe haben. Mir hat doch keiner geglaubt. Warum hätte ich mein Leben aufs Spiel setzen sollen? Die Polizei hat mir nicht geholfen, bis auf Willy.«

»Willy?« Arndt überraschte der Name seines Chefs aus ihrem Mund.

»Ja, Ihr Willy hat mir geglaubt, bis er zurückgepfiffen wurde.«

KAPITEL 19

TAG 3

Wieder war es eine unruhige Nacht für Arndt. Er musste an Elke denken und ihre schwer kranke Schwester, die er nie kennengelernt hatte, und wie er hier helfen konnte, und er musste an Hansen denken, vor allem, was sie über ihre Aussage und Willy gesagt hatte.

Er glaubte ihr. Warum hätte sie in ihrem Zustand lügen sollen? Und ihre Aussage deckte sich mit dem, was Elke ihm erzählt hatte. Die Skins, die Staatsanwaltschaft und die Polizei hatten sie unter Druck gesetzt und am Ende hatte sie dem Druck nachgegeben und behauptet, dass sie nur einen Täter gesehen hatte. Bis heute schien sie diese Lüge belastet zu haben.

Was war Willys Rolle in dieser Angelegenheit gewesen? Es war an der Zeit, fand Arndt, mit Willy ein ernstes Wörtchen zu reden, Chef hin, Freund her.

Er fuhr ins Büro und klopfte an Willys Tür, danach trat er ein.

Willy war natürlich schon im Büro. Er war meistens einer der Ersten, wahrscheinlich der Erste überhaupt, der ins Büro kam, und einer der Letzten, die das Büro verließen. Da Arndt sich nicht so gerne im Büro aufhielt, konnte er das selbst nicht beurteilen, aber die Kollegen nannten Willy öfter einen Workaholic.

»Guten Morgen«, grüßte Arndt.

»Guten Morgen. Was ist denn mit der alten Hansen passiert?«, fragte er mürrisch und warf einen Blick auf die Wanduhr, schien aber den Kommentar, der ihm auf den Lippen lag, herunterzuschlucken.

»Sie hatte einen Nervenzusammenbruch. Auf der Fahrt hierher habe ich im Krankenhaus angerufen.«

»Und was sagen die?«

»Sie haben sie wieder entlassen, auf eigenen Wunsch hin. Aber der Stationsarzt meinte, dass sie keine körperlichen Schäden hätte, sondern einfach nur zu viel Alkohol konsumiert und er sie sowieso nicht gegen ihren Willen im Krankenhaus halten dürfte.«

»Diese angebliche Begegnung mit Schneider hat der Alten den Rest gegeben. Wo ist der Bericht?« Willy hob mahnend seine Augenbrauen.

»Ich war sehr spät zu Hause, reiche ich dir nach«, gestand Arndt kleinlaut ein. So hatte er sich das Gespräch nicht vorgestellt.

»Arndt, muss ich dir in den Arsch treten? Verdammt, jedes Mal die gleiche Scheiße mit dir!« Willys Stimme erhob sich und sein Kopf errötete ein wenig.

»Du bekommst den Bericht. Gleich, wenn ich im Büro bin, schreibe ich ihn. Versprochen. Ich wollte nur kurz mit dir reden.«

»Was gibt es denn so Wichtiges zu bereden, dass du deinen Bericht nicht abgeliefert hast?«, wollte Willy wissen. Seine Stimmung schien miserabel. Den Grund wollte Arndt gar nicht wissen, da Willy oft schnell gereizt war. Arndt hielt ihn deshalb für einen Morgenmuffel. »Morgen ist der Spuk zum Glück vorbei. Und jetzt raus damit: Worüber musst du mit mir sprechen, statt deinen Bericht zu schreiben?«

»Es geht um Elke.« Ein schlechtes Gewissen begleitete seine Antwort. Er wollte die Geschichte mit Elke nicht instrumentalisieren, um Willy zu beruhigen, aber hätte er ihn gefragt, warum er damals auf Druck der Vorgesetzten von seiner Überzeugung abgelassen habe, dass es einen zweiten Täter gab, hätte Willy ihn sicher aus dem Büro geschmissen. Daher kam Elke ihm mehr als recht.

»Was ist mit Elke?«, fragte Willy und Sorge schwang in seiner Stimme mit. Die schlechte Laune war wie weggeblasen, was bei Willy nichts Unübliches war. Er konnte einen zusammenschreien und im nächsten Augenblick über einen Witz lachen. Jedenfalls vergaß er den Bericht.

»Ich weiß, warum sie in Pansdorf ist.«

»Ist was passiert?«

»Ja, leider. Ihre Schwester hat Brustkrebs im fortgeschrittenen Stadium.« Arndt musste schlucken. Es auszusprechen, fiel ihm verdammt schwer.

»Oh mein Gott!« Willy riss entsetzt die Augen weit auf. Er fasste sich mit der rechten Hand an den Mund und schluckte. »Die Arme«, fuhr er fort, als er wieder Worte fand, »ich habe mir schon gedacht, dass da was nicht stimmt. Warum sonst hätte sie sich nicht melden sollen? Sie ist kein Egoist so wie du.« Den Vorwurf an Arndt konnte sich Willy offensichtlich nicht verkneifen.

»Sie wollte uns nicht damit belasten.«

»Meine Elke!«, seufzte Willy wie ein leidender Vater. »Alles andere hätte mich auch gewundert. Das arme Kind.« Willy wurde richtig sentimental.

Willy und Elke hatte schon immer etwas Besonderes verbunden. Willy war von ihrem Ehrgeiz, ihrem Fleiß und ihrem Charakter begeistert und er schrie sie auch viel seltener an als

Arndt. Oft hatte Arndt das Gefühl, dass Willy sich ein wenig wie ihr Vater fühlte.

Es war auch nicht schwer, Elke zu mögen. Sie war ganz anders als Arndt. Sie war beliebt, freundlich, teamfähig, nicht arrogant und behandelte niemanden von oben herab. Obwohl sie es sich hätte erlauben können.

Ganz wenige Kollegen konnten fachlich mit ihr mithalten und sie war eine der hübschesten Polizistinnen bei der Lübecker Polizei, dennoch eine sehr bodenständige Frau. Arroganz und Eitelkeit, wie sie manchmal Arndt überkamen, schienen ihr fremd.

»In welchem Krankenhaus ist ihre Schwester?«

»Ich glaube, in der Uniklinik.« Im selben Moment bereute Arndt seine ungefähre Antwort, denn in Willys Augen blitzte es vorwurfsvoll.

»Du weißt nicht, in welchem Krankenhaus sie ist?«, knurrte Willy im nächsten Moment auch schon und bestätigte Arndts Befürchtung.

»Ich habe das total vergessen zu fragen, da ich so in Sorge war«, gestand er.

»Finde das heraus. Nein, vergiss es, gib mir ihre Nummer! Ich rufe sie selber an.«

Arndt nahm sein Handy und leitete Elkes Nummer weiter.

»Elke hat mich gebeten, es vorerst niemanden anderen zu erzählen.«

»Das sollten wir respektieren. Du wirst keinem Kollegen gegenüber etwas erwähnen. Wenn jemand dich fragt, ist sie zum Urlaub hier.«

Arndt nickte nur, dachte sich aber seinen Teil. Natürlich erzählte er niemandem etwas, so dicke war er nicht mit seinen Kollegen und eine Tratschtante war er auch nicht, im Gegensatz zu Willy.

Es war gemeinhin bekannt, dass Willy gerne Küchentratsch verbreitete, was Arndt nicht verwunderte, da er das Büro selten verließ. Arndt hatte keine Zeit für solch einen Tratsch, er war die meiste Zeit auf der Straße.

»Ich würde gerne noch etwas anderes mit dir besprechen«, sprach Arndt ihn vorsichtig an.

»Und das wäre?« Willy klang nicht gereizt. Seine Gedanken schienen noch bei Elke zu sein.

Arndt lockte weiter: »Die Hansen hat gestern etwas erzählt, was mir keine Ruhe lässt.«

»Ich dachte, sie war sturzbetrunken?«

»Ja, genau deswegen glaube ich ja nicht, dass sie gelogen hat.«

Willy hob die Augenbrauen. Ein Zeichen für Skepsis.

»Wusstest du, dass eine Gruppe von Skins Pansdorf unsicher gemacht hat, nach dem Anschlag?« Arndt tastete sich über eine Frage weiter.

»Ja, selbstverständlich. Schließlich habe ich ermittelt«, entgegnete Willy. »Und bevor du fragst: Uns waren die Hände gebunden. Sie wurden überwacht, haben sich unauffällig verhalten.«

»Sie haben Hansen bedroht.«

»Das hat sie behauptet. Aber wir haben keine Beweise dafür gefunden. Ein Streifenwagen wurde sogar vor ihrem Haus postiert. Ohne Ergebnis. Diese Skins waren Dummköpfe, aber ungefährlich.«

»Hansen behauptet aber, dass sie sie eingeschüchtert haben und sie deswegen die Aussage geändert hat.«

»Das ist doch Quatsch. Sie hat die Aussage geändert, weil sie sich nicht erinnern konnte und unsicher wurde. Die Aussagen von Vogel und Harmsen haben ihrer widersprochen.«

»Du kannst dich an die Namen erinnern?«, fragte Arndt überrascht.

»Nein, aber ich weiß, wo sich mein Mitarbeiter rumtreibt, auch, wenn er mich nicht informiert.« Willy wurde schon wieder ärgerlich.

Das war eine von Willys Stärken: Von irgendwoher bekam er seine Informationen und schien immer bestens informiert über das, was seine Mitarbeiter taten.

»Sie hat aber noch etwas anderes gesagt.«

»Und das wäre?«

»Dass du ihr geglaubt hast, bis dich deine Vorgesetzten zurückgepfiffen haben.«

»Was hat sie gesagt?«, hakte Willy nach. Er war noch ruhig.

»Sie behauptet, dass du deine Einstellung ihr gegenüber …«

»Verdammt, ich bin nicht blöd, Arndt«, wurde Willy nun lauter. »Natürlich habe ich ihr anfangs geglaubt, das habe ich dir doch schon erzählt. Überhaupt und nur deshalb lasse ich dich noch ermitteln, deshalb habe ich Hansen doch aufgesucht.«

»Warum hast du dann deine Meinung geändert?«

»Weil die Beweislage gegen sie sprach. Nach der Zeugenaussage von Vogel und Harmsen war es klar, und als noch die Sache mit der vorgetäuschten Vergewaltigung ans Licht kam, war Hansen als Zeugin extrem angeschlagen.«

»Was, wenn sie ihre Aussage aber doch wegen der Skins geändert hat?«

»Denk nach, Junge! Wenn die Skins sie eingeschüchtert haben, dann hätte sie doch gar nicht ausgesagt. Warum sollte sie gegen Schneider aussagen? Das macht doch keinen Sinn.«

Arndt antwortete nicht sofort. Was Willy sagte, machte schon Sinn, es sei denn, die andere Person wurde geschützt. Ihn befiel eine böse Vorahnung.

»Ich glaube, dass ich dich inzwischen ganz gut kenne, und wenn du früher so warst wie heute, dann kann ich mir einfach nicht vorstellen, dass du deine Meinung änderst. Du bist doch da wie ich«, widersprach er Willy und hoffte, ihn damit aus der Reserve locken zu können. Willy warf ihm einen kritischen Blick zu.

»Worauf willst du hinaus?«

»Ich glaube dir nicht, dass du die Fahndung nach dieser zweiten Person eingestellt hast. Ich glaube, deine Vorgesetzten haben dich dazu gezwungen.«

»Und warum?«

»Weil sie jemanden schützen wollten.«

KAPITEL 20

Willy antwortete nicht sofort, Arndt rechnete aber mit dem Schlimmsten. Wenn Willy leise wurde, war dies meist ein schlechtes Zeichen. Hatte er es überspannt? Würde Willy ihn jetzt von den Ermittlungen abziehen?

Die Stille war zum Bersten und Arndt hätte ihn am liebsten zu einer Antwort gedrängt.

»Du gibst keine Ruhe, oder?«, knurrte Willy unwirsch, aber es lag ein seltsam versöhnlicher Ton darin.

»Wie könnte ich? Das habe ich doch von dir gelernt«, entgegnete Arndt.

»Ich wünschte, du würdest dich auch an die anderen Dinge halten, die ich dich gelehrt habe«, knurrte Willy weiter.

»Was verschweigst du mir? Es gab diesen zweiten Mann, oder?« Arndt hielt die Luft an, denn er rechnete mit einer erneuten Explosion.

Tatsächlich platzte eine Bombe, allerdings anders als befürchtet. »Ja«, gab Willy zu.

»Und warum wurde nicht gegen ihn ermittelt?«

»Weil er nichts mit dem Anschlag zu tun hatte.«

»Woher weißt du das?« Arndt war bestürzt darüber, dass offenbar jemand ohne jede Ermittlung für unschuldig erklärt worden war, obwohl er allen Verdacht auf sich gezogen hatte.

Willy antwortete unterkühlt: »Weil es so war. Er war ein V-Mann.«

»Ein V-Mann?« Die zweite Bombe platzte.

»Ja! Guck nicht so entgeistert. Er war ein V-Mann. Denkst du, damals gab es das nicht?«

Allmählich dämmerte Arndt einiges. Er hatte recht gehabt mit seiner Annahme: Diese zweite Person war damals geschützt worden.

»Und was, wenn er die Tat mitgeplant hatte und euch gelinkt hat?«

»Du spinnst jetzt aber. Es gab schon immer V-Personen in der Rechtsextremisten-Szene und wird es auch immer geben. Die Lübecker Szene stand damals unter besonderer Beobachtung und der V-Mann hat uns wertvolle Informationen geliefert.«

»Er konnte euch aber nicht sagen, dass ein Bombenanschlag geplant war«, erwiderte Arndt.

»Weil keiner aus der Gruppe, der Schneider angehörte, in die Pläne eingeweiht war. Es war eine Einzeltat. Was immer Schneider dazu bewog, er hatte keine Komplizen, sonst hätte uns dieser V-Mann informiert.«

»Oder auch nicht. Du weißt doch so gut wie ich, dass es V-Männer gibt, die ihre Position ausnutzen, um ein doppeltes Spiel zu spielen.«

»Ja, ja, ich weiß.« Willy wurde unwillig, »aber wir haben ihn durchgecheckt, wir haben die anderen in der Gruppe durchgecheckt, Einzelbefragungen und was weiß ich nicht alles. Die Aussagen haben sich gedeckt. Die wussten alle nichts davon. Auch wenn du das nicht gerne hörst, aber einige dieser Skins waren noch Jugendliche, die gar nicht wussten, worauf sie sich eingelassen hatten. Und nicht jeder hätte zugestimmt, eine Bombe hochgehen zu lassen.«

Arndt verzog nachdenklich den Mund: Was Willy sagte, machte schon Sinn, aber dennoch war er noch nicht zufrieden.

»Ich möchte mit diesem V-Mann sprechen«, forderte er daher, denn nur so konnte er sicherstellen, ob Willys Behauptungen richtig waren oder nicht. Das hatte nichts damit zu tun, dass er ihm nicht vertraute, es war der unbändige Drang in ihm, nur der Wahrheit auf den Grund zu gehen. Dreißig Jahre waren eine lange Zeit, wer weiß, vielleicht hatte die V-Person wichtige Informationen für ihn, die neue Erkenntnisse brachten. Im Alter wollten Menschen oft gerne ihre Seele erleichtern, wenn sie denn schmutzig war, und er glaubte nicht, dass die Seele dieses Mannes sauber war.

»Wie stellst du dir das vor?«

»Besorg mir den Namen und ich besorge die Adresse.«

»Das geht nicht so einfach«, entgegnete Willy.

»Bitte, lass mich mit dieser Person sprechen.«

»Vielleicht lebt sie ja nicht mehr, oder wohnt im Ausland. Vergiss es, Arndt, auch wenn er lebt, von dem erfährst du nichts.«

»Warum nicht? Was kann es kosten?«

»Du lässt nicht locker ...«

»Nein, dafür solltest du mich besser kennen. Wenn du mir den Namen nicht besorgst, finde ich ihn selbst heraus.«

»Dann beende ich die Ermittlungen.«

»Das werde ich dir niemals verzeihen, weil ich denken könnte, dass du ...«

»Dass ich was?« Willy wurde laut.

»Dass du nicht willst, dass ich herausfinde, dass Schneider den Anschlag nicht alleine verübt hat!«, schrie Arndt wütend.

»Du spinnst. Reiß dich zusammen!«, forderte Willy ihn auf, aber seine Stimme klang nicht mehr so gereizt wie eben noch.

»Es tut mir leid, ich wollte nicht ...«, entschuldigte Arndt sich.

»Ist schon gut, vielleicht ist es mein Fehler. Wieder einmal erinnerst du mich an mich. Vielleicht bin ich im Büro ein wenig eingerostet.«

Arndt nickte nur.

»Ich besorg dir den Namen, aber erhoff dir nicht zu viel davon. Ich habe ihn damals verhört und ich kann mir schwer vorstellen, dass die Zeit ihn verändert hat.«

»Danke.«

»Bedank dich nicht zu früh.«

»Was denkst du, wie lange du brauchst?«

»Eine Stunde.«

* * *

Arndt war mehr als erstaunt, sagte aber nichts. Er verabschiedete sich und ging zur Küche, schenkte sich dort Kaffee ein und ging weiter zu Thorsten.

»Welch Zufall, an dich habe ich gerade gedacht«, begrüßte Thorsten ihn, als Arndt nach dem Anklopfen mit zwei Tassen Kaffee eintrat.

»Wegen dem Kaffee oder meinetwegen?«, lachte Arndt und reichte ihm eine Tasse.

Arndt nahm einen Schluck und fragte: »Na, mal raus mit der Stimme.«

»Ich habe etwas gefunden«, antwortete Thorsten vielsagend.

»Na, dann mach es doch nicht so spannend.«

»Ein Teil von den Ermittlungsakten dürfte vielleicht noch vorhanden sein.«

»Echt?« Das waren in der Tat sehr gute Nachrichten.

»Ja, sehr gut möglich. Du glaubst gar nicht, was für alte Dokumente noch in den Landesarchiven schlummern. Ich habe eine Nebenakte der Staatsanwaltschaft gefunden.«

»Hast du die da?«

»Ich lasse sie gerade digitalisieren. In einer Stunde dürftest du sie in deinem E-Mail-Fach haben.«

»Du bist der Beste, was stand denn drin?«

»Ehrlich gesagt, nicht viel Neues, was nicht auch in der Urteilsakte stand.«

»Aber?«, hakte Arndt nach.

»Es gab dort einige Hinweise und einige wurden nachträglich geschwärzt.«

»Geschwärzt??« Arndt konnte gerade nicht folgen.

»Guck nicht so! Ja, aber ich konnte die Zusammenhänge plausibilisieren. Der Verfassungsschutz hat einige Passagen schwärzen lassen.«

»Klar, jetzt verstehe ich das.«

»Wie? Weißt du, dass der Verfassungsschutz wegen des Anschlages eigene Untersuchungen durchgeführt hat?«

»Klar, immerhin ging es um einen Anschlag mit rechtsradikalem Hintergrund, da wird der Verfassungsschutz immer aktiv. Aber Willy hat mir erzählt, dass es eine V-Person in dieser Skinhead-Gruppe gegeben hat.«

»Genau, deswegen wurden die Passagen, die den V-Mann betreffen, geschwärzt.«

»Konntest du den Namen nicht trotzdem herausfinden?«, fragte Arndt hoffnungsvoll. Es konnte nicht schaden, den Namen schon jetzt zu bekommen. Manchmal war Arndt einfach ungeduldig, und bei Willy konnte man nicht sicher sein, dass er ihm mitteilte, der Name sei doch nicht mehr zu ermitteln.

»Leider nicht, aber ich habe Akteneinsicht beim Verfassungsschutz beantragt. Hoffentlich wurde die Akte nicht vernichtet, aber so wie ich die kenne, bunkern die alle Akten.«

»Das wäre wirklich sehr gut. Hast du sonst noch News?«

»Das war's fürs Erste.«

* * *

Zurück in seinem Büro, rief Arndt umgehend die JVA Lübeck an und bat um ein Gespräch mit Dierksen. Dierksen nahm das Gespräch an. Arndt bat ihn um ein weiteres Gespräch mit Schneider.

Dierksen ließ es sich nicht nehmen, ihn nach dem Grund zu fragen. Arndt sagte nur, er habe noch einige offene Fragen. Er konnte aus Dierksens Stimme heraushören, dass ihm diese Antwort nicht genügte, dennoch willigte Dierksen ein und gab ihm eine weitere Stunde mit Schneider für den nächsten Morgen um zehn Uhr.

Kaum hatte er aufgelegt, klingelte sein Telefon, es war Willy.

So schnell hatte er nicht mit ihm gerechnet, das konnte nichts Gutes heißen.

»Hast du was zu schreiben?«, grummelte Willy.

»Ja, klar, wieso?«

»Wieso? Damit du dir den Namen aufschreiben kannst.«

»Schieß los!«

Willy nannte ihm Name und Adresse, warnte ihn allerdings: »Alles ohne Gewähr, die Adresse ist dreißig Jahre alt.«

»Danke, Willy, das reicht mir«, sagte Arndt und beendete das Gespräch.

Damit hatte er nicht wirklich gerechnet, aber anscheinend lag Willy wirklich etwas an diesem Fall. Vielleicht hatte er nie aufgehört zu glauben, dass es noch einen zweiten Täter gab. Gut möglich auch, dass er auch nur seine Ruhe wollte, weil er wusste, dass der Besuch bei dieser V-Person nichts brachte.

Vielleicht lebt diese Person nicht oder ist nicht mehr auffindbar, befürchtete Arndt, wollte sich auf diese Furcht aber nicht einlassen. Er griff zum Hörer und rief Anika an.

»Hallo, Anika«, grüßte er.

»Hallo, Arndt, was ist los? Vermisst du mich?« Sie lachte in den Hörer.

»Immer«, stimmte Arndt in die Flirterei ein.

»Jetzt werde ich ja ganz rot. Na, raus mit der Sprache, welche Adresse brauchst du?«

»Das könnte tricky werden«, begann Arndt und nannte ihr Adresse und Name der V-Person.

»Ich versuche mein Bestes. Ich schalte dir mal unsere schöne Musik ein«, sagte sie und legte das Gespräch in die Warteschleife.

Arndt legte den Hörer zur Seite, stellte das Telefon auf laut und schaltete den Monitor ein. Er überprüfte seine E-Mails in der Hoffnung, dass Thorsten ihm schon die E-Mail geschickt hatte, aber dem war nicht so. Er öffnete einen Webbrowser und googelte nach dem Anschlag auf das Straßenfest.

»Da hast du mir aber eine besonders harte Nuss gegeben«, meldete sich Anika.

»Ich weiß. Unter uns, das war mal ein Informant«, sagte Arndt, obwohl er wusste, dass er das für sich behalten sollte. Gerade mit solch kleinen Informationen hielt er Anika jedoch auf Kurs und beschleunigte damit etliche seiner Anfragen, ohne den langen offiziellen Weg gehen zu müssen.

»Das hilft mir weiter«, antwortete sie vielsagend. »Ich such dann mal weiter und du kannst ja weiterhin die schöne Musik genießen.«

»Sehr lieb von dir«, erwiderte Arndt ironisch freundlich.

Er wandte sich wieder seinen Suchergebnissen auf Google zu. Er klickte auf einen Link, der zu den Lübecker Nachrichten verwies. Die Seite baute sich auf und Arndt las den Artikel.

FEIGER ANSCHLAG VON SKINHEADS
AUF STRASSENFEST KOSTET FÜNFZEHN
MENSCHEN DAS LEBEN!

Der Artikel bestätigte Arndt über das Ausmaß des Schreckens und die fünfzehn Todesopfer, brachte jedoch keinerlei neue Erkenntnisse über Tathergang oder gar die Täter. Er klickte noch auf ein paar andere Links und las die Artikel durch, aber keiner dieser Artikel enthielt wertvolle Informationen. In keinem der Artikel wurde von einem möglichen zweiten Täter berichtet.

Entweder haben die Polizei und Staatsanwaltschaft damals dichtgehalten oder … Diesen Gedanken beendete Arndt nicht.

Anikas Stimme holte ihn aus seinen Gedanken heraus. »Bist du noch da?«, fragte sie.

»Ja, klar, vermiss dich schon«, antwortete Arndt und war gespannt, ob es ihr gelungen war, die aktuelle Adresse herauszufinden.

»Ich habe leider schlechte Nachrichten«, nahm sie ihm diese Hoffnung.

KAPITEL 21

»Nicht schlimm, aber danke, dass du dir die Mühe gemacht hast«, antwortete Arndt und versuchte, seine Enttäuschung in Zaum zu halten.

Vielleicht ist Willy deshalb so schnell mit der Adresse herausgerückt. Er hat gewusst, dass ich die aktuelle Anschrift nicht herausfinden kann, überlegte Arndt und wurde schon wieder sauer auf Willy.

»Ich muss dich enttäuschen, dass er nicht in Lübeck wohnt.«

»Was meinst du damit?«

»Na, dass ich ihn gefunden habe«, lachte sie in den Hörer.

»Echt?« Arndt fiel aus allen Regenwolken und strahlte vor Freude.

»Na klar! Du kennst mich doch: Je größer die Herausforderung, desto besser bin ich. Und V-Leute müssen ja auch ihre Rechnungen bezahlen und einen Wohnsitz anmelden, und solange sie keine neue Identität haben, ist es auch machbar, sie zu finden.« Anke war sichtlich stolz auf ihren Fund und freute sich.

»Egal wie du es wieder geschafft hast, du bist ein Schatz.« Arndt schämte sich ein wenig dafür, dass er in seiner voreiligen Enttäuschung Willy etwas unterstellt hatte. »Wo wohnt er denn?«

* * *

Der Mann wohnte in Neustadt in Holstein, einem beliebten Erholungs- und Kurort an der Lübecker Bucht. Arndt brauchte für die Strecke etwa vierzig Minuten über die A1. Während der Fahrt rief er Elke an und teilte ihr mit, dass er Willy bereits informiert hatte.

Elke hatte Willy bereits angerufen und wollte sich nachher mit ihm in Lübeck treffen. Arndt war darüber nicht überrascht, er kannte Willy. Er fragte sie, ob sie irgendetwas bräuchte, sie verneinte, danach sprachen sie noch über ein paar Belanglosigkeiten. Als Arndt das Gespräch beenden wollte, wurde Elke plötzlich persönlich: »Hör zu, ich finde es toll, dass du dir Sorgen machst, aber ich brauche kein Mitleid.«

»Mitleid?«, fragte Arndt überrascht.

»Ich will nicht, dass du dich aus Mitleid meldest, du weißt, wie ich das meine.«

Arndt war erstaunt und erschüttert zugleich. Dachte sie wirklich, er rief sie aus Mitleid an?

Am liebsten hätte er ihr jetzt einfach die Wahrheit gesagt: dass er ihre Stimme so gerne hören wollte, dass er gerne in ihrer Nähe war. Aber sein Stolz verbot ihm, diese Hürde zu nehmen. »Elke, das darfst du nicht denken«, entgegnete er stattdessen. »Du bist die letzte Person, mit der man Mitleid haben müsste.« Hoffentlich, seufzte er in Gedanken, hatte er damit in kein Fettnäpfchen getreten.

Die Antwort ließ auf sich warten, bis ihn Elkes Antwort »Dann ist ja gut« erlöste.

Arndt beendete das Gespräch und hieb sich mit dem rechten Handballen gegen die Stirn. »Du Idiot!«, sagte er laut.

* * *

Die Wohnung der V-Person lag am Grasweg, es war ein Mehrfamilienhaus, hatte schon einige Jahrzehnte auf dem Buckel, sah aber sehr gepflegt aus.

Arndt klingelte und hörte kurz darauf eine sehr tiefe Männerstimme aus der Sprechanlage. »Wer ist da?«, rief sie nicht gerade freundlich.

»Verzeihen Sie die Störung, mein Name ist Arndt Schumacher von der Kriminalpolizei, ich müsste kurz mit Ihnen sprechen.«

Arndt wartete auf eine Antwort, aber es kam nichts mehr. Stattdessen hörte er ein Summen und die Haustür war offen. Er nahm die Treppe und sah im ersten Stock bereits eine Tür halb offen stehen.

»Herr Lehmann?«, fragte Arndt freundlich.

»Dürfte ich Ihren Ausweis sehen?«, erwiderte Lehmann.

Arndt zeigte ihm seinen Ausweis.

»Was wollen Sie von mir?«

»Können wir das drinnen besprechen?«

»Wenn's sein muss«, nörgelte er und ließ Arndt rein.

Arndt folgte ihm ins Wohnzimmer. Der Flur wie auch das Wohnzimmer rochen stark nach Zigarettenqualm. Arndt warf einen kurzen Blick auf den Tisch und sah gleich den Grund dafür: einen Aschenbecher, der von Zigarettenkippen überlief.

»Was kann ich für Sie tun?«, fragte Lehmann, setzte sich auf den Sessel, zog eine Zigarette aus einer noch sehr neuen, aber beinahe leeren Schachtel, zündete sie an und steckte sie in den Mund.

Arndt setzte sich auf die Couch. Abgesehen vom Zigarettengeruch war die Wohnung nicht ungepflegt. An der Wand hingen Bilder, die meisten schienen bereits einige Jahrzehnte auf dem Buckel zu haben.

»Ich möchte Ihnen ein paar Fragen zu dem Anschlag auf das Straßenfest in Lübeck stellen«, beantwortete Arndt nun Lehmanns mürrische Frage nach dem Grund seines Besuchs.

An Lehmanns Laune hatte sich seitdem nichts geändert. Lehmann mochte keine Polizisten, das spürte Arndt. »Warum das? Der Anschlag ist doch längst aufgeklärt und der Täter gefasst.«

»Wir haben neue Erkenntnisse, denen wir nachgehen müssen.«

»Was heißt neue Erkenntnisse?«, knurrte Lehmann unwirsch und drückte seinen Zigarettenstummel am Aschenbecher aus, um gleich danach die nächste Zigarette anzuzünden.

»Es haben sich neue Zeugen gemeldet.«

»Neue Zeugen? Oder hat die alte Schachtel von Hansen irgendwelche Hirngespinste in die Welt gesetzt?«, riet er ins Blaue.

»Ich darf über diese Informationen nicht sprechen.« *Lehmann hatte recht, aber das musste er jetzt noch nicht wissen,* dachte Arndt und schob deshalb die Vorschriften vor. Er mochte Lehmann nicht. Diese überhebliche, arrogante Art gefiel ihm ganz und gar nicht.

Lehmann war etwa so groß wie Arndt selbst, achtundfünfzig Jahre alt, trug eine Naturglatze. Sein Gesicht war kugelrund, er hatte kleine Ohren und war stark übergewichtig. Auf seinem Körper tummelten sich unzählige Tattoos.

»Sie wissen, dass wir auf der gleichen Seite gekämpft haben?«, warf Lehmann ein, da es ihm anscheinend überhaupt nicht gefiel, dass Arndt ihm den Namen der Zeugen vorenthielt.

»Wieso haben?«, hakte Arndt sofort ein.

»Dieser ganze Verfassungsscheiß interessiert mich heute nicht mehr«, erklärte er hochtrabend, »ich schulde den Wichsern nichts mehr.«

»Und was machen Sie jetzt?«

»Ich bin politisch aktiv.«

Aha, so nennt man das also! »Politisch?«

»Ja, wird Zeit, dass Deutschland seinen Stolz zurückerhält.«

Damit war Lehmanns Gesinnung ausreichend genau beschrieben und Arndts Ahnung bestätigt: ziemlich weit rechts. Die Tattoos und sein Aussehen hatten das bereits im Vorhinein verraten. Anscheinend hatte er seine Tätigkeit als V-Person sehr ernst genommen oder war während seiner Tätigkeit zum Rechtsradikalen geworden. Oder er war es schon immer gewesen.

Es war nichts Ungewöhnliches, dass V-Männer mit den Gruppen sympathisierten, in die sie eingeschleust wurden. So wurde gewährleistet, dass die eingeschleuste Person nicht als Spitzel enttarnt wurde. Es war ein sehr gefährliches Spiel, das Behörden wie der Verfassungsschutz dort spielten, aber anscheinend gab es dazu keine Alternativen.

Arndt lenkte wieder zurück zu seinem Anliegen: »Ich möchte nicht über Ihre politische Überzeugung sprechen, sondern über Ihre Erinnerungen bezüglich des Anschlages auf das Straßenfest.«

»Nach dreißig Jahren?« Lehmann hob überheblich die Augenbrauen hoch.

»Ja, auch nach dreißig Jahren sollte es Ihre Pflicht sein, die Kriminalpolizei dabei zu unterstützen, neuen wichtigen Hinweisen nachzugehen«, ermahnte ihn Arndt und erhob seine Stimme.

»Ich weiß ja gar nicht, ob ich überhaupt etwas sagen darf. Dass ich ein V-Mann war, wissen Sie ja sicherlich«, belehrte ihn Lehmann und zog an seiner Kippe.

»Seien Sie unbesorgt.«

»Was wollen Sie denn wissen?«

»Wie lange waren Sie in der Gruppe, bevor der Anschlag geschah?« Arndt ließ ihn nicht aus den Augen, er wollte seine Körpersprache sehen und die Worte, die Lehmann dazu sprach, um zu erkennen, ob Lehmann ehrlich war oder ihn zu narren versuchte.

»Ich weiß nicht, fünf oder sechs Jahre.«

»Das ist aber eine lange Zeit. Wie wurden Sie vom Verfassungsschutz rekrutiert?«

»Wie die meisten wahrscheinlich auch. Ich war in der Szene gut vernetzt, wurde dann wegen der Aussage eines Kanaken …«

»Eines Kanaken?«, unterbrach ihn Arndt empört, als kenne er den Ausdruck nicht. Doch er wollte Lehmann zwingen, sich korrekt auszudrücken.

»Ja, so ein Kümmeltürke«, variierte Lehmann völlig ungerührt seine abfällige Wortwahl. »Der hat mich angezeigt, weil ich angeblich seinen Sohn verprügelt hätte, dabei war sein Balg einfach nur ein Feigling. Es war ein ehrenhafter Kampf, was kann ich dafür, wenn er dabei etwas Schaden genommen hat.« Lehmann grinste und drückte die Zigarette aus, um sich gleich die nächste anzünden.

»Könnten Sie bitte mit dem Rauchen warten, bis ich weg bin«, forderte ihn Arndt freundlich, aber bestimmt auf.

»Wieso? Ist doch meine Wohnung«, erwiderte Lehmann und griff nach dem Feuerzeug.

»Weil mir meine Gesundheit im Gegensatz zu Ihnen etwas bedeutet«, erwiderte Arndt betont sachlich und schlug ihm mit der rechten Hand das Feuerzeug aus der Hand.

Lehmann erschrak und verlor für einen Augenblick seine Gesichtszüge, fing sich aber sofort wieder und grinste beleidigt.

»Wenn Ihnen Ihre Gesundheit so kostbar ist, bitte«, tat er großzügig, Arndt erkannte aber sofort unauffällige bittere Gesichtszüge. Lehmann war nicht so cool, wie er tat. Wahrscheinlich vertrug er keinen Druck. Arndt machte sich eine Gedankennotiz.

»Sie sagten, Sie wurden im Gefängnis rekrutiert?«, fragte Arndt, um Lehmann wieder zurück zum Thema zu zwingen.

»Ja, das war in der JVA Lübeck. Das waren zwei Schlipsträger vom Verfassungsschutz, die machten mir ein Angebot, das ich nicht ablehnen konnte.«

»Was für ein Angebot?«

»Haftverschonung, wenn ich bereit wäre, für den Verfassungsschutz zu arbeiten.«

»Und was war mit Ihrer politischen Gesinnung?«

»Im Knast wurde ich geläutert und der Verfassungsschutz glaubte mir, sodass ich schon sehr bald in ihre Dienste trat«, antwortete Lehmann, aber das freche Aufblitzen in seinen Augen verriet Arndt, dass er nur politisch korrekte Phrasen drosch. Arndt vermutete eher, dass er ein doppeltes Spiel gespielt hatte, auch wenn er den Beweis dafür noch schuldig war. Menschen wie Lehmann waren sicherlich bereit, alles Mögliche zu tun, wenn sie ihrer Verantwortung entgehen konnten, im Gefängnis für ihre Taten zu büßen.

Arndt musste unbedingt mehr über die Höhe der Strafe wissen.

»Und warum wurden Sie ausgerechnet in die Lübecker Skinhead-Szene eingeschleust?«, wollte Arndt wissen.

»Sie scheinen Ihre Hausaufgaben nicht zu machen«, belehrte Lehmann schon wieder. »Ich war schon in der Szene.«

Arndt antwortete nicht, schluckte diese Kröte jedoch herunter, da Lehmann recht hatte. Wie konnte er seine Hausaufgaben machen, wenn er keine Unterlagen hatte?

»Also sollten Sie Ihre Freunde ausspionieren. Und das fiel Ihnen nicht schwer?« Arndt unternahm nichts, um seine Skepsis zu verbergen.

»Wieso sollte es? Im Knast habe ich erkannt, dass es sinnlos ist, Nigger, Kanaken oder Schwarzbrot zu verprügeln. Wozu denn auch noch? Sie überschwemmen unser geliebtes Deutschland doch eh bald. Selbst Pegida kann das nicht ändern. Nur eine wahre Partei kann Deutschland diesen faulen Zahn ziehen.«

Arndt schluckte, obwohl er kurz vor dem Platzen stand, vor Wut über so viel Hass. Er durfte aber nicht riskieren, dass

Lehmann plötzlich aufhörte zu erzählen, deshalb ermahnte er sich, seine Emotionen in Zaum zu halten.

»Haben Ihre Freunde keinen Verdacht geschöpft?«

»Wieso sollten sie? Ich habe ja niemanden persönlich verpfiffen, sondern die Ideale und Ziele der Gemeinschaft. Die Gruppe war harmlos und das Geld, das ich vom Verfassungsschutz bekam, kam ja auch der Gruppe zugute.«

»Also haben Sie damit Ihr Gewissen gereinigt?«

»Sie spinnen doch. Ich war immer loyal, ich habe niemanden verraten. Aber so wie es die Gruppe tat, konnte es nicht weitergehen. Ich wollte nicht, dass sie auch in den Knast kommen wie ich. Ich habe sie geschützt.«

»Und den Verfassungsschutz genarrt?«

»Wieso genarrt? Sie haben doch die Informationen erhalten, nach denen sie verlangten. Alle waren glücklich. Was wollen Sie mehr?« Lehmann wurde sichtlich nervöser, er spielte mit den Händen und griff nach einer Zigarette. Auf Arndts mahnenden Blick hin legte er sie gleich wieder weg. Die Demütigung hatte also gesessen. Seine Nervosität war ihm deutlich anzusehen.

Mit Druck kommt der nicht klar, er lügt, war sich Arndt sicher.

»Sie lügen, Sie haben die Anschlagspläne gegenüber dem Verfassungsschutz geheim gehalten!«, schrie Arndt aus heiterem Himmel, um ihn mit einem Schrecken aus der Reserve zu locken.

»Es war doch die Idee vom Verfassungsschutz!«, platzte es daraufhin aus Lehmann heraus.

KAPITEL 22

Diese Information kam einer Bombe gleich. Arndt musste das erst einmal sacken lassen. Einige Fragen prasselten plötzlich auf ihn ein: War Hansen deshalb klein gehalten worden? Hatte der Verfassungsschutz Blut an den Händen? War Lehmann der zweite Täter, den Hansen gesehen hatte?

Lehmann war tätowiert, aber welcher Skinhead war nicht tätowiert? Er musste mehr aus Lehmann herauskitzeln.

»Was meinen Sie damit: Es war die Idee des Verfassungsschutzes?«

»Die Jungs brauchten einen Erfolg. Die Mehrheit Deutschlands war endlich sensibilisiert und langsam begriffen sie, dass das Dreckspack unser schönes Vaterland zerstört.«

»Ein letztes Mal: Beantworten Sie nur meine Fragen! Ihren rassistischen Müll können Sie für sich behalten, haben wir uns verstanden?«

»Sie sind auch so ein Weichspüler, oder? Sehen Sie nicht, was das Drecks..., die Ausländer mit unserem geliebten Deutschland machen? Sie unterwandern bereits die Politik, schauen Sie sich doch nur die Grünen oder die SPD an, dort sitzen jede Menge von diesen Unreinen an der Spitze, wollen Sie das? Wollen Sie wirklich, dass bald ein Bundeskanzler Özdemir oder Ali heißt, statt Schröder oder Adenauer?«

»Mich interessiert Ihr krankes Weltbild nicht«, wehrte Arndt ab. »Beantworten Sie nur meine Fragen, ansonsten nehme ich Sie mit aufs Revier.«

Lehmann erschrak sichtlich. »Warum das?«

»Unterlassene Aussage in einer aktuellen Ermittlung, Behinderung der Polizei, suchen Sie sich was aus«, zählte Arndt seelenruhig auf und grinste ihn breit und betont aufgesetzt an. »Also, noch mal: Warum brauchte der Verfassungsschutz eine Erfolgsmeldung?«

»Na ja, das war offensichtlich. Die Angst vor einem Anschlag war riesig, also musste etwas geschehen. Die Behörden wollten ein paar Nazis und Skinhead-Gruppen aus dem Verkehr ziehen, als Alibi, dass sie alles im Griff haben. Aber sie waren dumm.«

»Warum?«

»Weil wir nichts planten. Sie haben mich geradezu genötigt, die Gruppe dazu zu bewegen, einen Anschlag vorzubereiten.«

»Wie meinen Sie das? Das wäre doch gesetzeswidrig«, fragte Arndt ungläubig. Konnte das wirklich der Fall gewesen sein, dass der Verfassungsschutz zu einer Straftat animierte?

»Sie sind echt naiv. Was denken Sie, wie der Verfassungsschutz damals und bestimmt noch heute tickt? Die interessieren sich einen Scheiß für Ihre Gesetze. Denken Sie doch nur an Piatto!«

»Was hat die NSU mit dem Anschlag in Lübeck zu tun?«, fragte Arndt und bekam eine Gänsehaut. Er wusste ein bisschen über Piatto. Piatto war ein V-Mann des brandenburgischen Verfassungsschutzes gewesen und hatte im NSU-Prozess ausgesagt. Wie die meisten hatte Arndt diesen Prozess nur beiläufig mitverfolgt, da er sich sehr lang hinzog. Sollte er dieses Desinteresse jetzt bereuen?

Konnte es möglich sein, dass das Trio auch in den Anschlag auf das Straßenfest in Lübeck verwickelt war?

Du Idiot, natürlich nicht, beruhigte er sich. Zu der Zeit musste Zschäpe noch ein Kind gewesen sein.

Lehmann grinste, als hätte er Arndts Gedanken erraten.

»Zu der Zeit war Zschäpe noch ein Kind, was soll das Trio mit dem Anschlag zu tun gehabt haben?«, wiederholte Arndt seine Frage, diesmal mit deutlich bestimmteren Worten, da es ihm nicht gefiel, dass Lehmann ihn so überheblich anschaute.

»Nichts, aber der Verfassungsschutz jede Menge. Gegen Piatto bin ich doch harmlos und kein Verräter von Freunden. Und der Verfassungsschutz ist ihm in den Arsch gekrochen, sie haben doch die NSU erst stark gemacht. Was denken Sie, wer die Waffen finanziert, die Fluchtpläne ermöglicht hat?«

»Und welche Rolle hat der Verfassungsschutz bei dem Anschlag in Lübeck gespielt?«, fragte Arndt und ignorierte Lehmanns Anschuldigungen, die er sicherlich nicht beweisen konnte. Als Polizist war man der Dumme, viele Gesetze hinderten Arndt oft daran, seine Arbeit so auszuführen, wie er es manchmal für notwendig hielt. Die Verbrecher hatten einen klaren Vorteil. Der Verfassungsschutz oder der BND hingegen schienen und brauchten sich an geltendes deutsches Recht nicht zu halten.

»Das sagte ich doch bereits«, begann Lehmann gereizt, »die wollten Erfolge. Die haben mich geradezu angebettelt, die Lübecker Skinhead-Bewegung dazu anzustiften, einen Anschlag vorzubereiten. Die haben mir quasi einen Blankoscheck ausgestellt.«

»Blankoscheck?«

»Ja, die wollten alles bezahlen, wollten sogar den Sprengsatz besorgen.«

»Sicher?« Arndt konnte nicht glauben, was er gerade hörte.

»Denken Sie, ich lüge? Warum sollte ich?«

»Warum soll der Verfassungsschutz den Tod von unschuldigen Menschen wollen?«

»Das wollten sie nicht. Die Gruppe sollte die Vorbereitungen treffen und auf einen Tipp von mir hätte man die ganze Gruppe hops genommen und die Politiker hätten sich feiern lassen können«, erklärte Lehmann und zog den Rotz aus der Nase hoch, es hätte nur noch gefehlt, dass er ihn anschließend ausgespuckt hätte.

Allein das Geräusch dabei ekelte Arndt an. Lehmann empfand er als respektlos.

»Dennoch gab es den Anschlag«, wandte Arndt ein. »Also haben Sie das Geld und die Hilfe des Verfassungsschutzes in Anspruch genommen und sie genarrt, indem Sie den Anschlag durchgeführt haben.«

Es machte Sinn, erklärte alles. Stand er bereits kurz vor der Auflösung des Falles?

Wenn Lehmann gestand, konnte er ihn sofort verhaften, V-Mann hin, besonderer Schutz her. Arndt wunderte sich nur darüber, dass Lehmann noch immer seinen echten Namen trug. Der Verfassungsschutz hatte ihm also keine neue Identität gegeben. Schließlich hatte doch Anika am Telefon gesagt, es sei viel schwieriger, ihn mit einer neuen Identität ausfindig zu machen. War er für den Verfassungsschutz schnell nutzlos geworden?

Lehmann grinste höhnisch. »Da muss ich Sie enttäuschen, wenn Sie versuchen wollen, mich in ein Verbrechen zu verwickeln. Den Gefallen tue ich Ihnen nicht.«

»Sie haben selbst gesagt, dass der Verfassungsschutz Ihnen half, einen Anschlag vorzubereiten«, erwiderte Arndt und erhöhte den Druck auf Lehmann.

Sollte Lehmann gestehen, wäre das mit Abstand Arndts am schnellsten aufgeklärter Fall. Ihm gefiel der Gedanke, Lehmann verhaften zu dürfen.

»Nein, verdrehen Sie mir nicht die Worte im Mund! Der Verfassungsschutz wollte das, aber ich habe das nicht umgesetzt.

Ich lasse doch nicht meine Freunde in eine Falle laufen!«, empörte sich Lehmann und funkelte Arndt mit bösen Augen an. »Es gab keine Anschlagspläne in der Gruppe.«

»Und dennoch gab es einen Anschlag. Wen wollen Sie verarschen? Machen Sie es nicht schlimmer, als es ist«, ermahnte Arndt ihn und wich keine Sekunde seinem Blick aus.

»Verdammt, keiner aus der Gruppe wusste etwas von dem Anschlag. Das hat Schneider selbst geplant. Dieser Idiot.«

»Lügen Sie mich nicht an!«, brüllte Arndt.

»Wieso sollte ich? Sie sind doch hergekommen, um mich auszuhorchen. Seien Sie froh, dass ich Ihnen überhaupt etwas erzähle.«

Arndt sog Luft durch die Nase ein und stieß sie durch den Mund wieder aus, ein Zeichen seiner Angespanntheit. Er wusste, dass er so gut wie mit leeren Händen da stand. Es juckte ihn in den Fingern, Lehmann zu verhaften, denn er wollte ihm nicht glauben, aber er hatte nichts in der Hand, was eine Festnahme gerechtfertigt hätte.

Als ehemaliger V-Mann genoss er wahrscheinlich noch immer besonderen Schutz. Die Sache fing an, politisch zu werden. Willy hasste politische Verstrickungen, deshalb würde er in die Luft gehen, wenn Arndt Lehmann festnahm. Und was das bedeutete, war Arndt klar: das Ende seiner Ermittlungen.

Er hatte keine Wahl, als die Kröte zu schlucken.

Dennoch nahm ihn der Gedanke zunehmend ein, den Verfassungsschutz auf den Anschlag anzusprechen. Aber zunächst wollte er abwarten, ob Thorsten ihm noch Akten besorgen konnte, bevor er dieses heiße Eisen anfassen wollte.

»Gut, dann erklären Sie mir bitte, wie Schneider ohne Ihr Wissen und das der Gruppe einen Anschlag vorbereiten konnte.«

»Das weiß ich nicht. Wir waren alle erstaunt, als wir davon in der Zeitung lasen«, erklärte Lehmann.

»Sie wollen mir sagen, dass keiner von Ihnen ahnte, dass Schneider einen Anschlag plante? Und ich soll Ihnen das glauben, nach der Aussage über den Verfassungsschutz von eben?«

»Mir egal, ob Sie mir glauben oder nicht, aber so war es. Ich habe von dem Anschlag erst am nächsten Tag aus der Zeitung erfahren.«

»Und warum waren Sie dann auf dem Fest?«, hakte Arndt nach. Er kochte innerlich bereits, denn er war sicher, dass Lehmann mit ihm spielte.

»Warum nicht? Die Gruppe hatte beschlossen, auf dem Fest ein bisschen für Stimmung zu sorgen, und ich wollte sichergehen, dass keiner eine Dummheit macht. Schließlich wusste ich von meinem V-Leiter, dass das Straßenfest unter besonderer Beobachtung stand.«

»Und dennoch konnten Sie den Anschlag nicht verhindern!« Arndt platzte der Kragen. »Sie lügen doch, Lehmann!«

»Nein, verdammt, dann hätte ich Schneider davon abgehalten. Keine Ahnung, was den Idioten bewegt hat. Er hat damit alles zerstört.«

»Was hat er zerstört?«

»Meine Existenz. Die Kohle vom Verfassungsschutz war nicht schlecht und sie haben mich nach dem Anschlag natürlich aus dem Verkehr gezogen. Ich war nicht mehr glaubwürdig genug. Ich stand mit nichts da.«

»Und deswegen haben Sie auch keine neue Identität erhalten«, schlussfolgerte Arndt. Der Verfassungsschutz schien seinen Informanten wie einen nassen Sack fallen gelassen zu haben.

»Die Idioten dachten, ich hätte sie verarscht. Aber ich wusste wirklich nicht, was Schneider plant. Es war politisch nicht mehr vertretbar, dass ich weiterhin als V-Mann tätig sein durfte.«

»Wieso haben Sie sich das gefallen lassen? Sie hätten doch zur Polizei gehen können oder an die Presse.«

»Sie vergessen, dass ich Haftschonung erhalten habe.«

»Verstehe, Sie wurden vom Verfassungsschutz erpresst«, fiel Arndt ihm ins Wort.

Lehmanns gesenkter Kopf gab seinen Worten recht. Lehmann wirkte plötzlich verletzlich und gekränkt. Arndt hatte dennoch kein Mitleid mit ihm. Menschen wie ihn konnte und wollte er nie verstehen, daher hielt sich sein Mitgefühl für sie sehr in Grenzen.

»Hatten Sie denn keine Angst, dass Ihre Freunde ...«

»Nein, ich habe sie nicht verpfiffen«, beharrte Lehmann, »außerdem ...« Plötzlich brach er ab, als habe er beinahe etwas gesagt, was er nicht sagen wollte.

»Außerdem wussten Ihre Freunde, dass Sie mit dem Verfassungsschutz zusammenarbeiteten. Lassen Sie mich raten: Am Ende war die Behörde für Sie und Ihre Gruppe ein Goldesel, den man schröpfen musste«, beendete Arndt Lehmanns Satz, denn nur deshalb konnten ihn die anderen Skins unbehelligt gelassen haben.

Lehmann antwortete nicht sofort, intuitiv griff seine Hand wieder zur Zigarettenschachtel. Er entnahm keine Zigarette, spielte nur mit der Schachtel, bewegte sie in der rechten Hand und scheuchte ein kurzes Grinsen über sein Gesicht.

»Mein Gott, ja, so war's. Ist ja jetzt eh scheißegal. Ich habe den Verfassungsschutz, meinen V-Leiter die ganze Zeit verarscht, aber sie haben es mir auch nicht schwer gemacht. Sobald ich ihnen irgendeinen Müll erzählt habe, wurden sie noch geiler, wie Männer, die zu einer Nutte gehen. Also habe ich ihr Spiel mitgespielt.«

»Und die haben nichts bemerkt?«

»Natürlich nicht! Die waren doch geil auf Informationen über unsere Gruppe, über die Nazi-Szene in Lübeck, die klebten an meinen Lippen.«

Arndt nickte, diesmal war er geneigt, Lehmann zu glauben.

»Warum erzählen Sie mir das?«

»Warum nicht? Ich habe doch nichts mehr zu verlieren, ich habe nichts getan.«

Auch dies wollte Arndt glauben.

Wenn er wirklich nichts mit dem Anschlag zu tun hat, dann hat Schneider die Tat wirklich allein vorbereitet und ausgeführt, überlegte Arndt, *es sei denn …* »Halten Sie es für möglich, dass auch Schneider ein V-Mann war?«

»Nein, ganz sicher nicht. Das hätte ich gewusst.«

Arndt nickte nur und verabschiedete sich von Lehmann, da er sich keine weiteren Informationen mehr von ihm versprach. Lehmann machte sich nicht die Mühe, ihn zur Tür zu begleiten, sondern griff umgehend zur Zigarettenschachtel, kaum dass Arndt aufgestanden war.

Auf dem Weg zur Haustür fiel Arndt ein Foto auf der Kommode im Flur auf.

KAPITEL 23

Arndt blieb vor der Kommode stehen, griff nach dem Fotorahmen und betrachtete das Bild. Es schien schon alt zu sein. Es zeigte fünf Männer, alle trugen Kapuzenpullover, sodass man deren Gesichter nicht ganz sehen konnte. Die Pullover waren alle schwarz und trugen die gleiche Aufschrift: *Heimatliebe ist kein Verbrechen!*

Die Aufschrift war in roter Fraktur gesetzt. Aber nicht die Schrift auf den Shirts machte Arndt aufmerksam, sondern die Haltung der fünf. Sie hatten eine Hand zur Faust geballt und wie zum Schlag nach vorne gestreckt.

Ganz offensichtlich waren die Fäuste das wesentliche Motiv auf dem Bild. Auf den Fingerrücken waren Zeichen eintätowiert, deren Bedeutung Arndt zwar nicht erkannte, aber brennend neugierig machte. Er schaute sich kurz nach Lehmann um, konnte ihn aber nicht sehen.

Der zieht sich bestimmt eine Kippe, dachte Arndt. Er fotografierte das Bild schnell mit seinem Smartphone, danach eilte er zu seinem Wagen. Vielleicht hatte dieses Foto nichts zu bedeuten, vielleicht aber doch. Es gab nur einen, der ihm auf die Schnelle helfen konnte.

Er fuhr direkt auf die Autobahn A1 und auf dem schnellsten Weg nach Travemünde. Während der Fahrt ließ er das Gespräch mit Lehmann Revue passieren. Vieles, was Lehmann sagte, machte Sinn, anderes auch nicht. Dennoch war er inzwischen geneigt, ihm zu glauben, dass er nichts von dem Anschlag wusste.

Jetzt machten auch Willys Worte Sinn. Willy wusste von Lehmanns Existenz, aber er hielt ihn für einen wertvollen Zeugen, denn er war eine V-Person. Schließlich hatte Willy gesagt, der V-Mann habe nichts mit dem Anschlag zu tun und wisse auch nichts davon, weil Schneider den Anschlag allein durchgeführt habe.

Das bedeutete eindeutig, dass der Verfassungsschutz die Polizei und sämtliche anderen Behörden angelogen hatte. Lehmann hatte gesagt, der Verfassungsschutz glaubte ihm nicht, aber sie konnten das öffentlich nicht eingestehen, weil dann nämlich vielleicht gegen den Verfassungsschutz ermittelt worden und dann herausgekommen wäre, dass sie Lehmann zu dem Anschlag geradezu aufgefordert hatten.

Also hatte man das getan, was Geheimdienste und derlei Behörden in solchen Fällen immer tun: dichtmachen, täuschen und blockieren. Willy und die Polizei wurden damit abgespeist, dass Lehmann unschuldig sei, schließlich war er ja ein V-Mann, der Informationen liefern sollte. Und da er nichts geliefert hatte, kam Schneider nur als Einzeltäter infrage.

Dennoch stellte sich Arndt eine Frage: Wenn die Gruppe den Anschlag gemeinsam geplant hatte, warum hatte Schneider die ganze Schuld auf sich genommen?

»Nein, das macht keinen Sinn«, widersprach er sich selbst laut und klopfte mit der Hand gegen das Lenkrad. »Lehmann hat wirklich nichts von einem Anschlag gewusst und konnte ihn somit weder verhindern noch dem Verfassungsschutz melden. Das bedeutet aber auch, dass Schneider am Ende doch alle genarrt und es allein durchgezogen hat.«

Aber warum? Das bereitete Arndt Kopfschmerzen. Er wusste, dass seine Theorie auf sehr wackeligen Beinen stand, und er hoffte, dass er sich irrte, denn dann brauchte er nicht weiter ermitteln, weil Hansen sich geirrt hatte, und Willy behielt recht. Schneider war der Einzeltäter und der Fall war somit abgeschlossen, und das seit dreißig Jahren.

* * *

Als Arndt vor dem Haus von Hinrik Engholm in Travemünde ausstieg, wehte eine leichte Brise, die ihm sehr angenehm war. Er genoss die frische und gesunde Luft. Viel frischer und gesünder war sie hier, unmittelbar am Meer, dieses Gefühl ergriff ihn jedes Mal wohltuend, wenn er nach Travemünde kam.

Er atmete tief ein und aus und ging dann zur Tür, klingelte und wenige Augenblicke später stand der kleine Mann mit seinem schlohweißen Haar und Bart vor ihm. Der Geschichtsprofessor war lange schon emeritiert, aber sein Verstand war noch scharf wie eine Klinge. Er half Arndt bei Fragen zu geschichtlichen Ereignissen. Arndt hoffte, dass er ihm auch diesmal helfen konnte.

»Ah, Herr Schumacher, schön, Sie zu sehen!«, begrüßte er Arndt sehr herzlich und bat ihn mit einem festen Händedruck in die Wohnung.

Arndt folgte der Bitte gerne.

»Möchten Sie etwas trinken?«, fragte Engholm.

»Vielen Dank, Herr Engholm, aber ich habe nicht viel Zeit und will auch Ihre kostbare Zeit nicht zu sehr in Anspruch nehmen. Ich hoffe, ich störe nicht.«

»Sie und stören? Nein, Sie bringen ein wenig Action in dieses langweilige Haus.« Engholm lachte.

Arndt nickte freundlich, dann zog er sein Smartphone heraus und suchte das Foto, das er gerade erst bei Lehmann gemacht hatte. »Ich habe hier ein Foto. Wenn Sie sich das mal bitte anschauen könnten.«

Engholm betrachtete das Bild aufmerksam, schien aber zunächst wenig damit anfangen zu können. »Eine Gruppe von Rechtsradikalen«, stellte er schließlich überrascht fest. »Wie kann ich Ihnen da helfen?«

»Es geht um das, was auf den Fingerrücken steht. Ich dachte, die Schriftzeichen sagen Ihnen etwas«, erklärte Arndt und machte das Foto größer.

»Oh, Sie meinen die Zeichen auf dem ersten Fingerglied der Finger.«

»Genau, das sieht mir nach irgendwelchen Runen, germanischem Alphabet aus. Ich erinnere mich, dass wir das mal in der Schule gelernt haben.«

»Das ist nicht das germanische Alphabet, das ist, wenn wir in dieser Banalität bleiben, dann eher das keltische Alphabet. Könnten Sie mir das Bild bitte mailen, dann drucke ich es aus.«

Arndt mailte ihm das Foto, dann gingen die beiden in Engholms Arbeitszimmer.

»Hat es Ihrer Meinung nach etwas zu bedeuten, dass sie keltische Zeichen statt germanischer Runen genommen haben?«, fragte Arndt, der in Geschichte noch nie besonders gewesen bewandert war, sich aber nicht dafür schämte. »Ich dachte, als Rechtsradikaler setzte man eher auf germanische Runen.«

»Ich denke nicht, dass diese jungen Männer auf den Fotos die Unterschiede zwischen Germanen und Kelten kannten. Sicherlich wussten die nicht einmal, dass es die Römer waren, die den Begriff des germanischen Volkes prägten. In antiker Tradition ist der Germanenbegriff eine völkerkundliche Einteilung für eine Großgruppe zwischen Kelten und Skythen …«

»Ehrlich gesagt, kann nicht mal ich Ihnen folgen«, fiel Arndt ihm ins Wort und hoffte, dass Engholm den Wink mit dem Zaunpfahl verstand.

Engholm lachte. »Nichts für ungut. Was denken Sie, wie viele meiner ehemaligen Studenten bis heute nicht in der Lage sind, diesen Unterschied zu erklären. Als einzigen Grund für die Verwendung keltischer Zeichen kann ich mir vorstellen, dass der Name *Kelte* im Indogermanischen so viel wie *mächtig*, *stark* und *erhaben* bedeutet. Vielleicht waren sie dem naiven Glauben erlegen, sie könnten diese Stärke auf sich übertragen.« Engholm war bei einigen Ausführungen in einen deutlich abfälligen Ton verfallen und lächelte süffisant. Er hielt offensichtlich nichts von Skinheads.

Arndt nickte nur. Engholm ging inzwischen an seinen Computer, öffnete die E-Mail und druckte sie aus.

»Wenn Sie mehr über die Zeit der Kelten wissen wollen, sind Sie jederzeit herzlich eingeladen. Ich habe da einen Freund, der ist ein wahrer Kenner.« Ein freundliches Grinsen breitete sich über sein Gesicht.

»Vielen Dank. Wenn es die Zeit zulässt, werde ich sicher auf Ihr Angebot zurückkommen.«

Engholm nahm den Ausdruck, öffnete die oberste Schublade des Schreibtisches, entnahm eine Lupe und betrachtete das Foto genauer.

»Wie ich vermutete. Keltische Zeichen.«

»Und was bedeuten sie?«

»Das werden wir gleich haben. Die keltische Kultur war nie mein Schwerpunkt, aber ich weiß zum Glück, wo ich die Zeichen finden kann, um den Schriftzug zu entziffern.« Er öffnete die Seite der Uni Hamburg, loggte sich ein und gab ein paar Suchbegriffe ein, bis eine Seite mit Schriftzeichen auf dem Bildschirm erschien.

»Wunderbar, danach habe ich gesucht«, sagte Engholm und Arndt nickte nur, da er gespannt war, was die Zeichen bedeuteten.

»Wie schon vermutet, auf jedes erste Fingerglied der rechten Hand wurde ein Zeichen aus dem keltischen Baumalphabet tätowiert, den Ogham-Schriftzeichen. Archäologische Funde dieser Kerbschrift weisen vor allem auf Irland und die britischen Inseln hin.« Engholm schien nicht aus der Haut des Geschichtsprofessors heraus zu können. Seine Augen glänzten und Arndt sah ihm an, dass ihm das große Freude bereitete. Er fragte sich, wie Engholm wohl als Professor war.

»Und was bedeuten die Buchstaben übersetzt?«, fragte Arndt ungeduldig, denn nur das interessierte ihn.

»Lassen Sie das bloß nicht Prof. Suttkus hören«, antwortete Engholm.

»Prof. Suttkus?«, hakte Arndt ein.

»Ja, den Experten für keltische und gallische Geschichte, einer meiner sehr guten und geschätzten Freunde. Wahrscheinlich hätte er mich schon gerüffelt, dass ich die Ogham-Schriftzeichen ein keltisches Baumalphabet nenne. Soweit ich mich recht erinnere, ist Ogham ein Schriftsystem und kein Alphabet. Es besteht aus zwanzig Zeichen, die sicherlich von diesen Personen eins zu eins ins deutsche Alphabet übersetzt wurden, daher sollten wir schnell herausfinden können, was die Zeichen bedeuten. Geben Sie mir noch ein paar Sekunden.« Engholm wandte sich den Zeichen zu. Er machte ein paar Notizen auf dem Foto, da er anscheinend ganz sichergehen wollte.

Arndt war froh, dass Engholm nicht weiter auf Prof. Suttkus und die keltische Kultur einging, da er bereits bisher nur die Hälfte verstanden hatte.

»Das war einfacher als gedacht. Aber es ergibt einen Sinn.«

»Und der wäre?« Arndt brannte vor Neugier.

»Wie vermutet, wurden die Zeichen eins zu eins als Übersetzung für das deutsche Alphabet genutzt. Und die unterschiedlichen Zeichen ergeben ein Wort.«

»Und welche Wörter sind das?«

Arndt war gespannt. Brachten die Wörter neue Erkenntnisse, oder waren es einfach dumme Tattoos von Skinheads, die damit ihre politische Gesinnung zeigen wollten?

»Auf den fünf Fäusten sind vier verschiedene Wörter eintätowiert. Das erste Wort bedeutet: HASS!«

»Hass hat aber nur vier Buchstaben«, erwiderte Arndt.

»Ja, da haben Sie recht. Auf dem ersten Fingerglied des Daumens ist nur ein Ausrufezeichen eintätowiert.«

»Verstehe, aber was bedeuten die anderen Tattoos?«, fragte Arndt, der seine Enttäuschung schwer verbergen konnte, lief doch alles darauf hinaus, dass es nur irgendwelche dummen Worte waren, mit denen die rechtsradikale Szene sich brüstete.

»Das zweite Wort bedeutet: SIEG!«

Arndt nickte.

»Das dritte Wort heißt: HEIL!«

Auch dieses Wort verwunderte Arndt nicht, es waren typische Begriffe der Szene. Wieder nickte er, sagte aber leicht genervt: »Na, und auf den anderen beiden Fäusten ist dann bestimmt *Hitler* eintätowiert.«

»Das wären sechs Buchstaben«, entgegnete Engholm, der den Witz anscheinend nicht verstanden hatte.

»Na dann schießen Sie mal los«, bat Arndt.

Er versuchte zu lächeln, mehr als ein gepresstes Lächeln gelang ihm aber nicht. Er hatte gehofft, dass diese Wörter ihm einen Hinweis auf einen möglichen zweiten Täter liefern konnten, aber anscheinend war er einfach nur naiv, oder zu verzweifelt.

Die Tattoos waren ohne Wert.

»Das letzte Tattoo hingegen ist sehr interessant.«

»Wie meinen Sie das?«

»Alle bisherigen anderen Wörter hatten vier Buchstaben, dieses hat in der Tat fünf Buchstaben, alle ersten Fingerglieder enthalten somit einen Buchstaben und das Wort, das mit diesen Schriftzeichen dargestellt wurde, ist nicht Deutsch, sondern Afrikaans.«

»Afrikaans?« Arndt verstand Bahnhof.

»Ja, ich gehe mal davon aus, dass hier ein Wort aus dem Afrikaans genommen wurde, weil das deutsche Wort zu lang war. Dass damit auch die Herrschaft der Weißen über die Schwarzen bei der Auswahl der Sprache eine Rolle spielte, wage ich jedoch zu bezweifeln.«

»Okay, und um was für ein Wort handelt es sich?«, fragte Arndt, der sich auch nicht vorstellen konnte, dass Skins wie Schneider oder Lehmann solch eine Symbolik nutzten. Für ihn waren es ganz einfache dumme Menschen, die Wörter wie *Hass*, *Heil*, *Sieg* und *Hitler* nutzten, aber dass sie bewusst ein Wort aus dem Afrikaans nehmen, um die Überlegenheit der weißen Rasse zu symbolisieren, so viel Intelligenz und Subtilität traute er der Gruppe nicht zu.

»Um Broer.«

»Broer? Was soll das bedeuten?«

»Das ist das Wort für *Bruder*.«

KAPITEL 24

Auf dem Rückweg zum Präsidium hatte Arndt noch einen Döner gegessen und versucht, bei Willy im Büro vorbeizuschauen, aber er war nicht anwesend. Ein Kollege teilte ihm mit, dass Willy zum Außentermin war.

Elke!, fiel Arndt ein und überlegte kurz, ob er Willy anrufen sollte, um dazu zu stoßen, verwarf diesen Gedanken aber schnell. Vielleicht war es besser, wenn er die beiden nicht störte.

Er nahm sich aus der Küche einen Kaffee und ging in sein Büro. Früher hatte er sich dieses Büro mit Elke geteilt, aber seit sie die Lübecker Polizei verlassen hatte, war er hier allein. Bis jetzt schien nichts darauf hinzudeuten, dass Willy ihm einen neuen Partner oder eine neue Partnerin vorsetzte.

Und das war auch gut so. Elke war wahrscheinlich die einzige Person, die er als Partnerin akzeptiert hatte, seine Einstellung, gerne allein zu arbeiten, hatte sich bis heute nicht wirklich geändert.

Er setzte sich an seinen Schreibtisch und fand einen gelben Zettel am Bildschirm kleben. BERICHT!!! WILLY stand in großen Lettern drauf. »Mist, ganz vergessen!«, zischte Arndt und holte den Computer aus dem Stand-by. Willys Zettel zerknüllte er und warf ihn in den Mülleimer. Willy musste sehr wütend gewesen sein, wenn er sich die Mühe gemacht hatte, ihm einen Zettel zu schreiben.

Dann öffnete Arndt eine Berichtsvorlage und tippte schnell und schlampig den von Willy erwarteten Bericht. Wie oft auch immer er einen Bericht oder ein Protokoll verfassen musste, er wusste, dass er sich niemals daran gewöhnen würde. Er war einfach kein Büromensch. »Er wird bestimmt wieder etwas zu meckern haben«, sagte er sich, als er den Bericht schließlich an Willy sendete.

Dann ging er an die wichtigen Angelegenheiten. Er öffnete die Polizei-Datenbank POLAS und versuchte, etwas über Lehmann herauszufinden, schließlich war er kein V-Mann mehr und also war es nicht unwahrscheinlich, dass es eine Akte über ihn gab. POLAS spuckte allerdings keine nennenswerten Informationen aus, anscheinend wusste Lehmann, wie man der Gesetzgebung aus dem Weg ging.

Er beschloss, Thorsten damit zu beschäftigen. Dann suchte er nach Schneider, fand aber ebenfalls nichts, was ihn auf eine heiße Spur brachte.

»Bruder?«, memorierte er laut. Dieses Tattoo hatten zwei der Männer auf ihre Fingerkuppen tätowiert. Hatte es eine bestimmte Bedeutung oder verstand sich die Gruppe als *Brüder?* Arndt fiel nichts Brauchbares dazu ein. Am Ende waren es einfach nur irgendwelche Wörter, typische Phrasen aus der Hasssprache der Rechtsradikalen.

Irgendwelche Idioten haben sich tätowiert, weil sie es cool fanden, resümierte er und musste eingestehen, dass ihm langsam die Motivation verloren ging.

Das Telefon holte ihn aus seinen Gedanken. Auf dem Telefondisplay sah er, dass es Thorsten war.

»Moin, mein Bester«, grüßte Arndt ihn.

»Hast du fünf Minuten?«, fragte Thorsten.

»Klar, bin gleich da!« Arndt legte den Hörer auf und eilte zu Thorsten, nicht ohne einen Umweg über die Küche und zwei Becher Kaffee als Beute.

»Ich könnte mich dran gewöhnen«, sagte Thorsten, als er Arndt mit zwei Tassen Kaffee sah, und lächelte erfreut.

»Lieber nicht«, antwortete Arndt und reichte ihm eine. »Na, dann lass mal hören, was du für mich hast.«

»Eine gute und eine schlechte Nachricht: Wie es scheint, sind die Ermittlungsakten vernichtet.«

»Mist«, kommentierte Arndt verärgert, schließlich hatte er große Hoffnungen auf diese Akten gesetzt.

»Schau nicht so, was hast du denn gedacht? Nach dreißig Jahren? Aber noch habe ich nicht all meine Quellen angezapft, nur solltest du dir nicht allzu viele Hoffnungen machen.«

»Ist schon gut, was ist dann die gute Nachricht?«

»Ich habe einen Teil der Akte, auch dank Willy.«

»Wie meinst du das?«

»Willy hat mir den Namen der V-Person verraten und ich kenne jemanden aus der Schulzeit, der in Kiel im Ministerium in der Abteilung IV 7 sitzt«, grinste Thorsten und nahm einen Schluck aus der Tasse.

»Ein Klassenkamerad von dir arbeitet beim Verfassungsschutz?«, fragte Arndt erstaunt.

Thorsten lachte. »Ja, manchmal muss man auch Glück haben.«

»Super, was hast du herausgefunden?«

»Ich gehe mal davon aus, dass du das meiste bestimmt schon weißt. Hans Lehmann war aktives Mitglied der Lübecker Neonazi-Szene. Er gründete die Lübecker Skinhead-Gruppe *Stolze Hanse*. Man mag es kaum glauben, aber er hat nicht nur Abitur gemacht, sondern auch studiert.«

»Was hat er denn studiert?«, fragte Arndt sichtlich überrascht, hatte er doch Lehmann ganz anders eingeschätzt. Andererseits erklärte das vielleicht, warum es ihm leicht fiel, den Verfassungsschutz zu narren.

»Germanistik und Politikwissenschaften. Er wollte Lehrer werden, fiel aber immer wieder durch rechtsradikale Äußerungen auf, sodass er keine Stelle bekam. Danach hat er sich wohl mit Gelegenheitsjobs durchgeschlagen und war zeitweise auch politisch aktiv.«

»Willst du damit sagen, dass er den Glauben an die Gesellschaft verloren hat?«, unterbrach ihn Arndt.

»Ja, so steht es in den Akten, ob es nun daran lag, dass er keinen Job als Lehrer bekommen hat, oder daran, dass seine Nazigesinnung nicht zur aktuellen politischen Lage passte, überlasse ich deiner Fantasie. Das mit der Partei schien sich auch recht schnell erledigt zu haben. Er gründete die *Stolze Gruppe* und konzentrierte sich fortan nur noch darauf. Alfred Schneider stieß zwei Jahre später dazu. Die Gruppe fiel immer wieder durch Schlägereien und Pöbeleien auf, wurde aber vom Verfassungsschutz als ›unreife, nicht staatsgefährdende Gruppe‹ eingestuft. Dies änderte sich aber schnell.«

»Lass mich raten: die Verurteilung von Lehmann«, schlussfolgerte Arndt.

»Genau, er bekam sechs Jahre.«

»Wofür?« Das wollte Arndt sowieso wissen, denn Lehmann hatte das bei der Vernehmung angedeutet bzw. verharmlost, aber nichts Konkretes darüber erzählt.

»Er hat einen zwölfjährigen türkischen Jungen fast zu Tode geprügelt. Nur weil ein Skinhead aus der Gruppe ihn gestoppt hat, hatte der Junge überlebt«, erklärte Thorsten.

»So viel zum Thema *Es war ein fairer Kampf*«, rutschte es aus Arndt heraus. Sein Bauch grummelte.

»Wie bitte?«

»Nichts, Lehmann hat mir erzählt, es war ein fairer Kampf, als ich ihm vorhin einen Besuch abgestattet habe.«

»Was hat er sonst noch erzählt?«

»Erzähl ich dir gleich. Mach du erst mal weiter.«

»Kaum war er im Gefängnis, schien er interessant für den Verfassungsschutz. Die Ausländerfeindlichkeit und die öffentlichen Aggressionen gegen Ausländer nahmen damals in Schleswig-Holstein deutlich zu und Lehmanns Gruppe schien sich in der Lübecker Nazi-Szene einen Namen gemacht zu haben, sodass der Verfassungsschutz beschloss, sich die Dienste von Lehmann zu sichern.«

»Was ihnen auch gelang, weil sie einen Kuhhandel mit ihm machten.«

»Genau, er bekam Hafterlass, musste aber dafür verbindlich zusichern, dass er seine politische Gesinnung ablegte und zukünftig den Verfassungsschutz mit allen verlangten Informationen versorgte.«

»Er hat sie verarscht und der Verfassungsschutz hat ihm dafür noch den Arsch geküsst«, erwiderte Arndt wenig begeistert.

»Laut den Unterlagen nicht. Er war ein wertvoller Informant, der einen sehr guten Einblick in die Neonazi-Szene und deren Strukturen gab.«

»Klar, er hat mit ihnen gespielt, das hat er mir selber erzählt. In den Berichten steht bestimmt nichts darüber, dass aufgrund seiner Hilfe oder Informationen Nazis oder Skinheads verhaftet wurden, oder?«

»Ich konnte nichts finden«, bestätigte Thorsten.

»Siehste.« Arndt konnte nur den Kopf schütteln über so viel Dummheit der Behörde. »Was steht in den Akten über den Anschlag?«

»Tja, das ist der Teil, der weniger informativ ist.«

»Warum?«

»Es wurde sehr viel geschwärzt.«

»Und das, was nicht geschwärzt wurde?«

»Der Verfassungsschutz hatte zwar Sorgen, dass auf dem Straßenfest ein Anschlag verübt werden könnte, aber sie hatten keine stichhaltigen Informationen oder gar Beweise. Die V-Person Lehmann hatte glaubhaft versichert, dass weder von ihrer

Gruppe noch anderen Gruppen, die er kannte, ein Anschlag geplant war.«

»Und sie haben ihm geglaubt?«, fragte Arndt, obwohl er die Antwort bereits aus dem Gespräch mit Lehmann kannte.

»Ja, vorerst jedenfalls.«

»Klar, nach dem Anschlag müssen die Jungs ganz schön sauer gewesen sein.«

»Und ob, der Druck auf den Verfassungsschutz war immens und Lehmann wurde in die Mangel genommen.«

»Das deckt sich in etwa mit dem, was er mir erzählt hat, nur dass er meinte, sie hätten ihn fallen gelassen.«

»So steht es natürlich nicht in den Akten. Dort wird erwähnt, dass Lehmann nicht mehr vertrauenswürdig sei und daher die Zusammenarbeit dringend beendet werden solle. Vorher musste noch klargestellt werden, dass Lehmann seine Aussage nicht revidierte.«

»Dass er nichts wusste«, ergänzte Arndt, »was wahrscheinlich auch der Wahrheit entsprach. Schneider hat es entweder wirklich allein ausgeführt oder er und sein Komplize haben die Gruppe nicht informiert.«

»Warum sollten sie das nicht tun? Er war doch der Gründer der Gruppe«, wandte Thorsten ein.

»Weil sie wussten, dass Lehmann eine V-Person war«, erklärte Arndt.

»Nicht dein Ernst?«

»Doch, das hat er mir selbst erzählt. Er hat den Verfassungsschutz als Goldesel ausgenutzt und die haben jahrelang nichts geahnt.«

»Das könnte Sinn machen, vielleicht haben Schneider und die anderen ihm nicht so sehr vertraut, wie es Lehmann dachte. Also haben sie den Anschlag geplant, ohne dass es Lehmann wusste.«

Arndt rümpfte die Nase, das konnte Sinn machen. Es war denkbar, dass seine Freunde ihm nicht so vertrauten, wie er glaubte, gerade weil er ihnen erzählt hatte, dass er ein V-Mann sei. Wenn dem so war, dann war es auch denkbar, dass Schneider den Anschlag doch nicht allein ausgeführt hatte.

»Denkbar, jedenfalls hat der Verfassungsschutz Druck auf Lehmann ausgeübt, dass er seine Aussage in der Öffentlichkeit nicht ändern durfte, denn das Letzte, was sie wollten, war ein Lehmann, der wankelmütig wurde. Der Druck auf die Behörde war schließlich sehr groß, das Innenministerium war richtig sauer, wie ein Anschlag von einer Gruppe verübt werden konnte, in der eine V-Person integriert war.«

»Das kann ich mir gut vorstellen, klingt auch sehr unglaubwürdig, deswegen macht es ja noch mehr Sinn, dass Lehmanns Freunde ihm nicht vertraut haben. Lehmann behauptete, dass der Verfassungsschutz ihm mit Gefängnis drohte«, sagte Arndt.

»So genau steht das nicht im Bericht, es heißt, dass rechtliche Schritte geprüft werden und dass für sein Stillschweigen eine nicht genau genannte Summe floss.«

»Hahaha … haben die also sein Schweigen gekauft. Was für Deppen!«, verhöhnte Arndt den Verfassungsschutz.

»Was steht noch drin?«

»Das war's eigentlich. Ich habe dir die Akte gerade gemailt. Was hat dir denn Lehmann sonst noch erzählt?«

Arndt erzählte ihm von seinem Meeting mit Lehmann und verabschiedete sich von Thorsten. Das meiste, was Thorsten erzählt hatte, wusste Arndt bereits, aber dennoch war das Gespräch gut gewesen, schließlich eröffnete sich eine neue Option, warum Hansen nicht gelogen hatte: Die Gruppe vertraute Lehmann nicht und hatte den Anschlag hinter seinem Rücken vorbereitet.

KAPITEL 25

Die restlichen Stunden des Tages hatte Arndt mit Recherchen verbracht. Er las die Akte, die der Verfassungsschutz über Lehmann angelegt hatte, durchsuchte die Polizeidatenbank und googelte, um möglichst viel über den Anschlag und die beteiligten Personen herauszufinden.

In einigen Artikeln wurde auch über die Zeugen Harmsen und Vogel berichtet, aber überwiegend über Hansen, die in der Presse sehr schlecht wegkam.

Gegen neunzehn Uhr schaltete Arndt den Computer aus und beschloss, Feierabend zu machen, als er Willy über den Weg lief.

»Du noch hier?«, grüßte ihn Willy.

»Wieso nicht?«, antwortete Arndt, der keine Lust hatte, von Willy eine Predigt zu hören.

»Das war nicht böse gemeint«, beruhigte Willy.

Arndt sah, dass er nicht auf Streit aus war, Willy wirkte sehr nachdenklich. »Was ist los?«

»Wollen wir was essen gehen?«

»Klar, aber du zahlst.«

»Block House?«

Während der Fahrt informierte Arndt Willy über die Ereignisse des Tages. Willy hörte aufmerksam zu, fragte aber zu Arndts Erstaunen kaum nach. Er wirkte noch immer sehr nachdenklich.

»Und jetzt raus mit der Sprache: Wo drückt der Schuh?«, fragte Arndt, nachdem sie ihr Essen bestellt hatten.

»Ich mache mir große Sorgen wegen Elke.«

»Wieso? Was ist los? Ist ihr etwas passiert?«

Seine Gedanken spielten ihm die übelsten Streiche. Willy machte nicht den Eindruck, als scherzte er und allein bei dem Gedanken, Elke könnte etwas passiert sein, wurde ihm übel in der Magengegend.

»Nein, noch nicht«, beruhigte Willy. »Aber die Geschichte mit ihrer Schwester setzt ihr arg zu, viel mehr, als sie es selbst glaubt und zugeben will.«

»Na ja, ist ja auch kein Wunder, schließlich liebt sie ihre Schwester. Warst du im Krankenhaus?«

»Ja, wir haben ihre Schwester besucht. Sie würde dir gefallen, bildhübsch und so was von freundlich und lieb, eine typische Henschel halt«, schwärmte Willy und Arndt spürte, dass Willy mit sich zu kämpfen hatte, da er schluckte und kurz wegschaute.

»Und wie geht's ihr?«

»Nicht gut, auch wenn sie einen anderen Eindruck macht. Der Krebs hat sie gezeichnet. Sie wurde operiert und bekommt demnächst eine Chemotherapie, von der noch niemand sagen kann, ob sie gesund wird, geschweige denn überlebt.«

Willy hielt inne und hielt sich die Hand vors Gesicht. In dem Moment kam die Kellnerin und brachte die Getränke. Ein Moment des Verschnaufens, den beide dankbar annahmen.

»Die Arme, was ist mit ihrer Tochter?«

»Elke und ihre Eltern kümmern sich um die Kleine. Die kann gar nicht verstehen, was gerade geschieht und sie weiß auch nicht, dass ihre Mutter Krebs hat. Sie wollen das Kind nicht damit belasten.«

»Und wenn sie stirbt?«, fragte Arndt, ohne nachzudenken, es kam eher spontan und intuitiv. Willy antwortete nicht, sondern warf ihm einen scharfen Blick zu, den er verstand.

Was würde ich Sebastian sagen, wenn ich oder seine Mutter Krebs hätten?, dachte Arndt und wusste, er würde auch seinen Sohn anlügen, solange es jedenfalls ging.

»Wie lange bleibt denn Elke noch in Pansdorf? Sie wird doch nicht ewig freigestellt?«

»Sie hat gekündigt«, antwortete Willy.

KAPITEL 26

Tag 4

Wieder hatte Arndt eine sehr unruhige Nacht verbracht. Seine Gedanken waren bei Elke gewesen. Es sprach für sie, dass sie gekündigt hatte, um bei ihrer Schwester zu sein. Aber warum sie Willys Angebot ausschlug, konnte er sich nicht erklären.

Er hatte Willy selten so erlebt wie am vorangegangenen Abend. Sie hatten noch lange zusammengesessen, über Elke, die Familie und Arndts aktuellen Ermittlungen gesprochen. Willy machte sich ernsthaft Sorgen um Elke und hatte dabei auch noch erwähnt, dass er ihr angeboten hatte, sie könne jederzeit zurück zur Lübecker Polizei.

Nach einigen Gläschen Wein war Willy in eine Sentimentalität verfallen, die Arndt selten an ihm gesehen hatte, die aber zeigte, dass der ruppige Willy am Ende auch nur ein Mensch war, der im privaten Leben ein großes Herz hatte.

Er hatte bereits vor einigen Monaten erwähnt, dass er mit dem Gedanken spiele, in den Vorruhestand zu treten. Damals hatte Arndt das nur als Laune abgetan, doch gestern Abend hatte Arndt sich ernsthaft Sorgen gemacht, dass Willy diesem Drang nachgeben könnte.

Natürlich gönnte Arndt ihm die Ruhe und das Ausscheiden aus dem Polizeidienst, aber er war auch ein bisschen egoistisch. Es fiel ihm schwer, das zuzugeben, aber ohne Willy verlor er die letzte echte Bezugsperson bei der Polizei. Mit einigen Kollegen wie Thorsten, Ole oder Tim verstand er sich gut, aber er hätte sie niemals Freunde genannt und hätte ihnen auch private Dinge nicht anvertraut. Willy und Elke hingegen waren Menschen, denen er sehr vertraute und sich ihnen auch anvertraute.

Mit Willys Weggang wäre er sehr einsam bei der Lübecker Polizei, gestand er sich ein, auch wenn er das Willy gegenüber niemals zugegeben hätte. Schließlich dachte Willy, dass Arndt gerne allein war.

Aber welcher Mensch war schon gerne allein?

Arndt hoffte, dass Elke es sich noch mal überlegte und Willys Angebot annahm. Leider hatte ihm Willy schon bedeutet, dass sie nicht in Arndts Büro arbeiten und auch nicht seine neue alte Partnerin werden sollte.

Arndt hatte nur genickt und betont, dass Willy die Entscheidung treffen müsse und es keinen Sinn machte, wenn Elke wieder seine Partnerin wäre, da sie ja wegen ihrer Schwester sicherlich sehr flexible Arbeitszeiten bräuchte. Das war vom ersten bis zum letzten Wort gelogen, aber er konnte sich einfach nicht dazu durchringen, ihm die Wahrheit zu gestehen: dass er Elke sehr gerne wieder als Partnerin an seiner Seite hätte, auch wenn sie nur einen Tag in der Woche arbeitete.

Am Ende war ihm nur die Hoffnung geblieben, dass sie überhaupt wieder zurückkam. Die Erkenntnis, an Elke so sehr zu hängen, machte ihm ein Stück weit Angst.

Arbeit war für ihn noch immer die beste Ablenkung von seiner Gefühlswelt. Nach dem Frühstück fuhr er geradewegs zur JVA Lübeck zu seinem Gespräch mit Schneider.

Kurz vor 10 Uhr erreichte er die JVA, parkte seinen Wagen und ging zum Empfang. Diesmal wurde er nicht von Dierksen empfangen, sondern von dessen Assistentin Kristina, die ihren Chef wegen eines angeblich wichtigen Termins entschuldigte. Arndt störte das nicht im Geringsten, er mochte Dierksen ohnehin nicht und je weniger Kontakt er mit ihm hatte, desto angenehmer war ihm das.

Kristina brachte ihn zum gleichen Raum, wo Willy und er bereits Schneider verhört hatte. Schneider saß wieder am Tisch, seine Hände waren an den Tischhandschellen befestigt und zwei Wächter standen im Raum und ließen Schneider nicht aus den Augen.

»Sie haben eine Stunde«, sagte Kristina, schaute auf die Uhr und verließ den Raum.

Arndt sagte nichts. Als sie den Raum verlassen hatte, wandte er sich zu den beiden Wächtern.

»Können Sie uns bitte allein lassen?«, bat er die beiden Männer.

Die beiden schienen irritiert, warfen einander einen ängstlichen Blick zu, bis dann einer sagte: »Herr Dierksen meinte, wir sollen auf den Häftling aufpassen.«

»Das kann nicht sein. Mir wurde eine Stunde mit Herrn Schneider zugesagt, und zwar allein. Ich bin von der Kriminalpolizei.«

Der Wächter versuchte eine Widerrede, kam aber nicht weit, denn Arndt fiel ihm barsch ins Wort: »Wollen Sie, dass ich Herrn Dierksen in seinem Meeting störe, weil Sie den Häftling mit mir nicht allein sprechen lassen wollen? Was denken Sie, wie erfreut er über die Störung wäre?«

Die beiden Wächter wurden zusehends nervöser, anscheinend hatten sie Angst vor Dierksen.

»Sie können im Nebenraum aufpassen, die Kamera überträgt ja doch alles«, schlug er ihnen vor, worauf die beiden wieder ratlose Blicke austauschten. Schließlich trollten sie sich.

»Was hat Ihnen das jetzt gebracht?«, meldete sich Schneider schadenfroh zu Wort. Es hätte nur noch gefehlt, dass er in die Hände klatschte.

Arndt warf ihm einen entgeisterten Blick zu, ehe er antwortete. »Wie bitte?«

»Na, diese ›Ich habe die dicksten Eier‹-Nummer. Alles, was wir hier sagen, wird doch sowieso aufgezeichnet.«

»Lassen Sie das mal meine Sorge sein«, erwiderte Arndt und nahm Platz.

»Ich weiß gar nicht, was Sie von mir wollen. Ich habe Ihnen doch schon alles erzählt.«

»Lassen Sie das auch mal meine Sorge sein«, konterte Arndt.

»Können Sie auch was anderes sagen?«

»Lassen Sie … verdammt …«, platzte es aus Arndt heraus. Dass Schneider ihn so vorführte, hatte er nicht erwartet. Schneider grinste und lehnte sich an die Stuhllehne.

»Sagen Sie bloß, Sie ermitteln noch immer?«

Arndt antwortete nicht sofort, er musste sich erst einmal abreagieren. Er wusste, dass die Kamera an der Decke alles aufzeichnete, deshalb wollte er sich keine Blöße geben. Allerdings konnte er es auch nicht erlauben, dass Schneider ihn so aufzog.

»Was können Sie mir über Hans Lehmann erzählen?«, fragte er und ignorierte die vorangegangenen Sticheleien.

»Lehmann? Wieso?«

»Beantworten Sie mir nur meine Fragen.« Arndt wurde lauter.

»Sicherlich nicht mehr, als Sie bereits über ihn wissen.«

»Herr Schneider, beantworten Sie bitte nur meine Frage. Ich könnte mir gut vorstellen, dass Herr Dierksen nicht erfreut darüber sein wird, wenn ich ihm erzähle, dass Sie meine Fragen nicht beantwortet haben.«

»Erpressen Sie mich?«, fragte er, aber seine Augen flackerten kurz auf und sein Mund zuckte kurz zusammen, als mache ihm der Name Dierksen Angst oder Unsicherheit.

»Ich möchte nur meine Fragen beantwortet wissen. Daher: Was können Sie mir über Hans Lehmann erzählen?«

»Was wollen Sie denn über diesen Verräter wissen?«, fragte Schneider zurück und schaute Arndt dabei herablassend an.

Das war Arndt natürlich nicht entgangen. *Haben Sie also Lehmann doch nicht vertraut?,* dachte er.

»Ich dachte, Sie wären Freunde?« Arndt versuchte, ihn aus der Reserve zu locken.

»Das dachte ich auch«, entgegnete Schneider.

»Er hat doch Ihre Gruppe *Stolze Hanse* gegründet?«

»Ja, und?«

»Wie sind Sie zu der Gruppe gestoßen?« Arndt hatte beschlossen, die Fragen, die er im Kopf hatte, ohne Abstriche abzuarbeiten und Schneider keine Machtspielchen zu erlauben.

Schneiders Augen wurden kleiner, als er zu erzählen begann. »Hans und ich kannten uns schon seit der vierten oder fünften Klasse, ich dachte immer, er wäre einer von uns, von wegen …« Er klang plötzlich nachdenklich.

»Wie groß war die Gruppe, als sie gegründet wurde?«

»Wenn man Sie so reden hört, könnte man denken, wir wären ein Verein. Wir kannten uns schon alle sehr lange und Hans hatte dann irgendwann die Idee, dass wir einen Namen bräuchten.«

»Also hat er *Stolze Hanse* gegründet; das nenne ich die Gründung einer offiziellen Gruppe«, entgegnete Arndt. »Wer war außer Ihnen noch Mitglied dieser Gruppe?«

»Keine Ahnung, die Jungs sind nach und nach dazugestoßen. Wir haben Shirts, Hosen und anderes Zeug mit unserem Logo bedruckt. Es war schon geil, hat es doch ein Zusammengehörigkeitsgefühl in uns geweckt. Wir waren wie eine große

Familie, bis Hans unsere Sache verraten hat.« Schneider schnaubte schwer und ballte die rechte Hand zur Faust.

Arndt konnte die Schriftzeichen deutlich auf den Fingerkuppen sehen, wollte die Frage aber noch aufheben. »Wieso verraten?«

»Er hat für den Verfassungsschutz gearbeitet, unseren Feind!« Schneider wurde laut und Speichel trat aus seinem Mund heraus.

»Er hatte Ihnen doch davon erzählt«, warf Arndt ein, denn das bisher Gesagte entsprach dem, was Lehmann ihm erzählt hatte.

»Na klar, weil wir gemerkt haben, dass da was nicht stimmt. Plötzlich hatte Hans Geld, kaufte sich eine Rolex, finanzierte einen Audi und gab damit vor uns an.«

Arndt war überrascht. Denn von teuren Uhren und schweren Autos hatte Lehmann nichts erzählt, sondern nur vom Wohl der Gruppe aus seinem Doppelverrat.

Und ich Idiot habe ihm geglaubt! »Und wie haben Sie erfahren, dass er für den Verfassungsschutz arbeitete?«

»Wir haben ihn zur Rede gestellt, woher dieser plötzliche Reichtum kam, schließlich arbeitete er mit mir gemeinsam auf derselben Baustelle. Als Maurer konnte er also das Geld nicht verdient haben.« Ein Grinsen huschte über sein Gesicht.

»Sie haben ihn also in die Mangel genommen?«, schlussfolgerte Arndt.

»Ja, was denken Sie denn? Wir haben ihn erst freundlich gefragt und dann ein bisschen bestimmter, bis er endlich alles gestanden hat.«

»Wie hat die Gruppe darauf reagiert?«

»Wir waren natürlich sauer, wütend. Wie konnte er, unser Freund, uns so hintergehen?! Aber er konnte die Gruppe beruhigen und den meisten glaubhaft machen, dass er nur das Wohl der Gruppe im Sinn hat, dass er den Verfassungsschutz verarscht und so Informationen von ihnen enthält, ob gegen die Gruppe etwas vorliegt. Und das liebe Geld sollte natürlich auch uns allen zugutekommen. Die Idioten haben ihm aus der Hand gefressen«, erklärte er verärgert.

»Und Sie haben das nicht?«

»Nein, natürlich nicht. Für mich war er ein Verräter, ein Feigling.«

»Wieso ein Feigling?«

»Na, er hat nicht wie ein Mann im Knast eingesessen, sondern ist vor dem Establishment in die Knie gegangen.«

»Und deshalb haben Sie die Schuld auf sich allein genommen und Ihre Mittäter nicht angeschwärzt?«

Es machte Sinn, Schneider schien viel Wert auf Ehre und Männlichkeit zu legen, er würde niemanden aus der Gruppe, niemanden von seinen Freunden verpfeifen, lieber ging er allein ins Gefängnis und blieb dort, als sich mit dem Staatsanwalt auf einen Deal einzulassen. So jedenfalls schätzte Arndt ihn ein.

Schneider antwortete nicht, lehnte sich zurück und schnalzte mit der Zunge. »Sie halten mich wohl für einen vollkommenen Idioten, oder? Nochmals, ich habe die Tat allein geplant und durchgeführt.«

»Ich glaube Ihnen das nicht. Man kann so eine Tat nicht ohne Wissen und Unterstützung von Freunden aus der Gruppe durchführen. Was, wenn irgendeiner in Ihren Rucksack geschaut hätte? Dann wäre die ganze Sache aufgeflogen. Nach dem, was Sie mir eben erzählt haben, und ich weiß, glaube ich, dass Sie Komplizen hatten, aber Ihr Ehrenkodex zwingt Sie, dass Sie niemanden verraten, die Schuld auf sich allein nehmen. Ihr falscher männlicher Stolz lässt Sie hier verrotten, während Ihre Komplizen keinen Arsch in der Hose haben und zu Ihnen stehen«, beschimpfte ihn Arndt.

»Was reden Sie da für einen Scheiß! Niemand lässt mich hängen, verdrehen Sie mir nicht die Worte im Mund. Es gab keine Komplizen. Nur Hans war ein Feigling, meine Freunde sind Männer wie ich.«

»Sie lügen!«, brüllte Arndt und sprang vom Stuhl auf. »Warum decken Sie Ihre Freunde? Wie können Sie das mit Ihrer Ehre vereinbaren, dass Sie allein für eine Tat einsitzen, die Sie nicht allein begangen haben?« Arndts Stimme schwoll weiter an.

Es passte alles zusammen, Lehmann hatte sie nicht verraten. Schneider hatte zugegeben, dass er Lehmann nicht vertraute, somit war es denkbar, dass auch andere in der Gruppe Lehmann nicht vertrauten und sie hinter seinen Rücken den Anschlag vorbereitet hatten.

»Sie spinnen doch, Sie haben doch überhaupt keine Beweise! Und jetzt verschwinden Sie!«, brüllte Schneider zurück.

Die Wut war für Arndt ein deutlicher Beweis, dass Arndt der Wahrheit näher lag, als Schneider es gefiel, dennoch wollte Schneider seinen männlichen Stolz nicht überwinden und zugeben, dass er Komplizen hatte.

»Belastet Sie das nicht zu wissen, dass Ihre Freunde Sie hängen lassen haben?«, fragte Arndt und versuchte, auf Schneiders Ehre anzuspielen.

»Mich hat keiner hängen lassen!«, entgegnete Schneider, seine Augen waren weit aufgerissen, aber seine Stimme beruhigte sich wieder.

Mist, ich habe ihn verloren, dachte Arndt, da es nicht so aussah, als würde Schneider ein Geständnis ablegen oder sich unter Druck versprechen.

Arndt wollte gerade aufstehen und gehen, als ihm etwas einfiel. Er nahm sein Smartphone, öffnete das Foto von Lehmanns Kommode und trat an Schneider heran.

»War einer dieser Männer Ihr Komplize? Hat einer dieser Männer keinen Arsch in der Hose, um sich zu stellen?«

»Sie …«, sagte Schneider, hielt dann aber inne. Das Foto schien ihn zu bewegen, fast hatte Arndt das Gefühl, als huschte

Angst über Schneiders Gesicht. »Woher haben Sie das Foto?« Schneider flüsterte fast.

»Von Lehmann«, log Arndt, um Schneider zu verunsichern.

»Dieser Judas!«, polterte es aus Schneider heraus, er knirschte mit den Zähnen und ballte eine Faust.

»War einer von den Männern hier Ihr Komplize?«, wiederholte Arndt seine Frage.

»Nein, ich hatte keinen Komplizen«, erwiderte Schneider sichtlich angespannt.

»Wer sind diese Männer?«

»Das weiß ich nicht, man sieht doch nur die Fäuste.«

Arndt spürte und sah ihm an, dass er log, dass er nervös war. Etwas an dem Foto verunsicherte Schneider.

Nur was?

»Sie lügen. Das sind doch ganz spezielle Tattoos, keltische Schriftzeichen. So ein Tattoo vergisst man doch nicht!«, schrie Arndt und hätte Schneider am liebsten am Kragen gepackt, aber die Kamera an der Wand mahnte ihn, das nicht zu tun. Er war nicht in der Polizeidirektion Lübeck, sondern in der JVA, und Dierksen traute er zu, dass er ihm jedes weitere Gespräch mit Schneider untersagte, einfach weil er es konnte. Dafür wollte er Dierksen keinen Grund geben. Und solange Schneider nicht gestand, war Arndt entschlossen, ihn immer wieder aufzusuchen. Er hatte Geduld und Zeit.

»Wir waren jung, ich weiß das wirklich nicht.«

»Zeigen Sie mir Ihre Faust!«

»Wieso?«

»Zeigen Sie mir Ihre Faust«, forderte Arndt ihn erneut auf, sein Blick war fest und streng.

Nur widerstrebend streckte Schneider sie ihm hin, soweit es ging.

»Broer!«, sagte Arndt und deutete auf das Fingertattoo.

»Was?«

»Auf Ihrer Faust steht Broer, das ist Afrikaans für *Bruder*. Es ist das einzige Tattoo, das zweimal auf dem Foto vorkommt. Wer ist die andere Person mit diesem Tattoo?«

»Keine Ahnung, wir waren jung«, wich Schneider aus.

»Sie lügen. So ein Tattoo vergisst man nicht! Wer war die zweite Person?« Arndts Stimme wurde noch lauter.

»Ich weiß es nicht, verdammt noch mal!«, insistierte Schneider, aber seine Augen signalisierten Unsicherheit und Nervosität, die Pupillen wackelten in den Augenhöhlen.

»Ein letztes Mal, wer ist die andere Person?«

»Was dann? Wollen Sie mich verhaften?«, platzte es aus Schneider heraus, worauf wiederum Arndt sich vergaß.

Er packte Schneider und nahm ihn in den Schwitzkasten. »Wer war die andere Person?«, wiederholte er seine Frage. Zorn und Wut hatten Arndt im Griff, sodass er die Kamera vergaß, die alles aufzeichnete. Arndt drückte zu, der Kopf von Schneider lief rot an, und mit seinen Handschellen konnte Schneider sich nicht wehren.

»Wer war die andere Person?«, wiederholte Arndt seine Frage und erhöhte den Druck.

Gerade als Schneider antworten wollte, wurde die Tür aufgerissen und die beiden Wächter stürzten hastig in den Raum. »Herr Schumacher, lassen Sie los!«, forderte einer der Wächter ihn auf.

Arndt ließ sofort los und kochte innerlich, dass er diesen groben Schnitzer begangen hatte. *Scheiße!,* fluchte er und ballte die Hand zur Faust. Dieser Fauxpas könnte noch sehr unangenehme Folgen mit sich bringen, zumal die Interne Dienstaufsicht Arndt eh auf dem Kieker hatte.

»Herr Schumacher, ich möchte Sie bitten, uns zu folgen«, forderte einer der Wächter ihn auf.

Arndt hatte keine Wahl, mit viel Wut im Bauch folgte er den beiden Männern. Sie brachten ihn direkt ins Büro von Dierksen.

»Setzen Sie sich doch, Herr Schumacher«, lud Dierksen Arndt freundlich ein, als die beiden Wächter wieder weg waren.

Arndt setzte sich widerwillig, denn er ahnte, worauf es hinauslaufen würde. Dierksen würde ihm seine Macht und Überheblichkeit vorführen und spüren lassen. Darauf hatte Arndt überhaupt keine Lust. »Möchten Sie etwas trinken?«

»Nein, danke.« Arndt zwang sich zur Ruhe.

»Willy hat mir viel Gutes über Sie erzählt. Er meinte, Sie seien sein bester Mann.«

»Danke«, antwortete Arndt ein wenig überrascht. Es freute ihn, dass Willy so positiv über ihn sprach, da er selbst das von seinem Chef nicht sehr oft tat.

»Er hat mir allerdings auch erzählt, Sie seien manchmal zu emotional, diese Emotionalität Sie daran hinderte, eine große Karriere bei der Polizei zu machen.«

»Ich bin mit meiner Position sehr zufrieden«, entgegnete Arndt und witterte eine Falle. Dieses Spielchen von Dierksen gefiel ihm gar nicht, es war doch offensichtlich, dass er ihn vorführen wollte.

»Ich muss Willy möglicherweise recht geben. Ich habe nicht alles, aber einen Teil des Verhörs mitangehört – ach ja, verzeihen Sie, dass ich Sie nicht persönlich begrüßen konnte, aber Termine …«, erklärte Dierksen.

»Hören Sie, Herr Dierksen, das, was eben geschehen ist, hätte nicht passieren dürfen, aber Schneider …«

»Ganz ruhig, ist doch nichts passiert«, unterbrach ihn Dierksen, »Schneider ist ein ganz schwieriger Häftling, den muss man manchmal etwas härter anfassen.«

»Heißt das, dass Sie Willy nichts von diesem kleinen Zwischenfall erzählen werden?«

»Nein, es ist doch nichts passiert«, wiederholte Dierksen zu Arndts Überraschung.

Arndt zog die Augenbrauen zusammen, da er nicht einschätzen konnte, ob Dierksen das ernst meinte. *Es sei denn … er will, dass ich ihm einen Gefallen schuldig bleibe,* dachte Arndt. »Glauben Sie mir, ich wollte ihn nicht in den Schwitzkasten nehmen, manchmal gehen mit mir die Gäule durch und Schneider hat gelogen, davon bin ich überzeugt. Nur, wenn Willy das erfährt, dann muss ich mir bestimmt wieder eine Predigt anhören.«

»Ich glaube, da schätzen Sie ihn falsch ein. Ich kenne ihn ein bisschen länger und Willy ist auch nicht gerade zimperlich. Als junger Polizist war er gefürchtet für seine Wutausbrüche und für die Verdächtigen hat er auch nicht immer die Samthandschuhe angezogen, aber als Leiter der Mordkommission kann er sich das natürlich nicht mehr erlauben.«

Arndt nickte nur. Dass Willy aufbrausend war, war ihm nichts Neues, aber dass Willy Verdächtigen oder Kriminellen gegenüber handgreiflich werden könnte, das überraschte ihn. Schließlich legte Willy sehr viel Wert darauf, dass seine Mitarbeiter sich an die Regeln hielten.

»Ihr Geheimnis ist bei mir sicher.« Dierksen lächelte freundlich. *Zu freundlich.* Es war nicht zu übersehen, dass es ein aufgesetztes Lächeln war.

»Es hätte nicht sein dürfen und es wird nicht wieder passieren. Ich hätte eine Bitte, in der Sie oder einer Ihrer Mitarbeiter mir vielleicht weiterhelfen könnten«, antwortete Arndt und kam auf eine Idee.

»Wie Sie meinen, was für eine Bitte haben Sie denn?«

»Könnte ich die Besucherliste von Herrn Schneider bekommen?«

»Wofür brauchen Sie die denn?« Neugier lag in Dierksens Stimme. Er schien überrascht.

»Nun, Lehmann hat andere Aussagen als Schneider gemacht und ich würde gerne wissen, ob Lehmann ihn in letzter Zeit besucht hat.«

»Wer ist Lehmann?«

Arndt klärte ihn kurz auf und verschwieg auch nicht, dass Lehmann ein ehemaliger V-Mann war, hoffte er doch, dadurch Dierksens Vertrauen zu gewinnen. Schließlich brauchte er ihn noch, da er sicherlich nochmals mit Schneider sprechen musste. Dass Dierksen sich dabei aus irgendeinem Grund verweigerte, konnte er nicht gebrauchen.

Und er hoffte so, einen Teil seiner Schuld bei ihm einzulösen. Denn dass Dierksen über sein Malheur beim Verhör ohne Hintergedanken aus reiner Nächstenliebe schwieg, daran glaubte Arndt keinen Moment.

»Ich glaube nicht, dass dieser Mann in letzter Zeit oder jemals zu Besuch bei Schneider war, er empfängt nicht viel Besuch«, orakelte Dierksen vielsagend, meinte aber nur eins: *Die Liste kriegst du nicht.* Arndt verstand, worauf er hinaus wollte. Dierksen wusste wahrscheinlich nur zu genau, wer Schneider besuchte, und hatte keinerlei Interesse, dass das irgendjemand sonst erfuhr – warum auch immer.

Dennoch, oder besser: Trotzdem und gerade deshalb wollte Arndt die Besucherliste sehen. Vielleicht besuchte Lehmann ihn unter falschem Namen, was Arndt sich zwar nicht vorstellen konnte, aber dennoch überprüfen wollte. Und noch aus einem anderen Grund wollte er Namen: Er glaubte, dass die Männer auf dem Foto sehr gute Freunde waren, und wenn sie loyal zu Schneider waren, würden sie ihn im Gefängnis besuchen. So hätte er die Namen von diesen Personen.

Sobald er die Namen der Besucher hätte, prüfte er ihre Daten, suchte sie alle auf und überprüfte, ob sie ein Tattoo am Fingerrücken trugen. So hoffte er, der Antwort auf die Frage nach Schneiders möglichem Komplizen näher zu kommen. Es war eine mühsame, aber dringend notwendige Arbeit, eine bessere Idee hatte er zudem nicht.

»Könnte ich dennoch die Liste bekommen? Mich würde interessieren, wer ihn aufsucht und ob die Personen mir Informationen über den Anschlag liefern können.«

»Sie sind noch immer davon überzeugt, dass er Komplizen hatte?«, fragte Dierksen und seine Augen bekamen ein seltsames Funkeln. »Als ich gestern mit Willy telefonierte, klang er eher so, als halte er Schneider für den alleinigen Täter.«

»Nach dem Gespräch mit Schneider mehr denn je. Er verschweigt etwas, deswegen ist er so nervös geworden und ich hoffe, dass die Personen, die ihn besuchen, mir weitere Informationen geben können. Ich brauche etwas, um Schneider aus der Reserve zu locken.«

»Wie Sie meinen, Herr Schumacher, aber seien Sie nicht enttäuscht, wenn am Ende Ihre Ermittlungen ins Leere laufen.«

»Damit muss ich in meinem Job immer rechnen.«

Dierksen trat an seinen Schreibtisch und bat seine Sekretärin telefonisch um die Besucherliste von Herrn Schneider aus den letzten drei Jahren. Wenige Minuten später betrat Kristina das Büro und reichte Dierksen einen Ausdruck.

»Wie ich vermutet hatte«, sagte er und reichte Arndt das Papier.

Arndt nahm es, es standen nur vier Namen auf der Liste: drei Männer und eine Frau.

»Wissen Sie, wer die Personen sind?« Arndt wurde den latenten Verdacht nicht los, dass Dierksen sich einen Scherz mit ihm erlaubte. Es war für ihn schwer vorstellbar, dass Schneider in den letzten vier Jahren nur von vier Personen Besuch bekommen hatte, allerdings konnte er Dierksen darauf nicht ansprechen, sonst musste der an Arndts Vertrauen zweifeln. Und das wollte Arndt nicht riskieren.

»Selbstverständlich«, brüstete sich Dierksen, als wolle er sagen: »*Natürlich weiß ich, was in meinem Gefängnis passiert.*«

»Und die wären?«

»Die beiden Schneiders auf der Liste sind sein Vater und seine Schwester. Kröger ist sein Anwalt und Behrens ist sein Bruder.«

Arndt lief es eiskalt den Rücken hinunter.

KAPITEL 27

Eigentlich war es so offensichtlich, aber erst jetzt konnte Arndt die Zusammenhänge erkennen. Das Tattoo auf den Fingerrücken lautete *Broer* und *Broer* bedeutete *Bruder*.

Das konnte nur eins bedeuten: Die Faust mit dem zweiten Tattoo gehörte Schneiders Bruder und nicht irgendeinem Freund.

Dierksen hatte Arndt über Schneiders Bruder aufgeklärt. Er pflegte angeblich keine rechtsradikale Gesinnung, trug einen anderen Nachnamen, weil er Schneiders Halbbruder war. Soweit Dierksen sagen konnte, war Jan Behrens aus einer kurzen Affäre von Schneiders Vater hervorgegangen.

Arndt bat Dierksen, ihn erneut mit Schneider sprechen zu lassen, er wollte wissen, warum er ihm verschwieg, dass er einen Bruder hatte. Dierksen tat ihm diesen Gefallen jedoch erwartungsgemäß nicht und bat ihn, Geduld zu haben, da er für diesen Tag genug Porzellan zerschlagen habe. Außerdem glaubte Dierksen, dass Arndt mit Behrens auf dem Holzweg sei, da er ihn für eine integre Person halte, schließlich sei er seit über zwanzig Jahren verheiratet und habe zwei Kinder, die ihren Onkel allerdings noch nie besucht hätten.

Arndt war angefressen, versuchte das aber zu verbergen und verabschiedete sich von Dierksen. *Warum hat er mir nicht erzählt, dass er einen Bruder hat?,* fragte er sich, als er im Wagen saß.

Er musste Behrens unbedingt ausfindig machen, so schnell wie möglich.

Während der Fahrt zurück in die Possehlstraße zur Polizeidirektion rief er Anika an und bat sie um Informationen über Behrens, danach rief er Thorsten an und bat ihn ebenfalls um Informationen.

Er fragte sich, warum Behrens in den ganzen Unterlagen, die er gelesen hatte, keine Erwähnung fand. War er am Ende unschuldig? Nur weil er der Bruder war, hieß das nicht automatisch, dass er Schneider bei der Tat unterstützt hatte.

Das Tattoo jedoch sprach gegen seine Unschuld. Warum sollte er sich ein Tattoo machen, wenn er nicht die gleiche Gesinnung hatte, er trug auch die gleichen Klamotten.

Er versuchte einen klaren Gedanken zu fassen, die Informationen der letzten Tage zu sortieren und nach ihrer Gewichtung im Verstand abzuspeichern, was ihm mehr oder weniger gelang.

Am Ende blieb immer nur eine Frage: Warum hatte Schneider wegen seines Bruders gelogen?

* * *

Kaum im Präsidium, ging er zu Willy. Er klopfte an sein Büro und trat ein.

Willy schenkte sich den Gruß und überfiel ihn sofort mit Fragen: »Wie war es bei Schneider?«

»Geht so.« Arndt überlegte noch, ob er ihm von der kleinen Eskapade berichten sollte.

»Was heißt *geht so?*«, erwiderte Willy ungehalten.

Willy schien schlechter Laune zu sein, deshalb beschloss Arndt, seinen kleinen Fauxpas mit Schneider vorläufig nicht zu erwähnen.

»Schneider ist nicht gerade informativ, aber er hat einen Fehler gemacht.«

»Und der wäre?« Willy hob seine Augenbrauen und schaute Arndt kritisch an.

»Er hat gelogen. Er hat einen Halbbruder, von dem er mir nichts erzählt hat.«

»Ja, ich erinnere mich. Was ist daran schlimm?«

»Beide tragen das gleiche Tattoo auf den Fingerrücken«, antwortete Arndt, nahm sein Smartphone aus der Hosentasche und zeigte Willy das Foto von Lehmanns Kommode.

»Ich glaube, du liegst da auf dem Holzweg. Soweit ich mich erinnere, hatte der Bruder ein Alibi. Er war arbeiten«, erklärte Willy und reichte Arndt das Handy zurück.

Arndt war enttäuscht von dieser Information, verbarg das aber vor Willy. Trotzig erwiderte er: »Ich werde ihm dennoch einen Besuch abstatten.«

»Tu, was du nicht lassen kannst. Aber wenn ich bis heute Abend nichts wirklich Verwertbares bekomme, wirst du die Ermittlungen umgehend einstellen.«

Arndt antwortete nicht, denn er glaubte, dass Willy nur auf seine Widerrede wartete, aber den Gefallen wollte er ihm nicht tun. So nickte er nur und verließ das Büro. Mit einem kleinen Zwischenstopp in der Küche, wo er sich eine Tasse mit frischem Kaffee mitnahm, ging er in sein Büro.

* * *

Kaum hatte er die Tür geöffnet, klingelte auch schon das Bürotelefon. Er nahm den Hörer ab. Anika war am Telefon.

»Ich habe die Informationen, nach denen du gefragt hast!«, jubelte Anika ihm überfreundlich entgegen.

»Das ging ja schnell.«

»War auch nicht so schwer wie bei Lehmann. Hast du was zum Schreiben?«

»Klar, schieß los«, sagte Arndt, nahm Stift, Papier, setzte sich auf seinen Stuhl und notierte die Informationen. »Du bist die Beste.«

»Da werde ich ja ganz rot«, kicherte Anika in den Hörer.

Arndt lachte nur kurz, bedankte sich nochmals herzlich bei ihr und beendete das Gespräch.

Anika hatte ihm außer der Adresse auch noch das Alter und die aktuelle Telefonnummer besorgt. Er hätte auch Dierksen nach der aktuellen Adresse fragen können, da sich Besucher immer ausweisen mussten, aber dann wäre er ihm noch einen Gefallen schuldig geblieben. Mit den Daten, die Dierksen ihm gegeben hatte, war es für Anika zum Glück nicht so schwierig gewesen, den richtigen Jan Behrens ausfindig zu machen.

Den Vater und die Schwester von Schneider wollte er zunächst außen vor lassen, da er nicht glaubte, dass sie etwas mit dem Anschlag zu tun hatten.

Er wählte Behrens' Mobilnummer, und als er gerade auflegen wollte, ging Behrens ans Telefon. Arndt stellte sich vor und bat um ein Gespräch mit ihm. Behrens machte weder einen überraschten noch eingeschüchterten Eindruck, im Gegenteil empfand er ihn sehr freundlich und sympathisch. Sie vereinbarten für siebzehn Uhr ein persönliches Treffen bei Behrens zu Hause.

»Vielleicht irrst du dich?«, sagte Arndt laut, als er den Hörer aufgelegt hatte. Er warf einen Blick auf die Uhr, inzwischen war es 13.28 Uhr. Er hatte somit noch fast dreieinhalb Stunden Zeit.

Er startete seinen Computer, las seine E-Mails und suchte nach Behrens in der Datenbank, fand aber nichts. Er schien wirklich eine saubere Weste zu haben. Er googelte weitere Informationen über den Anschlag, fand einen Artikel im Archiv der Spiegel Online-Seite und begann ihn zu lesen.

Anschlag von Neonazis erschüttert Deutschland!

Lübeck, 16.09.1984
Gestern Abend wurde auf das Straßenfest des Deutsch-Türkischen Kulturvereins ein feiger Anschlag von Neonazis verübt, bei dem 15 unschuldige Menschen starben.
Es sollte ein Zusammentreffen der Kulturen und Religionen werden. Gerade vor dem Hintergrund der steigenden Vorurteile gegenüber Ausländern und Moslems sollte mit dem Straßenfest ein Zeichen gesetzt werden, dass Bunt gut ist …

Arndt las den Artikel weiter, wirklich neue Erkenntnisse gab es nicht. Der Journalist kam dann auf die Zeugen zu sprechen, Hansen wurde als Hauptzeugin genannt, die aber schnell ihre Glaubwürdigkeit verloren habe, weil sie bereits vorbestraft gewesen sei und widersprüchliche Aussagen gemacht habe. Der Journalist erwähnte auch Vogel als eine der Hauptzeugin, dennoch hätten die Beweise für eine weitergehende Inhaftierung von Schneider nicht ausgereicht.

Schneider sei auf Kaution freigesetzt worden, berichtete der Artikel, die Beweislage habe Schneider durch weitere Zeugen immer belastet, er sei aber auf freiem Fuß geblieben. Auch sei es sehr unwahrscheinlich, dass Schneider die Tat allein geplant und ausgeführt habe, allerdings habe die Polizei – hier wurde Willys ehemaliger Chef zitiert – keine belastbaren Hinweise darauf gefunden.

Ausschlaggebend sei am Ende dann die Aussage von Dr. Klaus Harmsen gewesen, der sich erst spät bei der Polizei wegen einer Aussage gemeldet habe. Mit Hansen als drittem Hauptbelastungszeugen sei Schneider endlich angeklagt worden, der auch sehr schnell ein Schuldgeständnis abgelegt habe und verurteilt worden sei.

Der Autor beendete seinen vierseitigen Artikel mit dem Fazit, viele Fragen seien nach wie vor offen, so die Rolle einer V-Person, dessen Name nicht genannt wurde.

Es konnte sich bei dieser V-Person natürlich nur um Lehmann handeln, das war Arndt klar. Auch der innere Zusammenhalt der Gruppe schien dem Autor weiterhin ungeklärt, nachdem es offensichtlich möglich gewesen sei, dass eines ihrer Mitglieder ohne Wissen der anderen einen Anschlag habe vorbereiten und ausführen können. Auch der Sinn eines solchen Alleingangs sei fragwürdig. Ein möglicher Grund dafür könne darin liegen, dass Schneider seine Freunde habe schützen wollen.

Arndt stimmte ihm zu, denn es bestärkte seinen Verdacht, dass Schneider mit seinem Alleingang gelogen hatte, ersetzte allerdings *Freunde* durch *Bruder*.

In der Zwischenzeit hatte ihm Thorsten per E-Mail mitgeteilt, dass auch er kaum Informationen über Jan Behrens gefunden habe.

Schneiders Bruder schien wirklich ein braver Bürger zu sein, der sich unauffällig verhielt, seine Steuern zahlte und mit dem Gesetz nie in Konflikt geraten war, jedenfalls in letzter Zeit. Was indes vor dreißig Jahren war, konnte Thorsten nicht beurteilen, da über jene Zeit längst keine Daten mehr vorhanden waren.

Inzwischen war es 16.05 Uhr. Arndt schaltete den Computer aus und beschloss loszufahren. Bad Segeberg war eine knappe halbe Stunde von ihm entfernt und er wollte unterwegs noch eine Kleinigkeit essen.

Bad Segeberg kannte er kaum: Als er jünger gewesen war, hatte er sich dort die Karl-May-Spiele angeschaut, für die Bad Segeberg so berühmt war.

Gegen 16.58 Uhr erreichte er sein Ziel und parkte das Auto auf der Efeustraße vor dem Wohnblock, in dem Behrens wohnte. Behrens fragte nicht, wer vor der Tür stand, sondern löste sofort den Türöffner aus, nachdem Arndt geklingelt hatte. Arndt ging die Treppe hinauf und sah einen Mann in einer offenen Tür stehen.

»Guten Abend. Herr Schumacher, richtig?«, grüßte ihn Behrens.

Trotz des freundlichen Grußes erstarrte Arndt augenblicklich beim Anblick des Mannes.

KAPITEL 28

Blaue Augen, strahlend blaue Augen.

Es dauerte ein wenig, bis Arndt sich wieder gefasst hatte und Behrens' Frage bestätigen konnte. Dennoch musste er schlucken.

Behrens fragte auch nicht nach Arndts Ausweis, sondern bat Arndt freundlich in die Wohnung. Arndt folgte ihm, noch immer betroffen, ins Wohnzimmer. Behrens bot ihm höflich einen Platz auf dem Sofa und ein Getränk an. Arndt setzte sich.

Ein flüchtiger Blick im Zimmer umher zeigte nichts Auffälliges: Es wirkte alles sehr ordentlich und modern. Helle Farben dominierten. Einige Bilder und Fotos schmückten die Wände.

»Wo ist Ihre Frau?«, fragte Arndt.

»Meine Frau ist mit den Kindern in der Stadt«, antwortete er und ruckte kurz auf seinem Sitz hin und her.

Zufall?, überlegte Arndt. *Oder hat er alles präpariert – spielt mit mir?*

»Sind Sie wegen meinem Bruder hier?«, fragte Behrens geradeheraus und dennoch vorsichtig und schaute ihn unsicher an.

Seine Augen hatten die gleiche Intensität wie die von Schneider, aber seine Körpersprache war eine ganz andere. Strotzte Schneider nur so vor Kraft und Temperament, wirkte Behrens introvertierter. Außerdem war Behrens mit geschätzten 1,75 Metern fast zehn Zentimeter kleiner als sein Bruder. Sein blasses, schmales, glattes Gesicht, eingerahmt von ordentlich kurz geschnittenem, braunem Haar, ließ ihn für seine 48 Jahre noch recht jung erscheinen. Ohne die grell und stechend blauen Augen hätte man ihn auf der Straße kaum bemerkt.

Ob und wie viele Tattoos Behrens am Körper trug, blieb Arndt wegen des Hemds leider verborgen, aber er bemerkte sofort das Tattoo auf den Fingerrücken der rechten Hand. Es musste dasselbe Tattoo sein, das auch Schneider an jener Stelle trug.

Noch wollte er ihn darauf nicht ansprechen.

»Ich bin wegen des Anschlags auf das Straßenfest in der Engelsgrube in Lübeck vor dreißig Jahren hier.«

»Ich verstehe nicht«, antwortete Behrens spontan, aber irritiert.

»Es sind neue Hinweise bei der Polizei eingegangen, denen wir nachgehen müssen.«

»Was meinen Sie damit? Mein Bruder sitzt doch deswegen im Knast.«

»Na ja, nicht nur deswegen«, korrigierte ihn Arndt. »Er hat eine alte Dame auf brutale Weise ermordet, nachdem er aus dem Gefängnis entlassen wurde. Er ist eine Gefahr für die Allgemeinheit.«

»Mein Bruder war leider schon immer sehr hitzköpfig«, erklärte Behrens und senkte den Kopf.

»Ich weiß.«

»Haben Sie ihn besucht?«

Arndt antwortete nicht sofort, aber diese Frage brachte ihn auf einen Gedanken. Es war gewagt, aber wer nichts riskiert, konnte auch nichts gewinnen, schon gar nicht nach der Androhung von Willy, Ergebnisse beizubringen oder die Nachforschungen zu beenden.

»Ja, das habe ich. Wir haben ein sehr gutes Gespräch gehabt, deswegen bin ich auch hier«, deutete Arndt vielsagend an.

»Was hat er Ihnen denn erzählt?«, fragte Behrens und Arndt glaubte vorsichtige Neugierde aus der Stimme zu hören.

»Dazu komme ich noch«, antwortete Arndt, um ihn im Ungewissen zu halten, da er seine Reaktion beobachten wollte.

Behrens schien das nicht zu gefallen. Obwohl er verständig mit dem Kopf nickte, rutschte er unruhig auf seinem Sitz hin und her, seine rechte Hand massierte das rechte Knie und seine Lippen waren kurz zusammengepresst.

Arndt nahm diese Unruhe beruhigt zur Kenntnis. *Er scheint labil,* dachte Arndt, was ihm in die Karten spielen konnte.

»Wie ist Ihr Verhältnis?«

»Zu Alfred?«

»Ja. Soweit ich weiß, haben Sie denselben Vater, aber Sie wuchsen allein bei der Mutter auf. Wann haben Sie erfahren, dass Sie noch einen Halbbruder haben?«

»Recht früh, mein Vater hat nie ein Geheimnis aus seiner Affäre gemacht. Seine Frau hat ihm verziehen und meine Mutter hat recht schnell einen neuen Lebenspartner gefunden, den sie dann geheiratet hat. Alfred und ich kennen uns, seit ich denken kann.«

»War er für Sie wie ein großer Bruder?«, fragte Arndt, da Schneider mit fünfundfünfzig immerhin sieben Jahre älter war als Behrens.

»Ja, ich denke schon. Er hat sehr auf mich aufgepasst, das konnte manchmal echt anstrengend sein, aber ich wusste ja, dass er es nur gut mit mir meinte.«

»Und haben Sie Ihren Bruder bewundert?«

»Im Großen und Ganzen schon. Er war das genaue Gegenteil von mir. Er war groß, stark, hatte vor nichts Angst. Auch wenn mir seine Wutausbrüche und seine Lust nach Gewalt zuwider waren, ich habe meinen Bruder immer bewundert und geliebt. Sie werden es komisch finden, aber hinter dieser rauen Schale steckt ein sehr liebevoller und loyaler Mensch.«

Kaum hatte Behrens den Satz ausgesprochen, richtete er seinen Blick auf seine rechte Hand. Mit der linken Hand berührte er die Schriftzeichen auf seinen Fingerrücken.

»Und deswegen das Tattoo?«, fragte Arndt, der allmählich ein Bild vom Verhältnis der beiden ungleichen Brüder gewann: Schneider, der sich von niemandem etwas sagen ließ und vor dem wohl alle kuschten, und sein kleiner Bruder, der Feigling, der sich hinter den Schultern des Bruders versteckte, sich aber insgeheim wünschte, so wie Schneider zu sein.

»Ja, das Tattoo war meine Idee«, sagte er und zeigte stolz seine Hand. »Das ist das keltische Alphabet. Wissen Sie, was das bedeutet?«

»*Broer*, was Afrikaans ist und so viel bedeutet wie *Bruder*. Das hat mir ihr Bruder jedenfalls gesagt«, log Arndt in der Hoffnung, Behrens zu irgendeiner Dummheit verführen zu können.

»Genau. Und es war meine Idee«, wiederholte er stolz. »Damals war Südafrika noch rein, da herrschten die Weißen«, schwärmte er und bekam strahlende Augen. »Deswegen auch Afrikaans«, lächelte er beinahe verliebt, aber wie abgeschnitten erstarben Lächeln und Strahlen, als hätte er etwas Falsches gesagt, ein Geheimnis verraten.

»Sie waren ein Skinhead, wie Ihr Bruder?«, schlussfolgerte Arndt daraus, ließ dies aber wie eine Frage klingen.

»Ja, aber das ist lange her«, gestand er.

Alles andere hätte Arndt ihm auch nicht abgekauft, schließlich schien er seinen Bruder anzuhimmeln, trug auf Lehmanns Foto die gleiche rechtsradikale Kleidung und dann auch noch das gemeinsame Tattoo. Wer seinen Bruder so bewunderte, konnte selbst keine andere Gesinnung haben.

War er deswegen aber wirklich auch ein Rechtsradikaler oder war er eher ein Mitläufer? Immerhin machte er aus seiner braunen Vergangenheit kein Geheimnis.

»Wie ist Ihr Verhältnis zu Ihrem Bruder?«

»Gut! Egal was er getan hat, am Ende ist er mein Bruder. Leider sind die Besuchszeiten sehr reglementiert.«

»Und Ihre Frau und Kinder?«, hakte Arndt sofort nach.

»Wenn Sie denken, dass die ein Problem mit meinem Bruder haben, muss ich Sie enttäuschen. Sie wissen, was er getan hat. Nochmals: Sie schätzen meinen Bruder falsch ein. Er ist ein Familienmensch und er würde seinen Nichten niemals etwas antun, genauso wenig meiner Frau. Familie hat für ihn den höchsten Stellenwert. Sie dürfen nicht nur den Mörder sehen. Er ist auch nur ein Mensch.«

Arndt sah das natürlich anders: Ein Mensch, der eine Rentnerin wegen ein paar Hundert D-Mark brutal ermordete, konnte niemals sein Verständnis erlangen, egal, wie sehr er seine Familie liebte, für ihn blieb Schneider immer ein Monster.

Dennoch half ihm Behrens unbewusst dabei, ein genaueres Bild von Schneiders Handeln und seinen Motiven zu zeichnen. Ein Verdacht drängte sich ihm zunehmend auf, allerdings konnte er noch nichts beweisen.

»Wie geht es ihm?«, fragte Behrens.

»Ihrem Bruder?«

»Ja. Sie haben ihn doch gesehen. Die Besuchszeiten für die Familie sind beschämend.«

»Den Umständen entsprechend gut. Ich kenne Ihren Bruder nicht so gut wie Sie, aber er wirkt alt und verletzt. Das Gespräch mit ihm war sehr gut. Er will sein Gewissen beruhigen«, erklärte Arndt und hoffte mit diesen nebulösen Andeutungen Behrens unsicher zu machen.

Behrens presste Ober- und Unterkiefer zusammen, die Backenknochen waren deutlich sichtbar, da sein Gesicht sehr schmal und schmächtig war.

»Ja, manchmal kann die Verantwortung eine schwere Bürde sein …«, sinnierte er bedeutungsschwer und schaute kurz zur Seite, »was genau möchten Sie denn nun von mir?«

»Ich möchte Ihre Sicht hören. Waren Sie auch auf dem Straßenfest?«

»Nein, war ich nicht. Ich musste arbeiten«, antwortete er und riss damit Arndts Hoffnungen entzwei, damit schied er als potenzieller zweiter Täter aus.

Es kostete ihn viel Kraft, die Enttäuschung zu verbergen.

»Sie waren zu keiner Zeit auf dem Straßenfest?«

»Nein, ich hatte Spätschicht, die begann um siebzehn Uhr.«

»Und wo haben Sie gearbeitet?«

»Bei der Spedition Harmsen.«

KAPITEL 29

Arndt hatte mit allem gerechnet, aber nicht damit. Behrens arbeitete für Harmsen. Oder gab es noch eine andere Spedition als die von Harmsen hier?

»Sie meinen nicht etwa Dr. Klaus Harmsen?«

»Doch, wieso?«

»Er hat gegen Ihren Bruder ausgesagt. Hat Sie das nicht gestört?«

»Ich weiß, ich habe auch lange überlegt, ob ich kündigen soll, aber mein Bruder wollte das nicht. Er hat schließlich gestanden, denn mit oder ohne Herrn Dr. Harmsen wäre mein Bruder verurteilt worden. Und Dr. Harmsen war immer sehr fair zu mir. Jemand ohne Schulbildung findet nicht so leicht einen Job. Er hat mir einen Ausbildungsplatz gegeben, wo mir sonst niemand eine Chance gegeben hätte.«

Arndt hörte aufmerksam zu, war sich aber nicht sicher, ob er Behrens glauben sollte. Seine Worte klangen viel zu sehr danach, dass er Harmsen unbedingt in ein gutes Licht rücken wollte.

»Das hat mir Ihr Bruder aber anders erklärt«, erwiderte Arndt deshalb, um Behrens endlich aus der Reserve zu locken.

»Ich verstehe nicht«, antwortete Behrens mehr als irritiert.

»Er meinte, es habe ihn sehr gestört, dass Sie bei – wie er sagte – *einem Verräter* arbeiten. Ohne Harmsens Zeugenaussage hätte Schneider niemals ein Geständnis abgelegt. Er macht Ihnen indirekt einen Vorwurf.«

»Mein Bruder? Das glaube ich nicht.« Behrens schien verstört, seine rechte Hand massierte seinen Oberschenkel. Arndt freute sich, die Bombe war also geplatzt.

»Ich kann Ihnen nur sagen, was er mir gesagt hat. Es war ein sehr intensives Gespräch. Zu Beginn war er sehr reserviert und überheblich, aber nach und nach wurde er gesprächiger und dann hat er seinem Herzen Luft gemacht.«

»Was hat er denn noch erzählt?«, wollte Behrens wissen und schien deutlich nervöser zu werden.

Arndt antwortete nicht sofort, er betrachtete Behrens vielmehr sehr prüfend und musterte ihn: Die letzte Lüge hatte gesessen, Behrens verlor den Halt.

Also schob er die nächste Lüge nach: »Er sagte, dass er die Tat nicht allein geplant und ausgeübt hatte.«

Auch diese Lüge saß. Behrens riss entsetzt die Augen auf und erstarrte.

»Sie wussten von dem Anschlag«, erhöhte Arndt den Druck.

»Ich? … Das hat Ihnen mein Bruder erzählt?« Behrens wurde zusehends blasser. Was er gerade hörte, konnte er kaum glauben.

»Ja, er vertraute Ihnen und liebte Sie. Er hatte keinen Grund, Sie anzulügen und er brauchte Ihre Hilfe.«

»Warum hat er das erzählt?« Noch immer schien der Blick von Behrens abwesend, glasig.

»Weil es verjährt ist. Ihnen droht keine Strafe als Mitwisser und Mitläufer. Ihr Bruder konnte diese Last einfach nicht mehr tragen.«

»Verjährt? Das kann nicht mein Bruder sein, mein Bruder würde niemals so etwas sagen. Das glaube ich nicht«, platzte es plötzlich aus Behrens heraus.

Arndt fürchtete deshalb, Behrens zu verlieren, so kurz vor dem Ziel. Er spürte, dass er auf dem richtigen Weg war. »Ihr Bruder ist auch nur ein Mensch.« Dann hielt er einen spannungsgeladenen Augenblick inne und erklärte: »Herr Behrens, ich habe Ihnen noch etwas zu sagen.«

Behrens Augenlider schlugen hektisch auf und ab, er war extremst angespannt und schien mit der Situation überfordert zu sein. So reagierten Menschen, die wussten, dass sie logen und Angst hatten, aufzufliegen.

»Ihr Bruder hat mir all das erzählt, weil ich ihm einen Deal angeboten habe.«

»Was für einen Deal?«

»Sie wissen sicherlich, dass der Leiter der JVA, Dierksen, Ihren Bruder auf dem Kieker hat.«

»Ja!«, fuhr Behrens energisch aus seiner verspannten Lethargie auf, »dieses Arschloch führt sich wie ein Diktator auf!«

»Ich kann Ihren Bruder aus dem Gefängnis holen und in eine andere Anstalt verlegen lassen. Dafür war Ihr Bruder bereit, mir alles zu erzählen. Er konnte die täglichen Anfeindungen, die seelischen Belastungen nicht mehr ertragen. Ihr Bruder ist nicht so stark, wie Sie denken, der Eindruck täuscht. Er ist psychisch absolut an seinem Ende. Erst als ich ihm versicherte, dass seinem Bruder juristisch keine Gefahr droht, war er bereit.«

»Mein Bruder würde mich niemals verraten!«, platzte es aus Behrens heraus. »Ich habe nichts getan, ich war auf der Arbeit!«

»Herr Behrens, machen Sie es nicht schwerer, als es ist. Wollen Sie Ihr Gewissen nicht auch entlasten?«

Statt zu antworten, stand Behrens auf und lief im Zimmer auf und ab. Arndt wusste, dass er ihn fast so weit hatte. Er wusste nicht genau, welche Rolle sein Bruder bei dem Anschlag gespielt hatte, aber er war sich ziemlich sicher, dass er viel mehr über den Anschlag wusste, als er bisher gestanden hatte.

Wenn ihr Verhältnis wirklich so gut war, war es denkbar, dass Schneider seinem Bruder alles über den Anschlag oder die Pläne erzählt hatte?, überlegte Arndt. Das bedeutete, dass Behrens ihm die Komplizen nennen und erklären konnte, inwieweit er selbst in den Anschlag involviert war.

»Ich liebe meinen Bruder«, durchbrach Behrens endlich die Stille. »Ich würde niemals etwas tun, was ihm schaden könnte. Niemals, aber …« Geräusche vom Flur drangen ins Wohnzimmer und Behrens verstummte schlagartig.

Frauengeräusche. Wie es schien, waren die Ehefrau und die beiden Töchter vom Shoppen zurückgekehrt.

»Sie müssen gehen«, forderte ihn Behrens auf.

»Sie wollten mir noch etwas sagen?«

»Ich habe Ihnen nichts mehr zu sagen. Sie müssen gehen«, erneuerte Behrens seine Forderung.

Arndt stand widerwillig auf. Es hatte keinen Sinn, noch zu bleiben, das spürte er. So sehr er sich auch ärgerte, Behrens hatte soeben dichtgemacht. Er hatte ihn fast so weit, davon war er überzeugt, aber ihn verhaften konnte er nicht. Willy hätte ihn in der Luft zerrissen und neben seiner Frau würde er sich bestimmt nicht wieder öffnen, schließlich hatte er ihretwegen abgebrochen.

Aber er hatte noch einen Trumpf in der Hand. Seine Ehefrau und die beiden Töchter betraten das Wohnzimmer und begrüßten ihren Mann und Arndt freundlich. Die beiden Töchter verschwanden dann sofort, die Ehefrau blieb und wollte wissen, wer Arndt sei. Sie machte einen reservierten Eindruck.

Arndt stellte sich kurz vor und behauptete, er sei wegen Behrens Halbbruder da, müsse nun aber wieder gehen. Er war sich nicht sicher, ob sie ihm glaubte oder nicht, was ihm egal war.

»Ich begleite Sie zur Tür«, sagte Behrens und verließ mit Arndt das Wohnzimmer.

»Herr Behrens, denken Sie bitte über unser Gespräch noch mal nach, die Geschichte ist nicht vorbei. Machen Sie es nicht schlimmer.«

»Sie müssen gehen«, forderte Behrens ihn auf und öffnete die Haustür.

Arndt nahm sein Smartphone aus der Tasche und machte schnell ein Foto von Behrens.

»Was soll das?«, fragte Behrens sichtlich verärgert und überrascht.

»Ich habe Ihnen noch etwas nicht gesagt. Es gibt einen neuen Zeugen, der Sie gesehen hat. Für ihn ist das Foto.«

KAPITEL 30

Arndt folgte den Anweisungen des Navi nach Pansdorf. Das Gespräch mit Behrens war viel besser verlaufen, als er es je für möglich gehalten hätte. Behrens hatte etwas mit dem Anschlag zu tun, daran gab es nichts zu rütteln, nur war sich Arndt noch nicht sicher, was. War er ein Komplize oder nur ein Mitläufer? Zum Zeitpunkt des Anschlags musste Behrens gerade achtzehn Jahre alt gewesen sein, also fast noch ein Kind. Wenn Schneider seinen Bruder wirklich so sehr liebte, konnte er dann wollen, dass sein jüngerer Bruder so ein Risiko einging?

Arndt wusste darauf keine Antwort.

»Es sei denn, Schneider sah kein Risiko«, überlegte Arndt laut.

Er hatte Behrens mächtig unter Druck gesetzt. Wäre die Ehefrau nicht gekommen, hätte Behrens sicherlich gesungen. Das ärgerte Arndt während der ganzen Fahrt.

Es gab einige Puzzleteile, die er noch nicht zusammenfügen konnte, auch das Puzzleteil Harmsen. Welche Rolle spielte er in der ganzen Geschichte?

War es nur ein dummer Zufall? Arndt erinnerte sich an den Spiegel-Artikel, demzufolge Harmsen sehr spät eine Zeugenaussage gemacht hatte.

Warum?

Wollte Harmsen Behrens schützen?

Das wollte Arndt nicht glauben, Harmsen hatte auf ihn nicht den Eindruck gemacht, als schützte der irgendjemanden außer sich selbst. Es musste einen anderen Grund haben. Nur welchen?

Wahrscheinlich wollte er mit dem Anschlag nicht in Verbindung gebracht werden, schließlich arbeitete Schneiders Bruder bei ihm. Aber der Junge machte doch nur eine Ausbildung in Harmsens Spedition. Das wiederum dürfte der Presse egal gewesen sein, die brauchten eine saftige Story.

Vielleicht war es eine glückliche Fügung, dass Schneiders Halbbruder einen anderen Namen trug und deswegen von der Presse nicht bemerkt worden war. Irgendwann hatte Harmsen nicht mehr anders gekonnt, als bei der Polizei eine Aussage gegen Schneider zu machen, schließlich war er am Tatort gewesen.

Aber warum hatte er nach dem Anschlag, als die Luft rein war, Behrens nicht einfach entlassen? Arndt hätte eher vermutet, dass er ihn schon während der Ermittlungen gegen seinen Bruder entließe. Schließlich war er nur ein Auszubildender und für Harmsen ohne Wert.

Arndt konnte es drehen und wenden, wie er wollte, Harmsen passte nicht in seine Theorie.

* * *

So in Gedanken versunken, erreichte er sein Ziel. Er klingelte bei Frau Hansen. Kurze Zeit später öffnete sie ziemlich überrascht die Tür. Sie wirkte viel entspannter als bei Arndts vorherigem Besuch. Freundlich und zuvorkommend wie immer bat sie ihn herein.

»Wie geht es Ihnen?«, erkundigte sich Arndt, als sie im Wohnzimmer gemütlich Platz genommen hatten. Sein Blick fiel auf den Verband, den sie am Arm trug.

»Gut … das mit gestern, ehrlich gesagt, ich weiß nicht, was mich da geritten hat«, entschuldigte sie ihr Verhalten vom vorherigen Tag.

»Ist schon gut. Ich will es auch kurz machen. Ich möchte Ihnen ein Foto zeigen.«

Hansen schaute überrascht, sagte aber nichts. Arndt nahm inzwischen sein Smartphone hervor und öffnete das Porträt von Behrens.

»Kennen Sie diesen Mann?«, fragte er und reichte ihr das Handy.

»Ja, ja, das ist Schneider!«, platzte Hansen eifrig und erregt heraus. »Diese Augen! Wie könnte ich diese Augen vergessen.« Ihr Blick wurde ganz wirr und man konnte den Schreck deutlich sehen.

»Alles ist gut, Frau Hansen. Das ist nicht Schneider, das ist sein Halbbruder Jan Behrens.«

»Halbbruder?«, fragte sie noch immer außer sich vor Erregung.

»Schneider hat einen Halbbruder. Kann es sein, dass Sie ihn in Lübeck gesehen haben?«

»Ja, diesen Mann habe ich gesehen. Das ist gar nicht Schneider?«

»Nein, das ist sein Halbbruder«, wiederholte Arndt und hatte eine Idee. »Kann es sein, dass Sie diesen Mann auch auf dem Straßenfest gesehen haben?«

»Ich weiß es nicht. Gut möglich, vielleicht habe ich ihn gesehen und gedacht, das wäre Schneider, wegen der Augen.«

Arndt nickte nur enttäuscht, denn mit dieser Aussage konnte er nicht viel anfangen.

Arndt bedankte sich dennoch und verabschiedete sich von ihr.

* * *

Draußen am Wagen fiel Arndts Blick die Straße hinunter, zum Wohnblock, in dem Elkes Schwester wohnte. Er überlegte, ob er nicht kurz vorbeischauen sollte.

Langsam und ungewiss strebte er dem Wohnblock zu und stand schließlich vor der Klingel.

»Klingel schon, du Idiot«, sagte er sich und seine Hand war schon auf der Klingel. Doch dann zog er sie zurück und ging zurück zum Wagen. Eigentlich war er doch kein Feigling, aber er wusste nicht, ob Elke ihn überhaupt sehen wollte. Sie hatte schließlich genug um die Ohren, da wollte er sich nicht noch aufdrängen. Oder war er doch einfach zu feige? Er wischte den Gedanken an sie weg und beschloss, Harmsen einen Besuch abzustatten, und da sein Magen knurrte, unterbrach er die Fahrt bei der kleinen Döner-Imbiss-Bude an der Ecke Bahnhofstraße / Eutiner Straße. Danach fuhr er auf dem kürzesten Weg zu Harmsens Villa.

Kurz nach dem Klingeln erschien wieder die Dienstdame, die ihn auch beim ersten Mal an der Tür empfangen hatte.

»Guten Abend«, grüßte sie in ihrer überheblichen Art.

»Guten Abend, ich hoffe, Sie wissen noch, wer ich bin?«

Sie strafte Arndt für diese Beleidigung durch Ignorieren seiner Frage und setzte eine eigene dagegen: »Was möchten Sie zu dieser Stunde?«

»Ich würde gerne mit Herrn Dr. Harmsen sprechen«, erklärte Arndt und betonte dabei den Doktortitel besonders.

»Zu dieser Stunde? Muss das sein? Herr Dr. Harmsen braucht seine Ruhe.« Sie blickte ihn von oben herab an, als müsste er sich schämen für ein solch infames Ansinnen.

»Dann sollte er früher nach Hause kommen, in seiner Position sollte das doch machbar sein. Möchten Sie mich jetzt bitte bei Herrn Harmsen anmelden«, antwortete Arndt verärgert.

Die Frau antwortete nicht, schritt eilig davon und ließ Arndt vor der Haustür zurück.

Kurze Zeit später kam sie wieder. »Wenn Sie mir bitte folgen möchten.«

Arndt folgte ihr.

Die Villa sah von innen sehr imposant, aber auch sehr altbacken aus. Es schien, als stamme die Ausstattung aus dem vorigen Jahrhundert. Es wirkte aber nicht billig, sondern sehr hochwertig. Arndt vermutete Barock, war sich aber nicht sicher.

Ist Barock nicht noch älter?, dachte er belustigt.

Die Dienstdame klopfte an eine Tür und betrat den Raum nach angemessenem Warten mit Arndt.

Harmsen saß in einem alten schweren Ledersessel, neben dem ein kleiner antiker Tisch stand. Er hielt ein Buch in der Hand.

Ein kurzer Blick in den Raum genügte, dass Arndt wusste, dass er in der Bibliothek der Villa war. Ganze Regale waren mit Büchern vollgestellt, allerdings zweifelte er, dass Harmsen sie alle gelesen hatte. Von Berufs wegen dürfte er dafür schon keine Zeit haben.

»Guten Abend, Herr Schumacher!«, grüßte Harmsen freundlich und erhob sich dabei aus seinem Sessel, nachdem er sein Buch auf dem Tischchen abgelegt hatte. »Was verschafft mir die Ehre zu dieser späten Zeit?«, fragte er freundlich und kam auf ihn zu.

»Verzeihen Sie die Störung, Herr Dr. Harmsen, aber ich habe noch ein paar Fragen.«

»Möchten Sie einen Tee?«

»Nein, danke.«

Harmsen schickte die Dienstdame mit einem kurzen Nicken weg. »Nehmen Sie doch Platz«, bat er Arndt und zeigte auf den schweren Sessel, der auf der anderen Seite neben dem kleinen Tisch stand. Er nahm auf seinem Sessel Platz.

Arndts Blick fiel auf das Buch. Es hatte den Titel *John D. Rockefeller: Die Karriere des Wirtschafts-Titanen.*

»Kennen Sie das Buch?«, fragte Harmsen.

»Ehrlich gesagt nicht, aber Rockefeller ist mir schon ein Begriff.«

»Ich habe ihn bewundert, seit ich denken kann. Wie ich hat auch er bei einer Spedition sein Handwerk gelernt, um dann zum ersten Milliardär unserer Geschichtsschreibung zu werden und die Welt zu verändern.«

»Na ja, er hat die Konkurrenz nicht gerade zimperlich behandelt«, entgegnete Arndt. Harmsens Augen leuchteten, als er über Rockefeller sprach.

»Als Selbstständiger würden Sie nicht so reden. Der Markt ist ein riesiges Haifischbecken. Wenn Sie nicht die richtigen Maßnahmen treffen, werden Sie ohne Rücksicht gefressen. Rockefeller hat nur das getan, was jeder erfolgreiche Unternehmer tun würde. Was bei seinem gewaltigen Erfolg als Unternehmer untergeht, ist, dass er der größte amerikanische, wahrscheinlich sogar weltweite Philanthrop überhaupt war. Er förderte Bildung, Wissenschaft, Gesundheit und die Kunst. Also hat er sehr viel von dem zurückgegeben, was er durch harte Arbeit verdient hat.« Wieder blitzten die Augen von Harmsen kurz auf. »Aber Sie sind sicherlich nicht gekommen, um mit mir über Rockefeller zu philosophieren, oder?«

»Es geht noch immer um den Anschlag auf das Straßenfest.«

»Ich habe Ihnen alles erzählt, woran ich mich erinnern kann«, entgegnete Harmsen und nahm ein Schluck aus seiner Tasse, die neben dem Buch und dem Kännchen stand.

Es war altes Porzellan, auf dem ein Wappen eingraviert war. Arndt musste sich beherrschen, nicht zu lachen, denn das Wappen trug die Initialen K. H. in geschwungener Schrift. Wofür die Buchstaben standen, war offensichtlich: Klaus Harmsen!

Harmsen hielt sich selbst für einen kleinen Rockefeller, das schien Arndt sonnenklar, somit sicherlich auch für unangreifbar: ein Irrtum, dem viele reiche und sehr erfolgreiche Menschen erlegen waren. Arndt nannte das: Verlust der Realität.

Immer wieder hatte er es im Beruf mit solchen Menschen zu tun und er musste gestehen, es löste bei ihm Genugtuung aus, wenn er diese Menschen von ihrem hohen Ross herunterholen konnte. Es wurde Zeit, dass auch Harmsen begriff, dass er nur ein Mensch war.

»Ich hatte heute ein sehr interessantes Gespräch mit Herrn Schneider«, leitete er seine Verunsicherungstaktik ein.

»Ich kann Ihnen nicht folgen«, erwiderte Harmsen, aber Arndt sah, dass sein rechtes Auge kurz zuckte.

»Noch nicht, aber sicherlich gleich. Schneider hat nämlich einige interessante Details erwähnt.«

»Details? Welche Details?«

»Dass er vielleicht die Tat doch nicht allein verübt hat.«

»Jetzt? Nach dreißig Jahren?«, fragte Harmsen überrascht und ungläubig.

»Er hat das nicht ohne Hintergedanken gemacht. Ich habe ihm in Aussicht gestellt, verlegt zu werden. Sie müssen wissen, sein Verhältnis zur Gefängnisleitung ist sehr schwierig«, deutete Arndt an und hoffte, dass Harmsen die Kröte schluckte.

Harmsen befeuchtete die Lippen, ansonsten blieb er aber gelassen. »Und was hat er Ihnen im Gegenzug angeboten?«

»Zuzugeben, dass er die Tat nicht allein geplant hat.«

»Und was hat das mit mir zu tun?« Harmsen bemühte sich, gelassen zu bleiben, aber die Augen zeigten, dass er angespannt war.

»Wahrscheinlich nichts. Aber während des Gesprächs habe ich noch etwas anderes, sehr Interessantes erfahren.«

Harmsen horchte auf.

»Er hat einen Halbbruder, Jan Behrens. Sagt Ihnen der Name etwas?«

»Tut mir leid, sagt mir nichts.«

»Sollte es aber, er ist einer Ihrer Mitarbeiter.«

»Bei mehreren Tausend Mitarbeitern kann ich mir nicht jeden Namen merken.«

»Er ist seit über dreißig Jahren bei Ihnen. Er hat bei Ihnen eine Ausbildung gemacht, als der Anschlag geschah, und ich gehe mal davon aus, dass Ihr Unternehmen vor dreißig Jahren noch recht überschaubar war.«

»Wollen Sie mir etwas unterstellen?«, bellte Harmsen.

»Nein, mit Sicherheit nicht. Ich versuche nur, meinen Job zu machen. Kennen Sie Jan Behrens?«

»Nochmals, nein. Ich kenne diesen Behrens nicht, warum sollte ich auch? Was habe ich mit einem Auszubildenden zu schaffen?«

»Er war immerhin der Bruder von Schneider.«

»Na und?« Harmsen Stimme erhob sich wieder und seine Augen weiteten sich, eine Ader an der Stirn trat hervor und pochte heftig.

»Die Polizei und auch die Medien werden Sie doch darauf angesprochen haben. Herr Harmsen, ich unterstelle Ihnen nichts, aber wenn Sie wertvolle Informationen haben, die mir weiterhelfen können, dann lassen Sie mich das bitte wissen. Es sei denn, Sie wollen jemanden schützen?«

»Sie spinnen doch, ich will niemanden schützen. Was habe ich mit diesem Nazipack zu schaffen?«, brüllte Harmsen und fuchtelte mit den Händen, fast hätte er dabei die Porzellantasse umgestoßen.

»Dann erklären Sie mir bitte, warum Sie Ihre Aussage sehr spät gemacht haben und kurz danach Schneider ein Geständnis ablegte? Warum schützen Sie Jan Behrens?« Arndt wagte die Konfrontation, er wollte Harmsens Reaktion abwarten.

»Seien Sie vorsichtig, was Sie mir unterstellen …!«, brüllte er.

»Was dann?«, fiel ihm Arndt ins Wort.

»Dann werden Sie es mit meinen Anwälten zu tun kriegen.« Harmsen erregte sich immer mehr.

»Beruhigen Sie sich doch bitte, ich unterstelle Ihnen nichts, ich stelle nur Fragen«, versuchte Arndt, Harmsens Zorn zu dämpfen. Aber es war aussichtslos. Harmsen warf ihn hinaus.

Arndt stieg in seinen Wagen und beschloss, nach Hause zu fahren.

Warum hat er sich so aufgeregt?, fragte er sich. *Er hat etwas zu verbergen.* Arndt war sicher, dass Harmsen, Schneider und Behrens in einer Verbindung standen, nur konnte er nicht sagen, in welcher, und er konnte auch nicht sagen, ob diese Annahme Willy genügte, ihn weiterermitteln zu lassen. Er kannte Willy und wenn er ihm nicht etwas Stichhaltiges vorlegen konnte, übertrug Willy ihm morgen einen anderen Fall. Dann hätte er so kurz vorm Ziel nichts erreicht und müsste sich noch zu allem Übel mit der Polizeipsychologin herumschlagen.

Es war Zeit, dass Arndt noch mehr Risiko einging. Aber das konnte nur mit Zustimmung von Willy klappen. Er rief Willy an.

»Wo bist du?«, fragte er nach den Begrüßungsfloskeln.

»Ich bin noch im Büro«, entgegnete Willy.

Um die Zeit, dachte Arndt, wagte den Gedanken aber nicht auszusprechen. »Kann ich kurz vorbeikommen?«

»Warum?«

»Ich würde gerne mit dir über die aktuellen Ermittlungen sprechen.«

»Ich meine es ernst, Arndt. Wenn du nichts Neues hast, ist der Fall ab morgen Geschichte.« Willy klang sehr ernst.

»Genau deswegen möchte ich ja mit dir sprechen, ich habe einen Plan.«

KAPITEL 31

Tag 5

Konnte das der erste Mordfall ohne einen Mord sein, den Arndt auflöste? Klar hatte es Tote gegeben, leider viel zu viele. Aber dieser Anschlag war geschehen, als Arndt noch ein Kind war.

In all seinen bisherigen Fällen hatte Arndt es mit frischen Leichen zu tun gehabt, mit einem Tatort, der von Spezialisten wie Ole aus der Spurensicherung untersucht und vermessen wurde. Diesmal gab es solche Indizien nicht mehr, niemanden, der ihm half und ihm Hinweise liefern konnte. Dennoch glaubte er jetzt, alles viel klarer sehen zu können.

Er hatte sich auf eine Theorie festgelegt. Sie war sehr weit hervorgeholt, aber nicht so unrealistisch, wie er zunächst angenommen hatte.

Viele Indizien sprachen für diese Theorie, jetzt musste er sie nur noch belegen.

Dafür brauchte er Willy.

Zu seinem Erstaunen hatte Willy am vorigen Abend seine Theorie nicht auseinandergenommen, sondern interessiert zugehört. Er hatte Willy auch gestanden, dass er gegenüber Schneider handgreiflich geworden war, er wollte Dierksen nichts schuldig bleiben. Willy hatte nur genickt, ihn aber deswegen nicht kritisiert. Er hatte an dem Abend viel entspannter gewirkt als noch am Morgen, als Arndt ihn sehr missgelaunt angetroffen hatte.

Willy hatte ihm am Ende seine Zustimmung gegeben und dafür gesorgt, dass Arndt am nächsten Tag ein Gespräch mit Schneider bekam.

Der vergangene Abend hätte für Arndt nicht besser verlaufen können. Zum Ende hin waren sie noch mal kurz auf Elke zu sprechen gekommen und Willy hatte Arndt gebeten, ob er nicht mit Elke sprechen könne, sie solle sein Angebot annehmen.

Willy fürchtete, dass Elke ohne Beschäftigung in Selbstmitleid zerfließen könnte und sich eher schadete. Außerdem wusste er nicht, wie sie finanziell dastand. Und ein Job bei der Lübecker Polizei wäre eine sichere Bank, auch wenn sie nur einen oder zwei Tage zunächst arbeiten würde.

Arndt hatte versprochen, mit ihr zu sprechen, auch wenn er ein wenig Bauchweh dabei empfand. Nach dem letzten Gespräch, bei dem sie ihm mitgeteilt hatte, dass sie kein Mitleid wolle, wusste er nicht, ob das so klug war.

Nach dem Frühstück stieg er in seinen Wagen und fuhr geradewegs zur JVA. Dank Willy hatte er um zehn Uhr ein Gespräch mit Schneider. Arndt war es recht, dass ihn wieder Dierksens Sekretärin empfing, denn trotz Dierksens zumindest vorgeblicher Hilfsbereitschaft mochte er ihn nicht. Kristina führte ihn zu Schneider in den Verhörraum, gab den zwei Wächtern ein kurzes Zeichen und verließ dann mit ihnen zusammen den Raum.

»Was wollen Sie denn schon wieder von mir?«, maulte ein sichtlich genervter Schneider, der sich an die Stuhllehne lehnte.

»Ich habe noch ein paar Fragen.«

»Haben Sie noch immer nicht genug? Wann lassen Sie es endlich sein? Ich habe den Anschlag verübt und dafür wurde ich bestraft. Wieso müssen Sie rumstochern, wo es nichts zu holen gibt?« Schneider war sichtlich angespannt.

»Das sehe ich anders. Und Sie werden auch gleich überrascht sein, was ich herausgefunden habe.«

»Ich denke nicht«, widersprach Schneider und versuchte, auf cool zu tun, aber der angespannte Gesichtsausdruck verriet Arndt das Gegenteil.

»Wieso haben Sie mir verschwiegen, dass Sie einen Bruder haben?«

»Einen was ...?«, begann Schneider zu leugnen, besann sich aber schnell und fragte: »Wieso hätte ich Ihnen das sagen sollen?«

»Das erfahren Sie noch früh genug. Sie und Ihr Bruder waren das auf dem Foto. Sie beide haben das gleiche Tattoo: *Broer! Broer* steht nicht für die Freundschaft unter Ihren Skin-Freunden, sondern für Sie und Ihren Bruder. Wieso haben Sie mir das verschwiegen, als ich Sie gefragt habe?«

»Ich hab's vergessen.«

»Vergessen? Das glaube ich Ihnen nicht. Wie können Sie das vergessen, wenn er Sie doch regelmäßig im Gefängnis besucht.«

»Ich hab's vergessen«, insistierte Schneider maulig.

»Sie lügen! Sie wollen Ihren Bruder schützen!« Nun wurde auch Arndt laut.

»Warum das? Er hat nichts getan. Er war doch noch ein Lehrling, ein Kind.«

»Das sehe ich anders. Ich habe gestern mit Ihrem Bruder gesprochen. Er ist so ganz anders als Sie. Nicht so selbstbewusst und mit Druck kommt er gar nicht klar.«

»Was hat der Idiot gesagt?«, fuhr Schneider auf. Furcht lag in seinen Augen.

»Das sollten Sie doch besser wissen. Wir haben ihn verhaftet.«

Schneider sagte nichts, er schien wie erstarrt, als könne er nicht glauben, was er hörte.

»Das glaube ich Ihnen nicht. Er hat nichts getan«, stieß er verzweifelt heraus, als er sich wieder im Griff hatte.

»Das können Sie denken, wie Sie wollen. Ich verrate Ihnen noch etwas: Er hat mir auch von der Verbindung zu Harmsen erzählt.«

»Harmsen?« Schneider glotzte Arndt in einer Mischung aus Entsetzen und Angst an, dann sackte er kraftlos in sich zusammen.

»Ihr Bruder hat bei ihm eine Ausbildung gemacht und bis heute ist er dort beschäftigt. Ich fand es während meiner Recherchen seltsam, warum Harmsen sehr spät erst eine Aussage gemacht hatte, und noch seltsamer war, dass kurz nach der Aussage von Harmsen Ihr Geständnis kam.«

Schneider antwortete nicht, sondern ballte die Hand zu einer Faust und öffnete sie wieder. Immer wieder.

»Herr Schneider, möchten Sie mir etwas erzählen? Noch können Sie helfen, dass Ihr Bruder nicht ins Gefängnis muss.«

»Wieso ins Gefängnis?«

»Wegen Mordes. Er war Ihr Komplize.« Allmählich ergab für Arndt alles einen Sinn. Schneider wollte seinen Bruder beschützen, schließlich hatte Behrens selbst ausgesagt, dass sein Bruder ein Familienmensch sei und dass hinter der rauen Schale ein weicher Kern steckte.

Aber was hatte Harmsen mit dem Anschlag zu tun?

»Mein Bruder hat nichts getan«, entgegnete Schneider. »Ich glaube Ihnen nicht.«

»Ich habe Ihnen die Chance gegeben, mit Ihrer Haltung schaden Sie nur Ihrem Bruder.«

Arndt stand auf, tat, als wolle er gehen, dann setzte er sich wieder, nachdem er einen Blick auf sein Handy geworfen hatte.

»Vielleicht sollte ich Ihnen noch erzählen, dass Ihr Bruder gerade gestanden hat.«

»Sie lügen«, brauste Schneider wieder auf.

»Ich denke nicht«, erwiderte Arndt und reichte Schneider das Handy. Auf dem Display war ein Foto, das Behrens in einem Verhörraum zeigte, und darunter einen Text, in dem Willy nur bestätigte, dass Behrens gesungen habe.

»Dieser Idiot«, stöhnte Schneider. Seine Augen wurden feucht und die harte Schale schien dahin zu schmelzen wie Butter in der Sonne.

»Willy Klausen kennen Sie sicherlich noch?«

Schneider nickte nur. Arndt wusste, dass er ihn gleich so weit hatte. Sein Plan schien aufzugehen, auch dank Willy. Ursprünglich hatte er Behrens nach dem Gespräch mit Schneider selbst aufsuchen wollen, aber Willy hatte den Plan geändert. Arndt sollte Schneider aufsuchen und parallel dazu wollte Willy Behrens aufsuchen. Da er damals selbst ermittelt hatte, glaubte er zu wissen, wie er Behrens aus der Reserve locken konnte.

Ob ihm das gelungen war, wusste Arndt nicht, aber Willy hatte Behrens verhaftet und zur Zentrale nach Lübeck gebracht. Dieses Foto war für Arndt Gold wert.

* * *

»Er ist kein Mörder, er war noch ein Kind. Es sollte niemand sterben«, flüsterte Schneider und eine Träne rann aus seinem rechten Auge.

»Es sind aber fünfzehn Menschen gestorben. Fünfzehn unschuldige Menschen und Ihr Bruder muss dafür die Verantwortung tragen.«

»Glauben Sie mir, es sollte niemand sterben. Wir wollten den Kanaken nur Angst einjagen.«

»Ist Ihnen aber sichtlich misslungen. Ich weiß nicht, wie kann man mit einer Bombe Menschen nur Angst einjagen?«

»Ich wusste nicht, dass eine Bombe in dem Rucksack war. Als ich geschaut habe, waren nur Böller drin, die explodieren sollten. Jemand muss meinen Rucksack vertauscht haben.«

»Tun Sie das bitte nicht! Es sind fünfzehn Menschen gestorben. Wer sollte den Rucksack vertauscht haben?«

»Das weiß ich nicht. Wir haben uns vorher in unserem Vereinsraum getroffen. Ich habe sehr lange darüber nachgedacht, aber ich kann nicht glauben, dass einer meiner Freunde das getan hat. Wir hatten doch alle die gleichen Rucksäcke.«

»Dann kann er auch nicht vertauscht worden sein.«

»Doch, vielleicht von Lehmann«, beharrte Schneider auf seine Theorie. »Warum haben Sie das nicht der Polizei gesagt?«

»Weil ich meinen Bruder schützen wollte.«

»Wie meinen Sie das?« Arndt war überrascht, er konnte Schneider nicht folgen. Er glaubte ihm diese hehre Absicht nicht. Schneider hatte den Anschlag bewusst geplant und sein Bruder war sein Komplize. Als alles aufflog, gestand er, um seinen Bruder zu schützen. Nur so konnte es passiert sein, so machte alles Sinn.

»Es war nicht unsere Idee!«

»Was war nicht Ihre Idee?«

»Ich hasse Ausländer, weil sie unser schönes Deutschland verschandeln, aber keiner aus der Gruppe war ein Mörder oder jemand, der einen Anschlag durchführen würde. Wir haben immer den offenen Schlagabtausch gesucht, haben Juden und Kanaken in einem fairen Kampf zu Boden gebracht.«

»Wessen Idee war das?«, fragte Arndt sichtlich genervt. Er hatte das Gefühl, einer neuen Lügengeschichte zuhören zu müssen.

Schneider antwortete nicht sofort. Er kniff die Augen zusammen, holte tief Luft, ballte die Hand zur Faust, blickte dann Arndt tief in die Augen. Seine blauen Augen strahlten wie immer, aber diesmal waren sie nicht dämonisch, nicht böse, sondern eher verzweifelt und ängstlich.

»Wer hatte die Idee?«, wiederholte Arndt seine Frage und dachte über Schwitzkästen nach.

»Dr. Klaus Harmsen.«

KAPITEL 32

Arndt brauchte einen kurzen Moment, bis er begriff, was Schneider ihm erzählt hatte. Er hatte an alles Mögliche gedacht, aber nicht daran. Und dann platzte es aus Schneider heraus, er erzählte alles, in der Hoffnung, seinen Bruder schützen zu können. Arndts Spiel ging auf. Vielleicht war auch die Zeit einfach reif. Kein Mensch konnte auf Ewigkeiten sein Gewissen verleugnen, und jetzt, da Arndt ihm erzählt hatte, dass sie seinen Bruder verhaftet hatten, gab es für ihn keinen Grund mehr, irgendjemanden zu schützen, in der Hoffnung, dass sein Bruder nicht ins Gefängnis musste.

Arndt zögerte keinen Augenblick, informierte Willy, der über die neuen Informationen sehr erfreut war, und hoffte, damit aus Behrens noch mehr herauskitzeln zu können.

Arndt war vor allem an der Sache mit dem Rucksack interessiert, er musste wissen, ob Schneider die Wahrheit gesagt hatte. Und wenn, blieb die Frage, wer die Rucksäcke ausgetauscht hatte. Vielleicht konnte Behrens das bestätigen, vielleicht behauptete Behrens auch das Gegenteil. Jeder Widerspruch brachte beide Brüder in größere Bedrängnis.

Für Schneider war es egal, er war im Knast und würde diesen nie mehr verlassen, für seinen Bruder hingegen nicht, deswegen musste Arndt unbedingt erfahren, was Jan Behrens Willy gegenüber aussagte. Willy hatte versprochen, ihn zu informieren, sobald Behrens bezüglich des Rucksackes ausgesagt hätte.

Arndt rief Thorsten an und bat ihn, ob er ihm äußerst schnell einige sehr wichtige Informationen besorgen könnte.

Arndt raste inzwischen zu Harmsen, den er in der Firmenzentrale vermutete. Nachdem er den Wagen geparkt hatte, rief auch schon Thorsten an und gab ihm die angeforderten Informationen. Arndt ging geradewegs zum Empfang. Es saßen die gleichen Damen am Empfang.

»Guten Tag, mein Name ist Arndt Schumacher, von der …«

»Wir kennen Sie noch, Herr Schumacher. Sie möchten sicher mit Herrn Dr. Harmsen sprechen«, unterbrach ihn die Dame.

»Ja, genau. Hoffentlich ist er da.«

»Er verlässt das Büro selten. Die Außentermine nimmt meistens der Junior wahr. Kleinen Augenblick, bitte.«

Die Frau telefonierte kurz und wandte sich wieder Arndt zu.

»Frau Schmitt holt Sie gleich ab, wenn Sie da vorne Platz nehmen möchten, nachdem Sie sich hier in die Liste eingetragen haben.«

»Danke.« Arndt trug seinen Namen in die Besucherliste ein und nahm Platz.

Kurz danach schoss bereits Frau Schmitt auf ihn zu. Sie schaute ihn angespannt und gereizt an. »Guten Tag, Herr Schumacher. Sie möchten wieder Herrn Dr. Harmsen sprechen?« Ihre Stimme war sehr streng, der Ton mehr als rau.

»Ja, ob es Ihnen gefällt oder nicht. Es ist sehr wichtig.«

»Für Sie scheint immer alles wichtig zu sein«, nörgelte sie Arndt an. »Denken Sie, der gute Herr hat nichts anderes zu tun, als der Polizei irgendwelche dummen Fragen zu beantworten?« Sie verlor fast ihre guten Manieren.

»Glauben Sie mir, er hat mit Sicherheit nichts Wichtigeres zu tun, als dieses Gespräch mit mir zu führen. Falls nicht, sähe ich mich gezwungen, ihn zu verhaften.« Arndts Stimme schwoll ebenfalls an. Wenn er etwas hasste, dann Menschen, die ihn von oben herab behandelten.

Schmitt blieb die Antwort im Hals stecken, denn mit solch einer Respektlosigkeit hatte sie offensichtlich nicht gerechnet. Bei dem Wort *verhaften* musste sie schlucken. Auf der Stelle machte sie kehrt und stöckelte in Richtung Fahrstühle davon. Arndt folgte ihr.

Schweigend erreichten sie das Vorzimmer von Harmsens Büro. Schmitt klopfte kurz an und ging hinein, um kurz danach wieder herauszukommen und Arndt hinein zu bitten. »Sie können eintreten«, sagte sie und trat vor ihren Schreibtisch.

Arndt betrat das Büro und ließ die Tür hinter sich ins Schloss fallen.

Harmsen saß an seinem Schreibtisch und machte keine Anstalten, als wolle er aufstehen oder Arndt begrüßen. Arndt trat also selbst an den Schreibtisch und nahm auf dem Stuhl davor Platz.

»Sie wollen einfach nicht Ruhe geben, oder?«, knurrte Harmsen sichtlich genervt.

»Ich mache nur meinen Job«, entgegnete Arndt.

»Dann jagen Sie die richtigen Verbrecher. Die Polizei jammert doch immer, dass sie unterbesetzt ist. Kein Wunder, wenn man sich mit so einem Schwachsinn beschäftigt.«

»Das ist kein Schwachsinn, Herr Harmsen. Vielleicht wissen Sie das nicht, aber Mord verjährt nie«, erwiderte Arndt.

»Stellen Sie mir Ihre dämlichen Fragen und dann hauen Sie ab. Und seien Sie versichert, ich werde den Bürgermeister und die Polizeidirektion Lübeck über Ihr unmögliches Verhalten informieren. Ich war Ihnen gegenüber sehr freundlich, habe Ihre Fragen beantwortet. Aber Sie sind wie eine Zecke, die nicht weiß, wann es genug ist.«

»Wenn ich damit ein Verbrechen aufklären kann, soll mir das recht sein. Und tun Sie sich keinen Zwang an, mir haben schon ganz andere Kaliber gedroht und siehe da, ich bin noch immer bei der Polizei. Mir machen Menschen wie Sie keine Angst.«

»Verdammt! Das Verbrechen wurde vor dreißig Jahren aufgeklärt. Schneider hat gestanden und sitzt im Gefängnis«, fluchte Harmsen und schlug mit der Faust auf den Tisch.

Arndt ließ das unberührt, aber jemanden anderen anscheinend nicht, denn die Tür wurde aufgerissen und Schmitt eilte zu Harmsen.

»Herr Dr. Harmsen, geht es Ihnen gut?«, fragte sie ernsthaft besorgt.

»Ja, ja … alles gut, gehen Sie bitte«, beruhigte Harmsen und scheuchte sie wieder hinaus, aber Arndt sah, dass er kochte. Dass ein unbedeutender Beamter wie Arndt ihn so drangsalieren durfte, ging ihm offensichtlich gehörig gegen den Strich.

»Was wollen Sie wissen? Je eher wir das hinter uns bringen, desto schneller kann ich mich den wirklich wichtigen Dingen zuwenden«, sagte Harmsen, als Frau Schmitt das Büro verlassen hatte.

»Wie Sie meinen. Ich komme gerade von Herrn Schneider zurück.«

»Ja, und? Ich kenne diesen Mann nicht«, fiel Harmsen sofort ein. Er wischte mit der Hand seinen Mund ab, da seine Lippen voller Speichel waren. Ein klares Zeichen, dass er noch immer kochte.

»Hören Sie mir doch erst einmal zu, was Schneider gestanden hat.«

Harmsen antwortete nicht, er atmete nur schwer ein und aus. »Was interessiert mich, was ein Stück Scheiße gesagt hat!«, polterte Harmsen.

»Das sollte Sie aber interessieren, es geht um Sie.«

»Um mich? Wie können Sie meinen Namen mit so einem Schwerverbrecher, einem Nazi, in gleichem Atemzug nennen?«, brüllte er.

»Das werden Sie gleich erfahren, wenn Sie sich endlich beruhigen.« Arndt rechnete damit, dass Harmsen gleich noch mehr brüllte, aber das war ihm herzlich egal. Er hatte schon ganz andere Nüsse geknackt, mit Gebrüll konnte man ihn nicht einschüchtern, es animierte ihn eher dazu weiterzumachen, sagte es ihm doch, dass jemand Angst hatte.

»Ich beruhige mich, wann ich will, verdammt noch mal! Warum tue ich mir das in meinem Alter noch an! Ich habe mehr Geld, als ich je ausgeben kann.«

Arndt konnte nur müde lächeln über dieses hilflose Winken mit der Macht-und-Geld-Karte. Harmsen war an der Wand, das gab er damit zu, und es gab keinen Fluchtweg.

»Mir reicht's jetzt, Herr Dr. Harmsen!«, herrschte ihn Arndt an, »entweder Sie hören mir zu und ich gebe Ihnen Gelegenheit, Stellung zu den von mir genannten Punkten zu beziehen, oder ich nehme Sie gleich mit aufs Revier!«

Harmsen antwortete nicht, sondern schaute ihn entgeistert an, offensichtlich vertrug auch er es nicht, wenn man ihm den geforderten Respekt verweigerte.

»Was hat Ihnen dieser Bastard erzählt?«, fragte er dann endlich in ruhigem Ton, anscheinend begriff er, dass Arndt nicht scherzte.

»Schneider und Sie kannten sich, über seinen Bruder Jan Behrens«, begann Arndt und ließ Harmsen dabei nicht aus den Augen. Harmsen versuchte, ruhig zu bleiben. »Er hat ausgesagt, dass er für sie ab und an ein paar Aufträge erledigt hätte. Können Sie sich an diese Aufträge erinnern?«

»Nein, ich kann mich nicht einmal daran erinnern, dass ich Schneider kannte. Er lügt.«

»Das denke ich nicht«, erwiderte Arndt. »Ihre Firma war vor mehr als dreißig Jahren kein Vergleich zu heute. Laut Schneider und Behrens war Ihre Firma damals gerade mal knapp hundert Mann groß. Ich habe das überprüfen lassen und die Aussage stimmt.« Die Überprüfung hatte Arndt erfunden.

»Ja und? Das heißt doch nichts«, antwortete Harmsen und bestätigte damit, was Schneider gesagt hatte.

»Das heißt sehr viel. Das bedeutet, dass sie Ihren Auszubildenden Behrens sehr wohl und auch Schneider kannten. Schneider hat sich dafür stark gemacht, dass sein Bruder einen Ausbildungsplatz bei Ihnen erhält, dafür hat er Ihnen versprochen, den einen oder anderen dreckigen Auftrag auszuführen. Aufträge, die nicht mit Ihrer Firma in Verbindung gebracht werden durften. Wie sagten Sie so schön, dass die Selbstständigkeit ein riesiges Haifischbecken sei und wenn man nicht die richtigen Maßnahmen trifft, dass man dann ohne Rücksicht gefressen werde.«

»Er lügt, ich habe mit Kriminellen nichts zu tun. Ich habe mir alles hart und mit legalen Methoden erarbeitet.«

»Nicht immer. Ich habe Zeugen, die bestätigen, dass Sie sowohl Herrn Schneider als auch Behrens sehr gut kannten. Sagt Ihnen der Name Andreas Mahnke etwas?«

Harmsens Reaktion war Antwort genug. Er schluckte, seine Augen waren weit aufgerissen und seine Unterlippe bewegte sich, ohne dass ein Ton herauskam.

»Andreas Mahnke war so etwas wie ihr Hausmeister und er kann bezeugen, dass Sie sich öfter mit Schneider getroffen haben. Er kann auch bezeugen, dass Sie sehr oft mit Behrens Kontakt hatten, wie auch mit anderen Mitarbeitern. Sie kannten damals jeden Ihrer Mitarbeiter, haben ständig alle überprüft, dass sie auch wirklich arbeiteten«, erklärte Arndt.

Er hatte Mahnke noch nicht befragt, es waren die Worte von Schneider, der Mahnke als Zeugen genannt hatte, aber Arndt vertraute Schneider in dieser Angelegenheit.

»Vertraue niemanden, sagte mein Vater immer«, murmelte Harmsen in sich hinein. Seine Lippen waren aufeinander gepresst.

Auch hier hatte Schneider also nicht gelogen, also gab es für Arndt keinen Grund zu glauben, dass er in den anderen Punkten gelogen hatte.

»Sie haben Schneider nicht vertraut. Wenn Sie ihm vertraut hätten, dann hätten Sie ihm gesagt, dass sich im Rucksack eine Bombe und nicht bloß Silvesterfeuerwerk befindet«, entgegnete Arndt, wieder antwortete Harmsen nicht. Sein Blick schien weit weg, seine Schultern hingen herunter und sein Gesicht wirkte plötzlich sehr alt und fade.

»Schneider wollte diesen Auftrag nicht ausführen, aber Sie haben ihm fünftausend D-Mark angeboten, was für ihn sehr viel Geld bedeutete, und Sie haben ihn beruhigt, dass niemand dabei getötet würde. Zu dem Zeitpunkt war Schneider zwar ein Schläger, aber noch kein Mörder. Sie sagten ihm, wo er den Rucksack platzieren sollte, da Sie natürlich zum Zeitpunkt der Explosion nicht anwesend sein wollten, schließlich wussten Sie um die mögliche Gefahr. Der Anschlag hatte nie einen ausländerfeindlichen Hintergrund, sondern einen persönlichen. Er war Ihrer Gier geschuldet. Sie haben sich selbst verraten, als Sie mir sagten, dass Sie, als der Anschlag passierte, die Toilette aufsuchten. So gingen Sie sicher, dass die Bombe explodierte, als Sie nicht vor Ort waren. Die Bombe wurde durch einen Fernzünder gezündet. Man fand nie einen Zünder bei Schneider, die Polizei ging deshalb davon aus, dass er ihn vernichtet hatte. Aber die Wahrheit ist, dass er nie einen hatte. Sie hatten den Fernzünder. Sie haben Schneider nicht vertraut, wollten auf Nummer sicher gehen, dass die Bombe hochgeht und dass die Person, der sie galt, auch wirklich umkam.«

»Sie trauen mir aber sehr viel Bosheit zu, Sie spinnen«, verteidigte sich Harmsen, aber die Stimme klang so schwach, dass Arndt wusste, nicht einmal er selbst glaubte diesen Unsinn.

»Ich glaube nicht. Jeder in Ihrem Unternehmen wusste damals, dass Sie die Spedition Heinz unbedingt erwerben wollten, aber der alte Heinz war genauso ein Dickkopf wie Sie und wollte nicht verkaufen. Die Söhne hingegen schon, da sie keine Lust hatten, die Firma vom Vater zu übernehmen. Ein Schicksal, das viele Gründer und mittelständische Unternehmer teilen.«

»Hat Ihnen das Schneider erzählt?«, fragte Harmsen und schnalzte mit der Zunge.

»Ja, aber wir haben es überprüft. 1981 haben Sie die Firma Heinz gekauft, die Einträge im Handelsregister belegen das. Und mit dem Kauf hatten Sie plötzlich ein Monopol für bestimmte Routen in Deutschland und Osteuropa, was gerade damals mehr als Gold wert war, schließlich gab es da noch den Warschauer Pakt, die DDR und die Sowjetunion. Der Warenverkehr war alles andere als einfach. Und so konnten Sie in den folgenden Jahren Ihrem Unternehmen zu beträchtlicher Größe verhelfen. Sie wussten schon damals, dass der Kauf der Spedition Heinz Ihnen diese Möglichkeit eröffnete.«

All diese Informationen hatte er von Schneider, aber Thorsten hatte nach einer kurzen Recherche bestätigt, dass Harmsen die Spedition Heinz gekauft hatte und 1981 mit der Spedition Harmsen fusionierte.

»Der alte Sturkopf. Er wollte einfach nicht verkaufen. Hätte er doch nur verkauft, ich habe ihm ein mehr als faires Angebot gemacht, aber er wollte nicht verstehen, welche Vorteile das mit sich gebracht hätte.«

»Und deswegen musste er sterben?«, fragte Arndt.

»Ja. Sie verstehen das nicht, was es heißt, Unternehmer zu sein. Ich hatte es satt, immer nur kleine Brötchen zu backen. Ich wollte wachsen und der Idiot hat es nicht verstanden. Seine Söhne waren bereit zu verkaufen, aber er ließ und ließ sich einfach nicht überreden. Irgendwann war ich es leid, zu betteln, also musste ich andere Maßnahmen ergreifen«, erzählte Harmsen. Seine Augen waren weit weg. Arndt antwortete nicht, er gab ihm die Zeit, die er brauchte. Harmsens Widerstand war zweifellos gebrochen. Er nahm einen Lastwagen, der in Miniaturgröße auf dem Tisch stand und schaute ihn an. Auf dem Anhänger stand: *Spedition Harmsen, der Logistiker mit Herz.*

Mit Herz, was für eine Ironie, dachte Arndt und musste an die viele Werbung denken, die die Menschen tagein, tagaus manipulierte. Weltkonzerne, die die Umwelt verschmutzten, ihre Mitarbeiter ausbeuteten und mit Diktaturen Geschäfte machten, die aber in der Werbung der Gesellschaft suggerierten, wie sehr sie am Wohle der Menschheit und der einzelnen Person interessiert waren. Arndt wusste, dass er in einer verlogenen Zeit lebte, leider wusste er auch, dass er gegen diese großen Konzerne nichts ausrichten konnte, aber gegen Unternehmer wie Harmsen schon, und er würde die ihm zur Verfügung stehenden Mittel nutzen, um dies auch zu tun.

Harmsen blickte Arndt an und sagte dann: »Wenn Sie Unternehmer wären, würden Sie mich verstehen. Schneider war der perfekte Mann für diese Tat. Die Gelegenheit war einfach zu gut, als dass ich sie verstreichen lassen konnte. Ein Straßenfest für mehr Toleranz, gegen Rassismus, und Heinz hatte zugesagt. Wer würde auch dem Bürgermeister absagen? Es war zu einfach, ich köderte Schneider, der sofort anbiss. Den Sprengstoff zu besorgen, war einfach. Als Spedition kommen Sie an alles, was Sie brauchen. Der ungefährliche Sprengstoff aus dem Silvesterfeuerwerk wurde gegen gefährlichen Sprengstoff ausgetauscht. Schneider wollte in den Rucksack schauen, als fürchtete er, ich könnte nicht ehrlich sein. Der Trottel sah nur die Böller und ein paar andere Feuerwerkskörper, über die wahre Gefahr war er sich nicht im Geringsten im Klaren. Der Rest war dann pure Routine.

Als ich sah, dass der Rucksack an besagter Stelle abgestellt war, entschuldigte ich mich bei der Delegation und ging zur Toilette. Es hätte nicht sein müssen. Ich habe Heinz noch auf der Veranstaltung angefleht, die Firma zu verkaufen, er wollte jedoch nichts davon hören. Es war seine Schuld, dass ich tun musste, was ein Unternehmer mit Weitsicht tun würde.«

Harmsen hielt inne, nahm das Glas auf dem Tisch und nahm daraus ein Schluck Wasser. Er befeuchtete die Lippen.

»Also haben Sie den Abzug betätigt und damit fünfzehn unschuldige Menschen getötet«, schlussfolgerte Arndt.

»Kollateralschaden«, wiegelte Harmsen ab und zeigte damit, dass er die Tat noch immer nicht bereute und als notwendig für seine Expansionspläne sah.

»Diese Menschen hatten nichts mit Ihrer persönlichen Fehde zu tun. Dennoch war Ihnen das egal. Sie haben das bewusst in Kauf genommen, auch dass vielleicht noch mehr Menschen sterben.«

»Nein, das stimmt nicht«, verteidigte sich Harmsen. »Der Sprengsatz war nicht dafür gedacht, noch mehr Menschen zu töten. Man sagte mir, dass er im Umkreis von fünf Metern wirksam war. Ich wollte niemanden anderen töten.«

Arndt konnte nur den Kopf schütteln über so viel Ignoranz und Überheblichkeit. Harmsen sprach über Menschenleben, als wären sie Gegenstände.

»Ihr Plan schien aufzugehen, bis sich Zeugen meldeten und Schneider als Tatverdächtiger in den Mittelpunkt rückte, Sie mussten fürchten, dass er gegen Sie aussagt«, sagte Arndt und wollte den Rest des Geständnisses hören.

»In der Tat war das ein unerwartetes und nicht geplantes Szenario. Ich hatte die Auswirkungen und das Ausmaß des Anschlages unterschätzt. Ich wusste aus erster Quelle, welch hohe Wellen dieser Anschlag schlug und wie groß der Druck auf den Bürgermeister, die Stadt Lübeck, die Landesregierung und die Polizei war. Es war von Anfang an klar, dass nur ein rechtsradikaler Hintergrund hinter diesem Anschlag stehen konnte und das spielte mir in die Hände. Jetzt musste ich nur noch Schneider auf Kurs bringen, der aus Mangel an Beweisen auf Kaution frei kam.«

»Und da kam Ihnen der Bruder, der bei Ihnen zur Lehre ging, mehr als gelegen.«

»Ich wusste von Schneider, dass er seinen Bruder abgöttisch liebte und dass er wollte, dass er es besser hätte als er. Er sollte seine Ausbildung machen und vielleicht sogar studieren. Damit hatte ich alles, um Schneider auf Kurs zu bringen.

Ich drohte ihm, dass ich ihn und seinen Bruder fertigmachte, wenn er meinen Namen auch nur irgendwie in Verbindung mit dem Anschlag brächte. Alles sprach gegen Schneider, sagte ich ihm und zeigte ihm seine Optionen auf. Er konnte wie ein Mann ins Gefängnis und schweigen. Dafür versicherte ich ihm, dass es seinem Bruder in meiner Firma an nichts mangeln würde, dass er seine Ausbildung beenden könnte, dass ich ihm danach einen guten Job in der Firma sicherte.

Schneider willigte ein, er hielt Wort, so wie ich auch. Bis Sie dann kamen und alles zerstört haben. Sie sind wie eine Zecke, die keiner will. Was haben Sie jetzt erreicht? Die Tat ist längst verjährt.«

»Es geht um die Wahrheit. Und ob die Tat verjährt ist, das müssen die Gerichte entscheiden«, erwiderte Arndt. »Ich möchte Sie bitten, mit mir mitzukommen.«

»Das ist nicht Ihr Ernst?«, fragte Harmsen, doch seine Augen sprachen aus, was er wirklich dachte.

»Herr Dr. Harmsen, wir können das mit Würde machen, ohne Handschellen. Wenn Sie mir aber keine Wahl lassen, werde ich Sie abführen wie einen gewöhnlichen Verbrecher«, zeigte Arndt ihm seine Optionen auf, erhob sich von seinem Sitz und zeigte auf die Handschellen.

KAPITEL 33

Harmsen hatte sich für die Würde entschieden. Seine persönliche Sekretärin war mehr als sprachlos, als Harmsen sie bat, seinen Anwalt zu kontaktieren und ihr erklärte, dass er Herrn Schumacher ins Revier begleitete.

Arndt hatte seinen Job getan, jetzt müssen sich Rechtsanwälte, die Staatsanwaltschaft und Richter mit Recht und Unrecht herumschlagen und entscheiden, ob Harmsen für seine Verbrechen ins Gefängnis musste, da Mord nie verjährte. Vielleicht waren seine Anwälte auch schlau genug, um die Mordanklage abzuwenden oder die Anklage wurde aufgrund von Verjährung niedergeschlagen. Was immer die Gerichte entscheiden sollten, Arndt war sich sicher, dass diese Zeit nicht spurlos an Harmsen vorbeiziehen wird.

Und wie immer bei solchen gesellschaftspolitisch interessanten Verhaftungen, würde es nicht lange dauern, bis die Presse davon Wind bekam. Auch wenn Harmsen juristisch vielleicht nicht belangt werden konnte, sein Ruf wäre sehr bald ruiniert.

* * *

Arndt klopfte an Willys Bürotür und trat ein. Willy saß an seinem Schreibtisch und stand auf, als er Arndt sah.

»Ich muss mich bei dir entschuldigen«, sagte er zu Arndts Überraschung.

»Wofür?«, fragte Arndt.

»Dass ich dir nicht vertraut habe. Du hast von Anfang an gespürt, dass mehr hinter dem Anschlag steckt.«

»Du doch auch, sonst wärst du doch niemals zur Hansen gefahren, oder warst du nur scharf auf sie?«, grinste Arndt.

»Ich habe immer geglaubt, dass etwas nicht stimmt. Es gab viele offene Fragen, die mir damals keiner beantworten konnte. Aber so ist das mit der Zeit, irgendwann akzeptiert man es und vergisst. Ich wollte nicht, dass du dich in etwas verrennst«, versuchte Willy eine Erklärung.

»Ende gut, alles gut. Was denkst du: Muss Behrens jetzt mit Konsequenzen rechnen?«

»Es wird gegen ihn ermittelt, aber ich denke nicht, dass er ins Gefängnis muss. Er hat zwar von den Plänen gewusst, aber wie Schneider ging er davon aus, dass niemand getötet werden sollte, dafür wird er nach dreißig Jahren schwerlich ins Gefängnis müssen.«

»Und Schneider?«

»Schneider sitzt bereits im Gefängnis, das Geständnis von Harmsen wird sich kaum mildernd auf ihn auswirken. Er hat eine alte Frau brutal ermordet. Ich wage zu bezweifeln, dass ein Psychiater ihm bescheinigen wird, dass er in die Gesellschaft integrierbar ist.«

»Das Leben hat Schneider wirklich gefickt«, seufzte Arndt mit reichlich Verbitterung in der Stimme. Er mochte ihn noch immer nicht, seine politische Überzeugung schon gar nicht. Aber er rechnete ihm an, dass er anscheinend die Liebe zu seinem Bruder über sein eigenes Glück stellte.

»Wie meinst du das?«, fragte Willy leicht irritiert.

»Er wollte seinen Bruder schützen. Ist für ihn ins Gefängnis gegangen. Schneider war ein Schläger, ein Neonazi, cholerisch und gewalttätig, aber kein Mörder. Der Knast hat aus ihm einen Mörder gemacht«, erklärte Arndt.

Willy nickte nur. »So ist das manchmal im Leben, Arndt. Manche Menschen nehmen die falsche Ausfahrt und können diesen Fehler nie wieder gutmachen. Andererseits hat ihn niemand gezwungen, eine unschuldige alte Rentnerin auf brutale Weise zu ermorden. Er hatte diesen Dämonen immer in sich, der Knast hat ihn nur hervorgebracht«, sprach Willy seine Sicht der Dinge vor Arndt aus.

»Du magst recht haben, aber denkst du, du könntest trotzdem deine Beziehungen spielen lassen und ihn verlegen?«

»Hast du ihm das angeboten?«

»Ja, das und dass sein Bruder kein juristisches Nachspiel fürchten müsste, ansonsten hätte er niemals gesungen.«

»Ich werde sehen, was ich machen kann.« Willy lächelte vielsagend und klopfte Arndt auf die Schulter.

»Danke«, sagte Arndt und wollte das Büro verlassen, als Willy ihm hinterherrief. »Warst du schon bei Elke?«

»Nein, noch nicht.«

KAPITEL 34

Tag 8

Arndt hatte Elke um ein persönliches Gespräch gebeten und so trafen sie einander in einem kleinen Café in der Lübecker Innenstadt.

»Wie geht's deiner Schwester?«, fragte Arndt, als beide saßen und Stille die Spannung zwischen ihnen steigen ließ.

»Den Umständen entsprechend«, antwortete sie und es war offensichtlich, dass sie nicht über ihre Schwester sprechen wollte. »Was ist mit deinem aktuellen Fall?«

Arndt verstand den Wink.

»Harmsen hat gestanden«, begann Arndt und erzählte ihr in kurzen Auszügen den Ausgang der Ermittlungen.

»Das freut mich, aber so warst du ja schon immer. Wenn du fest an etwas geglaubt hast, hast du dich festgebissen. Und selten hast du dich geirrt«, lobte Elke ihn und ihm war, als habe ein kurzes Funkeln in ihren Augen aufgeblitzt.

»Danke, aber ohne Willys Unterstützung wäre das nicht möglich gewesen.«

»Ja, du kannst dich glücklich schätzen, Willy als Chef zu haben. Mit einem anderen Chef hättest du es bestimmt viel schwerer.«

Arndt antwortete nicht, sondern nickte nur und musste an Willys Worte denken, dass er darüber nachdenke, in Vorruhestand zu treten. Arndt hoffte in diesem Augenblick, dass er diesen Gedanken nie ausführte.

Elke nippte an ihrem Macchiato und Arndt konnte sich ein Grinsen nicht verkneifen.

»Was ist los?«, fragte sie überrascht.

»Du hast Schaum unter der Nase.«

Sie wischte sich den Schaum weg und lächelte. Arndt wurde es plötzlich warm und er gestand sich ein weiteres Mal ein, dass er sie sehr gerne lächeln sah.

»Ach, ich soll dir liebe Grüße von Willy ausrichten«, lenkte Arndt sich von seinen eigenen Wünschen ab und überlegte, wie er den Bogen spannen sollte, um zum eigentlichen Thema zu kommen.

»Mach mir nichts vor, Arndt. Ich sehe doch, dass dich irgendetwas beschäftigt«, raunzte Elke ihn freundschaftlich an, um ihm eine goldene Brücke zu bauen.

»Du hast recht, dir konnte ich nie etwas vormachen. Du konntest mich immer schnell durchschauen.«

»Ich kann mir schon denken, warum du mit mir sprechen willst«, deutete sie vielsagend an.

»Willy hat mir erzählt, dass du bei der Mannheimer Polizei gekündigt hast, und er möchte, dass du für ihn arbeitest«, rückte Arndt endlich mit seinem Anliegen heraus.

»Ich weiß, aber wie stellt er sich das vor? Ich muss mich um meine Schwester kümmern. Ich kann ihm keine regelmäßigen Arbeitszeiten versprechen. Meine Schwester hat für mich höchste Priorität. Was mache ich, wenn ich mitten in einem Fall bin und plötzlich ins Krankenhaus muss?«

»Elke, du solltest Willy besser kennen. Er kann mürrisch und cholerisch sein, aber wenn er dir sein Wort gibt, dass du, wann immer du willst, dich um deine Schwester kümmern darfst, dann solltest du nicht an seinen Worten zweifeln.«

»Ich weiß, aber was werden die anderen Kollegen denken?«

»Das sollte dir doch scheißegal sein.«

»Ich will kein Mitleid von ihnen, das würde mich nur belasten.«

»Sei da mal unbesorgt, es wird dich keiner bemitleiden, alle werden sich freuen, dass du wieder da bist.«

»Und du?«, fragte sie, schon fast genuschelt und spielte dabei mit dem Löffel in ihrem Macchiato.

»Was für eine Frage, ich auch. Du weißt doch, dass du neben Willy der einzige Mensch bist, der mit mir klarkommt. Ich würde mich sehr freuen«, gestand Arndt und musste sich beherrschen, dass ihn die Gefühle nicht übermannten.

»Bist du also noch immer ein Einzelgänger?«, stichelte sie, aber der Ton verriet, dass sie es nicht böse meinte, denn gleich danach schenkte sie ihm ein Lächeln.

»Ich habe nur den Platz an meiner Seite für dich freigehalten«, erwiderte Arndt.

»An deiner Seite, so, so …«, deutete sie vielsagend an.

»Nein, hmm … du weißt schon, wie ich das meine«, versuchte Arndt die ihm plötzlich unangenehme Situation zu retten, dabei hätte er ihr gerne gestanden, dass er sie mehr als nur mochte.

Nur wollte er dieses Risiko nicht eingehen. Was, wenn sie nicht so empfand? Sie konnte gar nicht so empfinden, schließlich war sie nach Mannheim gezogen. Sie, die mit Pansdorf so verbunden war. Wenn sie tatsächlich jemals etwas für ihn empfunden hatte, warum war sie dann nach Mannheim gezogen?

Nein, dieses Risiko wollte Arndt nicht eingehen. Er mochte Elke, vielleicht sogar mehr, als er sich gegenüber eingestehen wollte, aber konnte er sich in sie verlieben? Verwechselte er Sympathie mit Mögen, oder war es gar die Einsamkeit, die seine Gefühlswelt durcheinanderbrachte? Er kannte nicht viele Frauen und Elke war die Einzige, mit der er sich mehr vorstellen konnte.

Dachte er nur deshalb, dass er mehr für sie empfand, weil er nicht allein sein wollte? Welcher Mensch möchte schon gerne allein sein?

Oder waren das alles nur Ausreden, weil er sich nicht eingestehen wollte, dass er weit mehr für Elke empfand, als man es für eine Kollegin tat?

»Na klar weiß ich, wie du das meinst«, befreite Elke ihn aus seiner peinlichen Lage.

»Und was darf ich Willy sagen?«

»Dass ich es mir noch überlege.« Elke grinste breit.

– ENDE –

Eine Bitte

Sollte Ihnen die Geschichte gefallen haben, würde ich mich sehr über eine positive Bewertung bei Amazon freuen.

Bisher erschienene Bücher der Lübecker Krimireihe:

Band 1: MORD §78 – Ein Lübeck-Krimi
Band 2: VERSTUMMT – Ein Lübeck-Krimi
Band 3: SEBASTIAN – Ein Lübeck-Krimi
Band 4: TOTENBLÄSSE – Ein Lübeck-Krimi

Weitere Bücher bei Amazon als E-Book oder Taschenbuch erhältlich:

Täuschung
Wüstengrab

Gerne können Sie auch direkt mit mir in Kontakt treten, alle Informationen dazu auf meiner Webseite:

www.salim-gueler.de
oder auf Facebook:
https://www.facebook.com/salim.gueler

Herzlichen Dank für Ihre Unterstützung

Ihr
Salim Güler

Druck:
CPI Druckdienstleistungen GmbH
im Auftrag der
KNV Zeitfracht GmbH
Ein Unternehmen der Zeitfracht - Gruppe
Ferdinand-Jühlke-Str. 7
99095 Erfurt